新編諸子集成續編

西京雜記校注

〔晉〕葛　洪　撰
周天游　校注

中　華　書　局

圖書在版編目(CIP)數據

西京雜記校注/(晋)葛洪撰;周天游校注. —北京:中華書局,2020.11(2025.3重印)
(新編諸子集成續編)
ISBN 978-7-101-14777-3

Ⅰ.西… Ⅱ.①葛…②周… Ⅲ.筆記小説-小説集-中國-西漢時代 Ⅳ.I242.1

中國版本圖書館 CIP 數據核字(2020)第 178995 號

責任編輯:石　玉
封面設計:周　玉
責任印製:陳麗娜

新編諸子集成續編
西京雜記校注
〔晋〕葛　洪 撰
周天游 校注
*
中 華 書 局 出 版 發 行
(北京市豐臺區太平橋西里 38 號　100073)
http://www.zhbc.com.cn
E-mail:zhbc@zhbc.com.cn
三河市宏盛印務有限公司印刷
*
850×1168 毫米 1/32 · 9⅞印張 · 2 插頁 · 220 千字
2020 年 11 月第 1 版　2025 年 3 月第 4 次印刷
印數:7001-8000 冊　定價:40.00 元

ISBN 978-7-101-14777-3

新編諸子集成續編出版緣起

新編諸子集成叢書，自一九八二年正式啓動以來，在學術界特别是新老作者的大力支持下，已形成規模，成爲學術研究必備的基礎圖書。叢書原擬分兩輯出版，第一輯擬目三十多種，後經過調整，確定爲四十種，今年將全部出齊。第二輯原來只有一個比較籠統的規劃，受各種因素限制，在實施過程中不斷發生變化，有的項目已經列入第一輯出版，因此我們後來不再使用第二輯的提法，而是統名之爲新編諸子集成。

隨着新編諸子集成這個持續了二十多年的叢書劃上圓滿的句號，作爲其延續的新編諸子集成續編，現在正式啓動。它的立意、定位與宗旨同新編諸子集成一脈相承，力圖吸收和反映近幾十年來國學研究與古籍整理領域的新成果，爲學術界和普通讀者提供更多的子書品種和哲學史、思想史資料。

續編堅持穩步推進的原則，積少成多，不設擬目。希望本套書繼續得到海内外學者的支持。

中華書局編輯部

二〇〇九年五月

目録

卷第二……六五

附録一　版本序跋……二六三

附録二　書目著録及提要……二七三

前言

西京雜記是一部充滿神秘和疑點而又極具誘惑力的古代著作，是一部雜鈔西漢故實和軼聞逸事的薈輯之書。其所述雖稱不上大貴大雅，但是上及帝王將相，下及士農工商，乃至宫女僮隸，事涉典制禮儀、天文地理、宫室苑囿、草木蟲魚、奇珍異寶、風俗民情，還包括詩賦辭曲、文論書函和秘聞趣事，採摭之宏富，令人嘆爲觀止。該書既具有不可輕視的文學價值，同時也具有獨特的史料價值。自南北朝以來，它一直處於學者的諷誦借鑒和抨擊蔑視的矛盾旋流中，頑强地流傳了下來，不斷發揮其内在的價值影響。西京雜記雖不是上乘之作，但可以這樣講，它的確是一部不折不扣的奇書，一部研究秦漢史和古代文學史時應隨時翻檢取資的奇書。

該書的作者有劉歆、葛洪、吴均、蕭賁和無名氏五説，頗有争議，迄無定論，然而以葛洪説最爲流行，也較爲接近歷史事實。

最早引用西京雜記的當推齊梁間人殷芸，他奉梁武帝之命，把凡撰通史所不録的不經之説别集爲小説，凡十卷。余嘉錫殷芸小説輯證一文，所輯小説佚文最爲豐富，其中直接或間接引用西京雜記之文共十二條。又與殷芸幾乎同一時代的北魏人賈思勰，在其所著齊民要術一書中，也引用了西京雜記「樂遊苑」和「上林名果異木」中的内容。所以可以斷定，西京雜記之成書，必於南北朝之前，再具體一點的話，即在公元六世紀之前。

關於西京雜記的作者，於正史經籍、藝文志中，最早見於後晉劉昫的舊唐書經籍志，其在列代故事類和地理類中均明確著録是晉葛洪撰。新唐書藝文志亦然。從唐代的許多記載中可以看出，葛洪作西京雜記是主流觀點無疑。正如余嘉錫在四庫提要辨證中指出的那樣，張柬之説「昔葛洪造漢武内傳、西京雜記」，事詳晁伯宇續談助卷一；而劉知幾也於史通雜述篇中毫不含糊地指出「昔和嶠汲冢紀年、葛洪西京雜記，此之謂逸事者也」。又初學記卷二十「賞賜」目下唯一一次注明引文出自「葛洪西京雜記」，則其他引文所謂西京雜記的作者不言自明。此外，張彦遠歷代名畫記僅引「畫工棄市」一條，也認爲是葛洪所作。這一情况也影響到了宋代，不僅太平御覽引書目中列有「葛洪西京雜記」，册府元龜卷五五五又曰：「葛洪選爲散騎常侍，領大著作，固辭不就。撰神仙傳十卷，西京雜記一卷。」余嘉錫據玉海指出：「元龜之例，上採經史諸子及歷代類書，不取異端小説。其言葛洪撰西京雜記，必有所本，可補本傳之闕矣。」此論甚是。

至於蕭賁，據南史齊武諸子傳，他曾作西京雜記六十卷，其卷數與歷代著録雜記僅一卷、二卷或六卷者相去甚遠，當别爲一書，完全可以不予採信。而段成式酉陽雜俎借庾信語，以爲是「吴均語」，四庫提要則指出「别無他證」，「亦未見於他書」，因此亦可置之不論。或以爲南朝人所爲，純係臆測，更不可憑信。因此，唯一可與葛洪説抗衡的就只有劉歆了。

劉向、劉歆父子是西漢晚期著名的大學問家，他們也曾經續寫過史記，事詳漢書班彪傳李賢注和史通古今正史篇，但是無論是正史還是野史，都未曾言及他們著有百卷本漢書，唯葛洪西京雜記跋除外。與之相反，劉向、劉歆曾用了二十餘年的漫長時間整理漢代官藏典籍，撰作了中國第一部圖書目録——七略，却史有明文。漢初統治者出於鞏固政權需要，有鑒於戰國以還特别自秦始皇焚書以來，典籍散亂匱乏，文獻錯訛互見，不利於以文興國，於是注重民間訪書，鼓勵獻書，至元、成之世，「百年之間，積書如丘山。故外有太常、太史、博士之藏，内有延閣、廣内、秘書之府」（太平御覽卷二三三所引）。書雖然多了，但書籍之源流，學術之變遷，作者之真僞虚實，典籍之錯漏程度，均不甚了了。於是成帝於河平三年（前二六），命劉向兼領校中五經秘書之職，除召集步兵校尉任宏、太史令尹咸等專門家參與校勘之外，其子劉歆也發揮了主力的作用。然而，一方面校勘、提要等整理工作瑣碎而繁雜，另一方面他們又都是朝中重臣，必須花費大量的時間和精力去處理政務，所以劉向父子不大可能再去寫一部卷帙多達百卷的漢書。班固確曾利用過他們的成果，但明確可知的只有漢書高祖紀贊直接引用了劉向的高祖頌，而藝文志則以七略爲藍本，加以編排提煉，餘則無考。

關於漢書的撰作，班固於太初之前，主要取材於史記，又另補立了惠帝紀、王陵傳、吴芮傳、蒯通傳、伍被傳、賈山傳等，單立了張騫傳；太初以後，則以其父班彪史記後傳爲基本依據，也吸取了續修史記的劉向父子、馮商、揚雄等人的成果，但其抉擇甚精，從不輕用。另外，成帝時，班斿獲贈宫中藏書副本，也是班固寫作的重要參考書。並且這批典藏吸引了不少學者前來觀書，其間的交流請益，對班固的寫作大有幫助與啓發，也使他得到前輩的賞識。據謝承後漢書所載：「固年十三，王充見之，拊其背謂彪曰：『此兒必記漢事。』」班固的「十志」，尤見新意，充分顯示其博學貫通的特點，許多成就還在史記「八書」之上，如刑法志、地理志、五行志等均係獨創，絶非劉向、劉歆父子所能企及。何況有的列傳，若非親歷，無法寫出，如漢書西域傳，記述西域五十一國，國别明，區域廣，述事詳盡，史記大宛列傳也難望其項背。之所以如此，與其弟班超經略西域多年，熟知内情，給班固提供資料密不可分。而劉向父子却不具備此條件。再則，司馬遷因舉薦李陵，遭腐刑，有怨言，下獄死一事，出自東漢衛宏漢舊儀；揚雄論「讀千首賦，乃能爲之」的爲賦説，則採自東漢桓譚的新論。所謂西京雜記「并（班）固所不取」的劉歆漢書之文一説，當不攻自破。自然，這並不排除有劉向、劉歆之作被葛洪所摘録的可能，實際上，如劉向作彈棋以獻成帝，促使其放棄蹴踘運動一事，就係録自劉向的别録。余嘉錫已詳言之，誠爲信言。

東漢時期，由於帝室的鼓勵，撰史之風十分盛行，如東觀漢記、漢書的撰述，荀悦漢紀的問世，使紀傳、編年二體基本定型，並成爲以後歷代封建史家修史的楷模。又如諸雜史、別史、起居注、職官、儀注、地理、譜牒、耆舊傳等史籍新體的紛紛出現，使史學終於擺脱經學的附庸地位，形成獨立的學術門類，漢魏之際史部的出現即爲明證。此風經魏晉人鼓動，更加如火如荼。然而長期的政争與戰亂，史書旋生旋滅，漢代的典籍及文物，即便是片瓦只語，魏晉人一經訪得，莫不視爲瑰寶，四處炫耀。好古之風，也引來了輯古書之風，鈔撮甚至編造兩漢之書成爲時尚。

正是在這一背景下，葛洪鈔撰而成西京雜記，也就不足爲怪。據晉書本傳所載，葛洪從不計較功賞，却常「欲搜求異書，以廣其學」。他「在山積年，優遊閑養，著述不輟」。其著述頗豐，名作即有抱朴子、神仙傳等。他特别喜歡鈔書，「鈔五經、史、漢、百家之言，方技雜事三百一十卷」。傳中雖未明言其作西京雜記，但鈔撮史、漢及方技雜事，却與西京雜記性質極爲吻合。聯繫册府元龜之記述，更加印證此事。葛洪之所以要冒名劉歆，究其原委，一則並非出於本人自撰，乃雜鈔西漢舊聞，與自己文風不符；二則内容駁雜，非出於正史，作者已無從考見，難以引起士人重視；三則劉向父子續作史記，事涉漢史，記名順理成章，易見成效，又可借古自高。託古人之名以作僞書，由來已久，名人亦難免涉足，已非秘密。既然作僞，也難免漏出馬脚，正如多位序跋作者所言，西京雜記的内容，與漢書時有抵牾，特别是廣川王掘魏襄王冢，冢中所見竟與晉人石準盜發該墓，發現數十車竹簡及一枚銅劍之記述相去甚遠，足證雜記所言出於傳説甚或杜撰，絶非劉歆所當書。又如大駕鹵簿雜入晉制，也從另一側面透露此書成於晉代。綜上所述，若無新出確證，此書當屬葛洪所纂集，不可輕廢。

雜記雜記，其特點正在於「雜」。西京雜記一書中，文史星曆，詞賦典章，歌舞雜技，軼聞異事，無不畢陳，又其文字古樸雅麗，燦爛有致。歷代文人墨客，多取其語，連詩聖杜甫如此嚴謹之人，也喜用其書。「詞人沿用數百年，久成故實，固有不可遽廢者焉」，四庫提要之語，信哉！難怪魯迅在著中國小説史略時，也説西京雜記「若論文學，則此在古小説中固亦意緒秀異，文筆可觀」，於是該書的文學價值得以充分體現。

不過，由於西京雜記長期作者不明，記事詭譎，明清以還，常被斥爲僞書，作史者雖有涉獵，亦有心得，但往往不敢引用，以免被人譏爲無知與淺陋，所以本書的史料價值一直很少得以利用。其實，此書所載多有印證正史之處，亦可拾遺補缺，特别是隨着漢代文物的大批出土，常能與其相對應。即便此書有僞，一旦弄清其來源與時代，仍可作爲該時代的記述，發揮其應有作用。而且在晉以前，雕版印刷尚未發明，著述承傳，筆録口述而已。同時由於學者認知的不同，師門家法的差異，轉述時也會有所變化或增益，留下各自時代的痕跡。所以判斷其真僞，亦不可一概而論，更不可以其中有晚出的東西而妄下斷語。因此，重新認識發掘西京雜記，以及漢武故事、漢武帝内傳、趙飛燕外傳、天禄閣外史等所謂僞書的史料價值，實屬必要。

本次作校注，以明孔天胤本爲底本，利用當今可知見的版本近三十種。凡原本不誤，他本錯訛的不録；類書或子書所引不具參考價值且可能有增删的異文，一概不録；原本確係錯字，則據他本逕改，並加注説明。總之，儘量簡約準確，以免冗贅。同時，本校注還吸收了中華書局以羅根澤點校本爲基礎而出版的新點校本西京雜記，上海古籍出版社出版的向新陽、劉克任撰作的西京雜記校注，貴州人民出版社出版的成林、程章燦所著的西京雜記全譯的成果，除特别重要的以外，恕不一一標明。

又本書原作二卷，至宋人才分爲六卷，並成通行形式。今底本即作六卷，故仍其舊，不妄從葛洪跋所言卷帙，唯覺得清盧文弨於目録中加注標目頗便於檢索，今依其例，但對其所擬標題多作變動，其原則一是儘量使用本書原文原意，二是力求準確，儘量減少讓人費解的語辭爲題。是否達到此意圖，敬請讀者批評。

此外，附録部分力求詳實。特别是本書所述多爲關中舊聞，因此，關中所刻諸本序跋，即或有所不當，也合盤托出，畢竟鄉人言鄉情，允有所失誤，要知學問自有公論，不必隱諱。本書草成，是非功過，亦請同仁評點，以求來日修正。

本書原於二〇〇六年，由三秦出版社收入長安史蹟叢刊中，今獲中華書局再版，深表謝意。

周天游二〇二〇年七月十五日

書於西安城南天鵝堡之不舍齋

卷第一

蕭相國營未央宮

漢高帝七年〔一〕，蕭相國營未央宮〔二〕。因龍首山製前殿〔三〕，建北闕〔四〕。未央宮周迴二十二里九十五步五尺，街道周迴七十里〔五〕。臺殿四十三，其三十二在外，其十一在後宮〔六〕。池十三，山六，池一、山一亦在後宮〔七〕。門闥凡九十五〔八〕。

【注釋】

〔一〕漢高帝，即漢高祖劉邦（公元前二五六——前一九五），江蘇沛縣人，西漢王朝的創建者。前二〇二年即帝位，在位八年。漢高帝七年，即前二〇〇年。該記載與漢書高帝紀同，而史記高祖本紀將修未央宮事係於高帝八年，恐誤。但未央宮工程浩大，雖始建於「七年」，但第一期建設至高帝九年（前一九八）才大功告成。漢書翼奉傳云：「孝文時未央宮又無高門、武臺、麒麟、鳳凰、白虎、玉堂、金華之殿，獨有前殿、曲臺、漸臺、宣室、温室、承明耳。」

據三輔黃圖可知，未央宮營造的高峰時期不在高帝時期，而在漢武帝時期。

〔二〕蕭相國，即蕭何（？——前一九三），江蘇沛縣人。隨劉邦起義，推翻秦朝，平滅項羽，是漢初公認的首席功臣。劉邦初封漢王時，蕭何爲其丞相。漢初仍拜爲丞相。至漢高帝十一年（前一九六），始改拜相國，以示優寵。相國一職，本稱相，爲百官之長。戰國時期，除楚國以外，各國均拜相，或稱相國，又稱相邦，亦稱丞相。秦統一天下，置丞相。漢初沿用秦制。有漢一代，唯蕭何、曹參改拜相國，以其功高特加尊號而已。未央宮，位於漢長安城西南部，遺址在今西安市未央區未央宮鄉之馬家寨、大劉家寨、小劉家寨、何家寨、盧家村及周家河灣一帶。該宮與長樂宮、建章宮齊名，是漢代三大宮殿之一。因長樂宮始建於秦，而未央宮建於其西，故又被稱作西宮。其性質等同天帝所居之紫微宮，因而也被稱作紫微宮，或簡稱爲紫宮。「未央」之名，取其未盡之意，以示長久。高祖初居長樂宮，晚年入住未央宮。惠帝以後，始終是帝居之所。不難看出，未央宮是西漢一代政治活動的中心。

〔三〕龍首山，又名龍首原，位於今西安市城北。王士性廣志繹云：「龍首來自樊川，其初由南而向北行，至渭濱乃始折而東。漢之未央據其折東高處爲基，故宮基直出長安城上。」又三秦記曰：「此山長六十里，頭入渭水，尾達樊川，頭高二十丈，尾低可六七丈，色赤。」前殿，未央宮正殿。殿初成，劉邦曾於此大會諸侯及群臣，爲太上皇祝壽。此殿以後是漢朝舉行重大典禮和朝會的場所。現存有臺基。王仲殊漢代考古學概説據考古發掘實測記録，稱該殿基址的南北長三百五十米，東西寬約二百米，北端最高處在十五米以上。完全可以想見該殿當年之雄闊壯麗。

〔四〕北闕，未央宫正門，又名玄武闕，是一種門觀建築，王室發布命令和通告的地方。漢代百官一般都在此等候皇帝召見，所以設有公車署，因此北闕又稱公車門。其高約三十丈，合今七十餘米，頗爲壯觀。

〔五〕步，古代長度單位。周以八尺爲一步，秦六尺一步，漢與秦同。三輔黄圖作「周迴二十八里」。長安志卷三引關中記作「三十一里」。王仲殊漢代考古學概説：「（未央宫）東牆和北牆各爲二千二百五十米，周圍全長八千八百米，合漢代二十一里。」則未央宫周長以本記載最接近實際，而關中記之「三」恐係「二」之刊誤。

〔六〕未央宫之殿，據三輔黄圖所載，有宣室、承明、鈎弋、壽成、萬歲、廣明、清凉、永延、壽安、平就、宣德、東明、通光、曲臺、延年、回車、宣明、長年、温室、昆德、麒麟、金華、武臺、玉堂（有大、小兩殿）、白虎、高門等殿在外。其中麒麟以下諸殿分建於漢武帝、宣帝時期。又有椒房殿，乃皇后所居，掖庭乃婕妤以下所居，有飛羽（本作「飛雨」，一作「飛翔」，均誤）、昭陽、增成、合歡、蘭林、披香、鴛鴦（本書作「鳴鸞」，一作「鵷鸞」）、安處、常寧、茝若、椒風、發越、蕙草、鳳凰等殿，當在後宫。其中安處以下明確可知建於武帝時期。班固兩都賦、張衡兩京賦對掖庭諸殿均有涉及。兩都賦李善注引三輔故事還有大秘殿，而張衡兩京賦則又有龍興殿。又水經注卷十九載未央宫尚有朱雀殿、含章殿，當係外殿。長安志卷三則載有晏昵殿、猗蘭殿、敬法殿，疑前兩殿乃後宫之殿。本書本卷「掖庭」條云後宫還有九華、雲光兩殿。

〔七〕未央宫中有滄池。三輔黄圖云：「舊圖曰：『未央宫有滄池，言池水蒼色，故曰滄池。』」陳直按：長安志引關中記云：「未央宫中有滄池。」又西京賦云：「顧臨太液，滄池莽沆。」

〔八〕未央宫中有司馬門，見漢書成帝紀；金馬門（本名魯班門，事見漢書公孫弘傳）、青瑣門，均見三輔黄圖；長秋門，見漢書戾太子傳；白虎門，見漢書王莽傳；止車門，見水經注卷十九；朱鳥門，見漢書王莽傳（本作「端門」，即正南門）；公車門，見後漢書光武帝紀。别門有作室門，見漢書成帝紀。漢時側門，稱之掖門。而闥，小門也。敬法闥即敬法殿之小門，漢書王莽傳「燒作室門，斧敬法闥」是也。

武帝作昆明池

武帝作昆明池〔一〕，欲伐昆吾夷〔二〕，教習水戰。因而於上游戲養魚〔三〕，魚給諸陵廟祭祀，餘付長安市賣之〔四〕。池周迴四十里〔五〕。

【注釋】

〔一〕武帝，即漢武帝劉徹（前一五六—前八七）。於前一四〇年即位，在位五十四年，西漢在此時達於極盛。但因其晚年好大喜功，窮兵黷武，使海内虚耗，民怨沸騰，國勢因而衰敗，雖經昭、宣中興，也難挽頹勢。昆明池，武帝元狩三年（前一二〇）下令開掘。三輔黃圖引三輔舊事曰：「昆明池地三百三十二頃。」陳直按：嘉慶長安縣志卷十四引王森文在長安斗門鎮北見殘碑，記昆明池界址云：「北極豐鎬村，南極石匣，東極園柳坡，西極斗門。」今石匣口村，東界孟家寨、萬村的西邊，西界張村、馬營寨、白家莊之東，北界在上泉北村和南豐鎬村之間的土堤南側（見一九六三年考古四期豐鎬地區諸水道的踏察）。斗門鎮遺址在今洛水村盡東一帶。

〔二〕昆吾夷，當係「昆明夷」之誤。指漢時居住在今雲南滇池一帶的一支少數民族。漢書武帝紀臣瓚注曰：「西南夷傳有越嶲、昆明國，有滇池，方三百里。漢使求身毒國，而爲昆明所閉。今欲伐之，故作昆明池象之，以習水戰，在長安西南，周迴四十里。食貨志又曰時越欲與漢用船戰，遂乃大修昆明池也。」身毒國，古印度也。

〔三〕張澍二酉堂叢書輯三輔故事云：「武帝作昆明池，以習水戰。後昭帝小，不能復征討，於池中養魚以給諸陵祠，餘付長安市，魚乃賤。」據此，武帝時似乎未養魚於昆明池。但漢書西南夷傳曰昆明國所在之滇王，於元封二年（前一〇九）歸降漢朝，武帝遂置益州郡，從此當地安定了二十三年。其間不復征戰，自然昆明池也不能閑置。至始元元年（前八六），昭帝初即位，益州廉頭、姑繒民即反，引發當地二十四邑皆反。昭帝派兵大破之。過了三年，姑繒等又反，並擊退漢兵，漢兵死傷甚衆。第二年，昭帝再派重兵入益州，才平定叛亂。可見所謂「昭帝小，不能復征討」純係訛傳，不足徵信。

〔四〕長安市，長安城中的市場。三輔黄圖引廟記云：「長安市有九，各方二百六十六步。六市在道西，三市在道東。凡四里爲一市。致九州之人在突門。夾横橋大道，市樓皆重屋。」又曰：「旗亭樓，在杜門大道南。」陳直按：漢城九市，今可考者，有柳市、東市、西市、直市、交門市、孝里市、交道亭市七市之名。此外尚有高市。漢城曾出土有「高市」陶瓶，爲余所得，後贈與蘭州圖書館。劉志遠漢代市井考所載四川新繁縣出土的畫像磚上，即有市的圖像。市四面有牆垣圍繞，三方設門，每面三開，東西市門相對，左邊的市門内有隸書題記「東市門」三字。市中一般有市樓，最高五層。張衡西京賦云「旗亭五重，俯察百隧」。旗亭樓是市吏管理市場的地方，上面有鼓，擊鼓開市，擊鼓閉市，並從上面監督下面市上的交易。百隧即指市肆，分列成行，每肆各有三四排，井然有序。

〔五〕「四十里」，三輔黄圖本或作「四里」，或作「十里」。陳直據長安志改爲「四十里」。漢書武帝紀臣瓚注正作「周迴四十里」，與西京雜記同。

八月飲酎

漢制：宗廟八月飲酎〔一〕，用九醖太牢〔二〕，皇帝侍祠〔三〕，以正月旦作酒〔四〕，八月成，名曰酎，一曰九醖，一曰醇酎。

【注釋】

〔一〕宗廟，皇帝或者諸侯用來祭祖的場所。酎，多次釀製的醇酒。漢代用於酎祭的酒，一般經三重釀造。漢書景帝紀顔師古注云：「（酎）三重釀，醇酒也，味厚，故以薦宗廟。」漢代普遍以麯釀酒，即採用複式發酵法。漢書食貨志曰：「一釀用粗米二斛，麴一斛，得成酒六斛六斗。」由於酒中水的成分較高，所以度數也自然低，易腐敗變酸。漢書百官公卿表載廣阿（「阿」本作「安」，誤，據顔師古注逕改）侯任越人爲太常，武帝元鼎二年（前一一五）「坐廟酒酸論」。爲了保證酎祭中酒的質量，所以必須經多次釀造，以提高度數。酎酒據漢書景帝紀張晏注云：「正月旦作酒，八月成。」酎祭則在八月立秋舉行。又衛宏漢舊儀云「皇帝唯八月飲酎」，即指此制。

〔二〕九醖，即經多次釀造的酒。九，喻其多，與「酎」同義。嚴可均全三國文卷一曹操奏上九醖酒法云：「臣縣故令郭芝，有九醖春酒法。」漢書韋玄成傳晉灼注引漢舊儀曰：「酎祭用九太牢。」太牢，古時祭社稷時，牛、羊、豖三牲齊備即爲太牢，也有專指牛的。漢代祭祀用太牢，一般用一太牢，即三牲。晉灼所言宗廟十二祀，每祀均一太牢。武帝祠泰一，日一太牢，共七日。文帝立長門五帝壇，祠以五牢，每帝也是各一太牢。所以作爲閑祀的酎祭不可能上九牢，疑晉灼注有脱文。

〔三〕侍祠，親自祭祠。

〔四〕正月旦，正月初一。

止雨如禱雨

京師大水〔一〕，祭山川以止雨。丞相、御史、二千石禱祠〔二〕，如求雨法〔三〕。

【注釋】

〔一〕京師，天子所居，首都所在，此指長安。

〔二〕御史大夫，官名。漢書百官公卿表曰：「御史大夫，秦官，位上卿，銀印青綬，掌副丞相。」漢承秦制，漢書朱博傳曰：「高皇帝以聖德受命，建立鴻業，置御史大夫，位次丞相，典正法度，以職相參，總領百官，上下相監臨，歷載二百年，天下安寧。」可知漢時御史大夫主掌圖籍秘書及四方文書，熟知法度律令，又握有考課、監察、彈劾百官之權，雖位次於丞相，實際上更親近皇帝，更具有實權。二千石，官名。即指月俸穀一百二十斛，年俸爲二千石的高級官員。地方則專指郡守。中央政府中則分兩類：一爲中二千石，包括位列九卿的太常、郎中令（後更名光禄勳）、衛尉、太僕、廷尉、大鴻臚、宗正、大司農、少府、執金吾等。一爲二千石，即職在中央政府的太子太傅、將作大匠、大長秋、水衡都尉、司隸校尉、城門校尉、中壘校尉、屯騎校尉、步兵校尉、越騎校尉、長水校尉、射聲校尉、虎賁校尉等，以及職掌京畿的京兆尹、左馮翊、右扶風等重要官員。禱祠，在祭場祈禱。

〔三〕求雨法，據漢舊儀云：「求雨，太常禱天地、宗廟、社稷、山川以賽，各如其常牢，禮也。四月立夏，旱，乃求雨禱雨而已；後旱，復重禱而已；訖立秋，雖旱不得禱求雨也。」續漢書禮儀志又云：「其旱也，公卿官長以次行雩禮求雨。閉諸陽，衣皂，興土龍，立土人舞僮二佾，七日一變如故事。」按春秋公羊傳的經義，如董仲舒春秋繁露的解釋，「大旱者，陽滅陰也。陽滅陰者，尊厭卑也。固其義也，雖大甚，拜請之而已」。然而聞大水則不同，「大水者，陰滅陽也。陰滅陽者，卑勝尊也。……以賤傷貴者，逆節也，故鳴鼓而攻之，朱絲而脅之，爲其不義也，此亦春秋之不畏强禦也」。可見止雨與求雨並不同法，因「義」不同。這裏所説的「如求雨法」，可能是講止雨也要和求雨一樣，「拜請之而已」，不拘泥於形式。漢舊儀云：「成帝三年六月，始命諸官止雨，朱繩反縈社，擊鼓攻之，是後水旱常不和。」故不得不改弦更張。

天子筆

天子筆管〔一〕，以錯寶爲跗〔二〕，毛皆以秋兔之毫〔三〕，官師路扈爲之〔四〕。以雜寶爲匣〔五〕，廁以玉璧翠羽〔六〕，皆直百金〔七〕。

【注釋】

〔一〕初學記卷二一、太平御覽卷六〇五所引「天子」上均有「漢制」二字。又「筆」下，初學記四處引文均無「管」字，太平御覽亦同。

〔二〕錯，是一種特殊裝飾工藝，一指描金，一指在金屬器物或犀象製品上的槽中鑲嵌金銀、緑松石等珍貴寶物。錯寶即指後者。傅玄校工曾云：「漢末一筆之柙，雕以黄金，飾以和璧，綴以隋珠，文以翡翠。其筆非文犀之楨，必象齒之管，豐狐之柱，秋兔之翰矣。」跗，尾，此指筆帽，即在文犀或象牙所做的筆帽上，錯以金銀及寶石。

〔三〕毫，獸毛，秋天長得細長而尖，有彈性，易於做筆頭，其中又以秋兔之毛最受歡迎，王羲之筆經云：「漢時諸郡獻兔毫，出鴻都，惟有趙國毫中用。」

〔四〕官師，具體負責製筆的吏員，續漢百官志載，少府屬官有守宫令，主御紙筆墨泥封及尚書財用諸物。此官師應是其屬吏。

〔五〕匣，放天子筆的盒子。漢時注重盒子的裝飾，天子筆匣尤甚。正如前注引傅玄所言，所用的各色寶物有黄金、美玉、珍珠、翡翠等。

〔六〕廁，加入。翠羽，青緑色的鳥羽。

〔七〕直，同「值」，即價值。百金，漢時以黄金爲上幣。陳直漢書新證云：「黄金一斤，直錢萬，每兩合六百二十五錢。他銀一流直一千，每兩合一百二十五錢。金價比銀價恰好貴五倍。」此百金非實指，喻其價高而已。

天子玉几

漢制：天子玉几〔一〕，冬則加綈錦其上〔二〕，謂之綈几。以象牙爲火籠〔三〕，籠上皆散華文〔四〕，後宫則五色綾文〔五〕。以酒爲書滴〔六〕，取其不冰；以玉爲硯，亦取其不冰。夏設羽扇，冬設繒扇〔七〕。公侯皆以竹木爲几，冬則以細罽爲橐以憑之〔八〕，不得加綈錦〔九〕。

【注釋】

〔一〕玉几，漢舊儀曰：「天子用玉几。」五代末以前，人皆席地而坐，席地而卧，無高足家具。几常置席上、榻上或牀上，爲主人坐累時，借以憑靠，半躺半卧，以事休息的器物。多呈「V」字形，有三足。漢時之制依從周制。尚書顧命曰：「王不懌。甲子，王乃洮頮水，相被冕服，憑玉几。」這句話的意思是，周成王病重，甲子日，無力沐浴，只是用手蘸水擦擦臉，被扶着穿上冕服，靠着玉几坐下，召群臣安排後事。該篇又曰：「越七日癸酉，伯相命士須材，狄設黼扆綴衣。牖間南嚮，敷重篾席，黼純，華玉仍几。西序東嚮，敷重厎席，綴純，文貝仍几。東序西嚮，敷重豐席，畫純，雕玉仍几。西夾南嚮，敷重筍席，玄紛純，漆仍几。」堂上聚會，南嚮爲尊，爲天子之座，所以席爲多重竹篾細席，席四周用彩色的繒作邊飾，用華美的玉來裝飾几。其餘出席者，則按東嚮、西嚮、西夾室南嚮的順序就坐，席與几的檔次依次遞減。漢時統治者優禮老臣、勳貴或民間長者，往往賜几和杖，形成風俗。

〔二〕綈錦，一種粗厚平滑且有彩色圖案的絲織品。冬天套在几上，防止玉凉傷身。

〔三〕火籠，方言曰：「今薰籠是也。」又南史蕭正德傳曰：「初去之始，爲詩一絶，内火籠中，即詠竹火籠，曰：『楨榦屈曲盡，蘭麝氛氳銷。欲知懷炭日，正是履冰朝。』」可知火籠夏則熏香，冬則取暖，爲室中必備之物。

〔四〕散華文，雕美麗花紋於象牙籠之各個部位。

〔五〕五色綾文，倣彩色綾布的花紋。

〔六〕書滴，研墨所用的水。

〔七〕羽扇，用鳥的羽毛製成的扇子。崔豹古今注曰：「雉尾扇起於殷世。高宗有雊雉之祥，服章多用翟羽。周制以爲王后、夫人之車服。……漢朝乘輿服之。」乘輿指天子。繒扇，用厚絲綢所作的擁身扇。

〔八〕細罽，用細長的羊毛織成的毛料。橐，漢代指無底的袋子。其原意當指小袋子。釋見詩經公劉之傳文。公侯以下，冬天用罽橐套在几上以禦寒。御覽卷七一〇「橐」引作「囊」。

〔九〕御覽卷七一〇所引，下有「之飾於几案」五字。

吉光裘

武帝時，西域獻吉光裘〔一〕，入水不濡。上時服此裘以聽朝〔二〕。

【注釋】

〔一〕西域，東起玉門關，北至阿爾泰山，西北至巴爾喀什湖，西至塔什干以東，西南至葱嶺（即今帕米爾），南至昆侖山。西漢置西域都護府統理西域諸國，以對抗匈奴。吉光裘，十洲記曰：「漢武帝天漢三年，西國王獻吉光毛裘，色黄，蓋神馬之類，入水不沉，入火不焦。」

〔二〕上，皇上，此指漢武帝。「時」，上海涵芬樓影明鈔本説郛作「常」。聽朝，臨朝聽群臣議政。

戚夫人歌舞

高帝戚夫人善鼓瑟擊筑〔一〕。帝常擁夫人倚瑟而絃歌〔二〕，畢，每泣下流漣〔三〕。夫人善爲翹袖折腰之舞〔四〕，歌出塞、入塞、望歸之曲〔五〕。侍婦數百皆習之〔六〕，後宫齊首高唱〔七〕，聲入雲霄。

【注釋】

〔一〕戚夫人，劉邦最爲寵幸的妃子，生趙王如意。劉邦多次想立趙王爲太子，被吕后求張良設計制止。劉邦去世，吕后酖殺趙王，將戚夫人剁去手足，挖掉眼睛，燻聾耳朵，弄啞聲音，謂之「人彘」，下場頗爲悲慘。鼓，彈奏。瑟，可彈撥的絃樂器。馬融笛賦曰：「神農造瑟。」世本則曰：「宓羲所造，八尺一寸，四十五絃。」黄帝書又云：「泰帝使素女鼓瑟而悲，帝禁不止，故破其瑟爲二十五絃。」爾雅：「瑟二十七絃者曰灑。」據風俗通義，漢時的瑟當爲二十五絃，長五尺五寸。又長沙馬王堆漢墓一號墓出土瑟一具，爲木製，長一百一十六釐米，寬三十九點五釐米，瑟面略作拱形，有二十五個絃孔。絃分三排，中間安絃七根，内外各置九根，絃粗細不一。此外廣州龍生岡四十三號東漢墓也出土瑟一具，形制與馬王堆所出相同。擊，敲打。筑，敲擊絃樂器。史記高祖本紀正義引應劭云：「狀似瑟而大，頭安絃，以竹擊之，故名曰筑。」

〔二〕倚瑟，隨着瑟的樂聲。絃歌，按瑟的音律而歌唱。

〔三〕流漣，悲戚落淚的樣子。漢書張良傳載，吕后聽從張良之計，羅致商山四皓爲太子（即惠帝）師，使劉邦打消改立趙王如意爲太子的念頭，故戚夫人常悲戚。史記留侯世家云：「戚夫人泣，上曰：『爲我楚舞，吾爲若楚歌。』歌曰：『鴻鵠高飛，一舉千里。羽翮以就，横絶四海。横絶四海，當可奈何！雖有矰繳，尚安所施！』歌數闋，戚夫人嘘唏流涕。」史記張丞相傳曰：「趙堯侍高祖，高祖獨心不樂，悲歌，群臣不知上之所以然。」

〔四〕翹袖，舉袖；折腰，曲腰。漢代舞姿動作頗大，陝西周至縣出土的漢代舞蹈組俑即是明證。

〔五〕古今注曰：「横吹，胡樂也。博望侯張騫入西域，傳其法於西京，唯得摩訶、兜勒二曲。李延年因胡曲更進新聲二十八解，乘輿以爲武樂。後漢以給邊將。和帝時，萬人將軍得用之。魏晉以來，二十八解不復俱存，見世用黄鵠、隴頭、出關、入關、出塞、入塞、折楊柳、覃子、赤子陽、望行人十曲。」戚夫人所歌之出塞、入塞、望歸（疑即望行人）三曲，流行於漢初，更早於張騫。所謂新聲，恐係李延年利用西域音樂對舊曲加以改寫，與戚夫人所歌有較大變化。

〔六〕「婦」，漢魏叢書本、稗海、秦漢圖記本、津逮秘書本、學津討原本、抱經堂本、正覺樓叢刻本、藝風鈔書本、日本寬政及元禄本均作「婢」。

〔七〕盧文弨注：「『齊首』，本或作『齊音』。」

彄環

戚姬以百鍊金爲彄環〔一〕，照見指骨。上惡之，以賜待兒鳴玉、耀光等，各四枚。

【注釋】

〔一〕戚姬，即戚夫人。百鍊金，先秦秦漢時稱鐵爲「惡金」。陳直兩漢經濟史料論叢曰：「漢代煉鐵之精者，稱爲巨剛，煉鋼的技術，正在提高中，雖不如後代之鋼，其韌度已接近於鋼。」又曰：「文選卷二十五劉越石贈盧諶詩：『何意百煉剛，化爲繞指柔。』」漢代並無金指環出土，也未見有明確的文獻記載，此百鍊金當是百煉剛。彄環，指環。

魚藻宮

趙王如意年幼〔一〕，未能親外傅〔二〕。戚姬使舊趙王內傅趙媪傅之〔三〕，號其室曰養德宮〔四〕，後改爲魚藻宮〔五〕。

【注釋】

〔一〕趙王如意，即趙隱王劉如意，戚夫人所生，劉邦第四子。

〔二〕外傅，禮記曾子問曰：「孔子曰：『古者男子外有傅，內有慈母，君命所使教子也。』」又禮記內則曰：「十年出就外傅，居宿於外。」注曰：「外傅，教學之師也。」即古代男子年滿十歲，當居外投靠老師，學習爲人處世的道理。而趙王年幼，尚不能獨立外出就學。

〔三〕舊趙王，當指趙王張耳。漢書張耳傳載，漢高帝四年夏，立張耳爲趙王。五年秋，張耳病死，由其子張敖繼爲趙王。七年，貫高欲謀殺劉邦，事未果。九年，事發，貫高承擔一切罪責，張敖得以保全，降爲宣平侯。於是封劉如意爲趙王。内傅，古者稱宫中娩姆爲内傅。趙媪，趙姓成年婦人。

〔四〕三輔黄圖卷三所引有養德宫，爲漢甘泉宫中一處宫院，當建於秦或漢初，漢武帝建甘泉宫，將其包括在内。

〔五〕「魚藻」，取詩經魚藻「魚在在藻，依于其蒲。王在在鎬，有那其居」之寓意，顯示出戚夫人急盼趙王依靠劉邦支持，有朝一日能成就周武王一樣的勳業。

縊殺如意

惠帝嘗與趙王如意同寢處〔一〕，吕后欲殺之而未得〔二〕。後帝早獵，王不能夙興〔三〕，吕后命力士於被中縊殺之。及死，吕后不之信。以緑囊盛之〔四〕，載以小軿車〔五〕，入見，乃厚賜力士。力士是東郭門外官奴〔六〕。帝後知，腰斬之〔七〕，后不知也。

【注釋】

〔一〕惠帝，即劉盈（前二一〇—前一八八），劉邦長子，吕后所生，宅心仁厚，性格懦弱，缺乏主見，所以並不被劉邦看好，欲廢黜他，改立如意爲太子。劉邦死後，吕后幾次想殺如意，然而「孝惠帝慈仁，知太后怒，自迎趙王霸上，與入宫，自挾與趙王起居飲食。太后欲殺之，不得間」。吕后殺如意後，惠帝十分傷悲，從此終日飲酒作樂，不理朝政，在位僅七年，於二十三歲即早逝。事詳史記吕太后本紀。

〔二〕吕后（前二四一—前一八〇），名雉。秦末，父吕公爲避仇遷居沛縣。時劉邦爲亭長，吕公善相人，以爲劉邦能成就大業，於是主動將吕雉嫁與他。吕后爲人剛毅，佐劉邦平定天下。惠帝死，吕后一度臨朝主政。吕后駕崩，周勃、陳平調動禁軍，誅滅吕氏，扶漢文帝劉恒登基。

〔三〕夙興，早起。

〔四〕緑囊，緑色的袋子。漢代後宫多用緑色袋子。

〔五〕輧車，四面帶帷帳的車，一作婦女用車，一作兵車。力士恐殺趙王事洩露，故用輧車載尸體。

〔六〕東郭門，三輔黄圖卷一曰：「長安城東出北頭第一門曰宣平門，民間所謂東都門。」又曰：

「其郭門亦曰東郭。」「郭」本作「都」，陳直校證據玉海所引改。又漢書疏廣傳云：「供張東都門外。」蘇林注云：「長安東郭門也。」官奴，因本人犯法或受他人牽連而被没入官府爲奴的人。

〔七〕腰斬，古代酷刑之一。先秦時稱爲「鈇質」。何休公羊傳注曰：「鈇質，要斬之罪。」要，即腰。釋名以漢制爲準，其文曰：「斫頭曰斬，斫腰曰腰斬。斬，暫也，暫加兵即斷也。」説詳沈家本歷代刑法考。

樂遊苑

樂游苑自生玫瑰樹〔一〕，樹下多苜蓿〔二〕。苜蓿一名懷風，時人或謂之光風。風在其間，常蕭蕭然〔三〕，日照其花有光彩，故名苜蓿爲懷風。茂陵人謂之連枝草〔四〕。

【注釋】

〔一〕樂遊苑，漢代著名皇家園林之一。該苑地處樂遊原，兩京新記稱其「基地最高，四望寬敞」。在今西安市長安區杜陵一帶。苑始建於漢宣帝神爵三年（前五九）春，是踏春賞秋的絶佳去處。宣帝死後，即葬於此，號杜陵。李白曾寫有憶秦娥：「樂遊原上清秋節，咸陽古道音塵絶。音塵絶，西風殘照，漢家陵闕。」説的就是該苑情景。

〔二〕苜蓿，植物名，又稱木粟、牧宿、懷風、光風草。原産於西域，張騫通西域後，自大宛傳入中原。它是牛馬等動物的飼料，又可作緑肥，還可入藥，嫩莖可作蔬菜食用，作湯最佳。

〔三〕蕭蕭然，群草摇動的樣子。盧文弨注曰：「齊民要術三引作『風在其間肅然』。」説郛節本作「肅肅」。蕭、肅，古同音通用。

〔四〕茂陵，漢武帝之陵園，在今陝西興平市南位鄉策村。此地漢代爲槐里縣茂鄉，故名。因在陪葬的李夫人墓之東，又號「東陵」。其東又有著名的霍去病陪葬墓，現闢爲茂陵博物館，是漢代大型寫意石雕的匯萃之地。

太液池

太液池邊皆是彫胡、紫蘀、緑節之類〔一〕。菰之有米者，長安人謂爲彫胡〔二〕；葭蘆之未解葉者〔三〕，謂之紫蘀；菰之有首者，謂之緑節。其間鳧雛、雁子布滿充積〔四〕，又多紫龜、緑鱉。池邊多平沙，沙上鵜鶘〔五〕、鷓鴣、鵁鶄、鴻鶂動輒成群〔六〕。

【注釋】

〔一〕太液池，漢代宮城中最大的人工湖泊。三輔黄圖曰：「在長安故城西，建章宫北，未央宫西南。太液者，言其津潤所及廣也。」又漢書郊祀志顔師古注引三輔故事曰：「太液池北岸有石魚，長三丈，高五尺。西岸有石鱉三枚，長六尺。」該池遺址在今西安市未央區未央鄉高堡子、低堡子村西北的窪地處。一九七三年二月，當地曾出土一件橄欖形石雕，長四點九米，中間最大直徑爲一米，疑即石魚。

〔二〕彫胡，菰米。菰，植物名，係多年生草本植物，故稱茭白。其開花後即結實，也就是彫胡米，可食用。紫蘀，葉子尚未張開的蘆葦，因其外皮呈紫褐色而得名。緑節，即茭白菰的别稱。

〔三〕「爲」，抱經堂本、張皋文校本、楊雪滄鈔本、藝苑捃華本均作「之」。

〔四〕葭蘆，即蘆葦。詩豳風七月孔疏曰：「初生爲葭，長大爲蘆，成則名爲葦。」

〔五〕鳧雛，初生的野鴨。雁子，大雁的蛋。

〔六〕鵁鶄，一種大型的水鳥，嘴長而下有皮囊，善捕魚類。盧文弨注曰：「『鵁鶄』，本亦作『鸂鶒』。」

〔七〕鷓鴣，鳥名，形似母雞，頭似鶉鶉，叫聲似「行不得也哥哥」。鵁鶄，水鳥名，即池鷺。鴻鶂，一種大型水鳥，形似鷺，或稱作「鶂」。

終南山草樹

終南山多離合草〔一〕，葉似江蘺〔二〕，而紅緑相雜，莖皆紫色，氣如蘿勒〔三〕。有樹直上百尺〔四〕，無枝，上結藂條如車蓋〔五〕，葉一青一赤〔六〕，望之班駁如錦繡〔七〕。長安謂之丹青樹，亦云華蓋樹。亦生熊耳山〔八〕。

【注釋】

〔一〕終南山，秦嶺主峰，在今西安市南。又稱南山、太乙山、太一山、地肺山。山勢雄闊，草木繁茂，物産豐富，水源匯積，是古長安重要的資源生存寶庫。離合草，草名。

〔二〕江蘺，香草，又名蘼蕪。楚辭離騷：「扈江離與辟芷兮，紉秋蘭以爲佩。」此草又可作藥物，博物志卷四藥物：「芎藭，苗曰江蘺，根曰芎藭。」李時珍曰：「嫩苗未結根時，則爲蘼蕪，既結根後，乃爲芎藭。大葉似芹者爲江蘺，細葉似蛇床者爲蘼蕪。」

〔三〕蘿勒，即香菜。又稱蘭香，十六國時避石勒名諱而改。可入藥。盧文弨注曰：「本作『羅勒』。」

〔四〕「尺」，孔本作「丈」，誤，今據漢魏叢書本、秦漢圖記本、萬曆本、學津討原本改。

〔五〕藂，草本叢生之貌。車蓋，古代車上的傘蓋。天子車蓋，色彩斑斕，故稱華蓋。貴族之車蓋亦然。古今注曰：「華蓋，黄帝所作。與蚩尤戰於涿鹿之野，常有五色雲氣，金枝玉葉止於帝上，有花葩之象，故因而作華蓋焉。」又漢書王莽傳曰：「或言黄帝時建華蓋以登僊，莽乃造華蓋九重，高八丈一尺，金瑵羽葆，載以祕機四輪車，駕六馬，力士三百人黄衣幘，車上人擊鼓，輓者皆呼『登僊』。」

〔六〕此樹葉一面青色，一面赤紅色，與丹砂、青雘兩種礦物顔料色澤相似，故被稱丹青樹。

〔七〕班，同斑。班駁，色彩相雜的樣子。

〔八〕熊耳山，山名，指秦嶺山脈東支，位於河南宜陽至豫陝交界處，因其兩峰並峙，狀似熊耳而得名。

高祖斬蛇劍

漢帝相傳以秦王子嬰所奉白玉璽〔一〕，高祖斬白蛇劍〔二〕。劍上有七采珠，九華玉以爲飾，雜廁五色琉璃爲劍匣〔三〕。劍在室中〔四〕，光景猶照於外〔五〕，與挺劍不殊〔六〕。

十二年一加磨瑩〔七〕，刃上常若霜雪。開匣拔鞘，輒有風氣，光彩射人。

【注釋】

〔一〕秦王子嬰（？—前二〇六），秦始皇之孫。前二〇七年，劉邦攻破武關，兵進關中。秦相趙高殺秦二世，立其侄子嬰爲秦王，不敢再稱帝。但子嬰在位僅四十六天，即被迫向劉邦投降，不久即遭項羽殺害。白玉璽，秦朝傳國玉璽。漢書元后傳曰：「初，漢高祖入咸陽至霸上，秦王子嬰降於軹道，奉上始皇璽。及高祖誅項籍，即天子位，因御服其璽，世世傳受，號曰漢傳國璽。」又三國志吴書孫破虜討逆傳裴松之注引韋昭吴書曰：「（孫）堅入洛，掃除漢宗廟，祠以太牢。堅軍城南甄官井上，旦有五色氣，舉軍驚怪，莫有敢汲。堅令人入井，探得漢傳國璽，文曰『受命於天，既壽永昌』，方圜四寸，上紐交五龍，上一角缺。初，黄門張讓等作亂，劫天子出奔，左右分散，掌璽者以投井中。」所謂缺一角者，沈欽韓後漢書疏證曰：「玉璽記：元后出璽投地，璽上螭一角缺。」又晉書輿服志曰：「又有秦始皇藍田玉璽，螭獸紐，在六璽之外，文曰『受天之命，皇帝壽昌』。漢高祖佩之，後世名曰傳國璽，與斬白蛇劍俱爲乘輿所寶。及懷帝没胡，傳國璽没於劉聰，後又没於石勒。及石季龍死，胡亂，穆帝世乃還江南。」

〔二〕斬白蛇劍，史記高祖本紀曰：「高祖以亭長爲縣送徒驪山，徒多道亡。自度比至皆亡之，到豐西澤中，止飲，夜乃解縱所送徒。曰：『公等皆去，吾亦從此逝矣。』徒中壯士願從者十餘人。高祖被酒，夜徑澤中，令一人行前。行前者還報曰：『前有大蛇當徑，願還。』高祖醉，曰：『壯士行，何畏！』乃前，拔劍擊斬蛇。蛇遂分爲兩，徑開。』事後有追隨者告訴劉邦，曾見一老婦人在蛇死之處痛哭，説是白帝子被赤帝子所殺。於是斬白蛇劍成爲劉邦承天命享有天下的物證，也成爲神物而代代相傳。此劍，高祖本人云「提三尺劍取天下」，而漢舊儀則曰「斬蛇劍長七尺」，崔豹則以爲高祖爲亭長，理應提三尺劍，及貴，當别得七尺寶劍。此劍受歷代皇家重視，置於武庫中珍藏。至西晉初，此劍被焚毁。晉書輿服志：「斬白蛇劍至惠帝時武庫火燒之，遂亡。」晉書張華傳曰：「武庫火，華懼因此變作，列兵固守，然後救之，故累代之寶及漢高斬蛇劍、王莽頭、孔子屐等盡焚焉。」但百煉精鋼所鑄之劍豈能焚毁，所以傳文以「時華見劍穿屋而飛，莫知所向」來了結這筆糊塗賬。

〔三〕漢時上自天子，下訖平民，凡男性多佩刀劍。而皇帝常佩「七尺玉具劍」。後漢書南匈奴傳注云：「玉具，標首鐔衛盡用玉爲之。」也就是説，包括劍格、劍莖、劍首和劍室等均用玉製。所謂七彩珠、九華玉，均爲珍貴珠玉之名。天子劍之裝飾，可謂豪華之極。琉璃，即玻璃器。希臘、羅馬、波斯及西域諸國盛産此類器皿。戰國時開始傳入中原。漢時張騫打通西域，琉璃器及製作技藝較多傳入中國。漢書西域傳曰：「（罽賓國）出封牛、水牛、象、大狗、沐猴、孔爵、珠璣、珊瑚、虎魄、璧流離。」顔師古注引魏略曰:「大秦國出赤、白、黑、黄、青、緑、縹、紺、紅、紫十種流離。」罽賓國在今克什米爾和阿富汗東北一帶。大秦國即羅馬帝國。二十世紀七十年代以來,西安何家村出土窖藏和扶風法門寺法器中均有琉璃器,且極富異國情調,精妙絶倫。

〔四〕室,即裝劍的劍鞘。揚雄方言曰:「劍削,自河而北,燕趙之間謂之室。」「削」即鞘。

〔五〕光景,劍身所反射出來的光華。

〔六〕挺劍,拔出的劍。

〔七〕磨瑩,研磨劍身,使之有光澤。

七夕穿鍼開襟樓

漢綵女常以七月初七日穿七孔鍼於開襟樓〔一〕,俱以習之〔二〕。

【注釋】

〔一〕綵女,即采女。後漢書皇后紀曰:「又置美人、宫人、采女三等,並無爵秩,歲時賞賜充給而已。」又後漢書宦者傳:「又聞後宫綵女數千餘人,衣食之費,日數百金。」可見采女實際上是宫中地位較低的宫女。漢代每年八月都要在民間選拔宫女，風俗通義曰：「案采者，擇也。以歲八月，雒陽民遣中大夫與掖庭丞、相工閲視童女年十三以上，二十以下，長壯妖絜有法相者，載入後宫。」此言東漢采女之制源自西漢。七月七日，織女會牛郎的傳説，於漢代即流傳。風俗通義曰：「織女七夕當渡河，使鵲爲橋。」而天下女子則有穿鍼乞巧的風俗。開襟樓，宫女所居在掖庭，此樓當在掖庭，屬未央宫。

〔二〕習之，御覽卷三一引作「習俗也」。

身毒國寶鏡

宣帝被收繫郡邸獄〔一〕，臂上猶帶史良娣合采婉轉絲繩〔二〕，繫身毒國寶鏡一枚〔三〕，大如八銖錢〔四〕。舊傳此鏡見妖魅〔五〕，得佩之者爲天神所福，故宣帝從危獲濟〔六〕。及即大位，每持此鏡，感咽移辰〔七〕。常以琥珀笥盛之〔八〕，緘以戚里織成錦〔九〕，一曰斜文錦〔一〇〕。帝崩，不知所在。

【注釋】

〔一〕宣帝，漢宣帝劉詢（前九一—前四八），漢武帝之曾孫，戾太子劉據之孫。武帝末年，「海内虚耗，户口減半」。昭帝即位，重用霍光，輕徭薄賦，與民休息，國勢轉興。公元前七四年，昭帝去世，無子嗣。霍光於是從掖庭中迎立劉詢爲帝。宣帝在位二十五年，信賞必罰，求真務實，吏稱其職，民安其業，威攝北方，匈奴歸依，史稱「昭宣中興」，而宣帝居功至偉。事詳漢書宣帝紀。收繫，捉拿關押。「繫」原誤作「擊」，據野竹齋等本改。郡邸，漢時各郡設在京城的官舍。邸中有獄，以收治犯法的吏員和政府交押的犯人，多係臨時羈押。漢舊儀曰：「郡邸獄治天下郡國上計者，屬大鴻臚。」武帝末年，宮中權力鬬争日趨劇烈，巫師大行其道。太子劉據與江充不和，江充利用武帝的信任，誣告劉據於宮中埋桐木人，以詛咒病中的武帝。劉據恐懼，遂與皇后同謀殺死江充，發兵抗拒官軍，激戰五日，死者數萬人，皇后及劉據先後自殺。爲此受牽連者甚衆，史稱「巫蠱之禍」。宣帝係戾太子之孫，雖年在襁褓，也被收監，所幸廷尉監邴吉可憐宣帝無辜受罪，派女徒乳養，照顧有加。

〔二〕史良娣，戾太子劉據之妾，史姓。太子除正妃外，還有良娣和孺子兩等妾。史良娣生史皇孫，史皇孫納王夫人，生宣帝，號「皇曾孫」。史良娣與史皇孫、王夫人均因「巫蠱」事被殺。猶帶，文弨注：「本又作『常帶』。」合采婉轉絲繩，即五彩絲帶。風俗通義曰：「五月五日以五綵絲繫臂，名長命縷，一名續命縷，一名辟兵繒，一名五色縷，一名朱索。又有條達等織組雜物，以相問遺。古詩云『繞臂雙條脱』是也。」可見漢代無論貴族，還是平民，都以繫或送五色縷以求躲避鬼、病、殺身之禍，以望長命安康，成爲流行風尚。

〔三〕身毒國，即古印度的音譯名，史記大宛列傳即載有「身毒國」。又稱天竺。

〔四〕八銖錢，本秦錢，方孔圓錢，文曰「半兩」，重如其文。漢初以其太重，改鑄莢錢，即所謂榆莢錢，又太輕。所以到吕后二年（前一八六）更鑄八銖錢，錢直徑爲三釐米。銖，計量單位，秦漢時，一斤爲十六兩，一兩爲二十四銖。

〔五〕「見」即現。

〔六〕從危獲濟，漢書宣帝紀曰：「武帝疾，往來長楊、五柞宮，望氣者言長安獄中有天子氣，上遣使者分條中都官獄繫者，輕重皆殺之。内謁者令郭穰夜至郡邸獄，（邴）吉拒閉，使者不得入，曾孫賴吉得全。因遭大赦，吉乃載曾孫送祖母史良娣家。」至元平元年（前七四）七月，霍光在奏廢昌邑王劉賀後，奏立劉詢爲帝。

〔七〕辰，時辰，一個時辰相當於二小時。移辰，良久，即很長時間。

〔八〕琥珀笥，用琥珀裝飾的竹製盛物盒子。

〔九〕織，用鍼縫合。戚里，三輔黄圖曰：「長安閭里一百六十，室居櫛比，門巷修直。有宣明、建陽、昌陰、尚冠、修城、黄棘、北焕、南平、大昌、戚里。」漢書石奮傳：「於是高祖召其姊爲美人，以奮爲中涓，受書謁。徙其家長安中戚里。」師古注曰：「於上有姻戚者，則皆居之，故名其里爲戚里。」織成錦，漢代以來用五彩色絲或金綫織成的華彩紋錦，是帝王及將相大臣、後宫后妃服飾的常用材料，主産於蜀地，唐元稹估客樂詩云：「炎州布火浣，蜀地錦織成。」

〔一〇〕斜文錦，絲織品名。「文」即紋。

霍顯爲淳于衍起第贈金

霍光妻遺淳于衍蒲桃錦二十四匹，散花綾二十五匹〔一〕。綾出鉅鹿陳寶光家〔二〕，寶光妻傳其法。霍顯召入其第，使作之。機用一百二十鑷〔三〕，六十日成一匹，匹直萬錢。又與走珠一琲〔四〕，緑綾百端〔五〕，錢百萬，黄金百兩，爲起第宅，奴婢不可勝數。衍猶怨曰：「吾爲爾成何功，而報我若是哉〔六〕！」

【注釋】

〔一〕霍光妻，即霍顯，霍光續弦。霍光，漢驃騎將軍霍去病之弟，武帝時任奉車都尉、光禄大夫，出入禁闥二十餘年，小心謹慎，甚見親信。昭帝八歲即位，政事壹決於霍光，百姓充實，四夷賓服。宣帝即位，光極受禮遇，兄弟一門貴重。霍顯有女名成君，想入後宮，以鞏固家族地位。時許皇后妊娠，病。女醫淳于衍入宮侍疾。霍顯以提拔其夫爲安池監爲條件，指使淳于衍下藥毒死許皇后，霍光女終入宮立爲皇后。初，法吏追究淳于衍，霍顯恐事敗露，密報霍光，霍光不忍檢舉，將事壓下。光死後，此陰謀方逐漸顯露。霍氏謀廢宣帝而立霍禹爲帝，事發，滅霍氏，唯霍皇后廢處昭臺宮，與霍氏相連坐誅滅者數千家。事詳漢書外戚傳、霍光傳。又外戚傳曰霍顯「亦未敢重謝衍」，與此記不同。蒲桃錦，織有葡萄紋的錦緞。散花綾，絲織品名，上散布各色花紋。匹，量名。漢書食貨志曰：「布帛廣二尺二寸爲幅，長四丈爲匹。」

〔二〕鉅鹿，郡名，治所在今河北省平鄉縣西南。陳寶光，人名，生平無考。

〔三〕鑷，織絲器織機上提綜的踏板。三國志杜夔傳引傅玄馬鈞傳序曰：「舊綾機五十綜者五十躡，六十綜者六十躡，先生患其喪功費日，乃皆易以十二躡。」躡、鑷通。

〔四〕走珠，珍珠的一種。沈懷遠南越志曰：「珠有九品，大五分以上至一寸八分，分爲八品。有光彩，一邊小平，似覆釜者名璫珠；璫珠之次爲走珠，走珠之次爲滑珠。」琲，貫珠十串爲一琲。文選吳都賦「珠琲」劉逵注曰：「琲，貫也。珠十貫爲一琲。」

〔五〕端，布匹的長度單位。陳直兩漢經濟史料論叢曰：「王國維釋幣引魏書食貨志云：『絹曰匹，布曰端。布六丈而當匹絹，絹以四丈爲一匹，布以六丈爲一端。』案王氏所引，係北魏時制度。居延木簡稱『九稯布二匹』，『廣漢八稯布十九匹』，並不稱端。古詩有：『客從遠方來，遺我一端綺。』是漢時繒帛一匹，亦可稱爲一端。」又楊伯峻春秋左傳注曰：「古代布帛，皆以古尺二丈爲一端，二端爲一兩。二兩類似今之二匹。」可見自先秦至北魏，該長度單位不斷有變化，不可以一衡之。

〔六〕文弨注曰：「本一作『而報我者若是』，無『哉』。」

旌旗飛天墮井

濟陰王興居反〔一〕，始舉兵，大風從東來，直吹其旌旗，飛上天入雲，而墮城西井中。馬皆悲鳴不進。左右李廓等諫〔二〕，不聽。後卒自殺。

【注釋】

〔一〕濟陰王興居，即劉興居，齊悼惠王劉肥次子。初封東牟侯。呂后擅政，曾與大臣密謀誅呂氏，立齊王爲帝。呂氏滅，與衆臣共擁立文帝於代邸。文帝知興居初欲立齊王，所以黜其功，僅割濟北一郡封其爲濟北王，而不依臣議以梁地王興居，於是興居心生怨懟。文帝前元三年（前一七七），匈奴犯北境，文帝親赴太原勞軍，興居借機起兵謀反，兵敗自殺，封國被廢除。事詳漢書高五王傳。「濟陰王」，諸本皆同，唯盧文弨據漢書改作「濟北王」。然原本如此，當明其誤而仍其舊。

〔三〕左右，親近部下。李廓，人名，正史無考。

弘成子文石〔一〕

五鹿充宗受學於弘成子〔二〕。成子少時，嘗有人過己〔三〕，授以文石〔四〕，大如燕卵〔五〕。成子吞之，遂大明悟，爲天下通儒〔六〕。成子後病，吐出此石，以授充宗，充宗又爲碩學也。

【注釋】

〔一〕向新陽校注曰：「本則爲朱彝尊經義考卷五全文引録，除首句『受學』作『受易』外，其餘字句皆同。但經義考標明引自張華，不知所據。」按「張華」者，張華博物志也，今本及佚文均無此條，朱引誤。

〔二〕五鹿充宗，字君孟。漢書朱雲傳曰：「是時，少府五鹿充宗貴幸，爲梁丘易。自宣帝時善梁丘氏説，元帝好之，欲考其異同，令充宗與諸易家論。充宗乘貴辯口，諸儒莫能與抗，皆稱疾不敢會。有薦雲者，召入，攝齋登堂，抗首而請，音動左右。既論難，連拄五鹿君，故諸儒爲之語曰：『五鹿嶽嶽，朱雲折其角。』」陳直漢書新證曰：「一九三〇年，山西懷安縣出五鹿充墓（見文參一九五八年九期），中有一奩，隸書『安陽侯家』四字，銅印爲『五鹿充印』四字，尚有其他絲織殘品。百官表：『建昭元年尚書令五鹿充宗爲少府。』恩澤侯表，安陽侯王音，河平四年封，與充宗正同時，與充宗或親戚有連，漆器因用以隨葬，則五鹿充印，很可能爲五鹿充宗之物。」又曰：「十六金符齋續百家姓譜十四頁，有『五鹿多』、『五鹿良』二印，可證五鹿在西漢時爲常見之姓。」又漢書儒林傳叙梁丘易學派師承甚明，即漢興，田何號杜田生授易梁人丁寬。丁寬作易説三萬言，授同郡田王孫。田王孫授梁丘賀。梁丘賀字長翁，琅邪諸縣人，初從京房受易，後更事田王孫，以筮有應，由是近幸，至少府，傳子梁丘臨，臨代五鹿充宗爲少府。充宗授平陵士孫張、沛郡鄧彭祖、齊國衡盛。未聞五鹿充宗受學於弘成子。弘成子，人名，生平無考。風俗通義曰：「（弘氏）衛大夫弘演之後。漢有宦者弘恭爲中書令。」

〔三〕過，探訪。

〔四〕文石，有花紋的石頭。鄧名世古今姓氏書辯證引本節作「成子少吞五色石」。

〔五〕御覽「燕」引作「鷄」。

〔六〕通儒，風俗通義曰：「儒者，區也，言其區别古今，居則翫聖哲之詞，動則行典籍之道，稽先王之制，立當時之事，此通儒也。」

黄鵠歌

始元元年〔一〕，黄鵠下太液池〔二〕。上爲歌曰〔三〕：「黄鵠飛兮下建章〔四〕，羽肅肅兮行蹌蹌〔五〕，金爲衣兮菊爲裳〔六〕。唼喋荷荇〔七〕，出入蒹葭〔八〕，自顧菲薄〔九〕，愧爾嘉祥〔一〇〕。」

【注釋】

〔一〕始元，漢昭帝年號，元年爲前八六年。

〔二〕黄鵠，鳥名，一種大鳥，或以爲是天鵝。楚辭惜誓曰：「黄鵠之一舉兮，睹山川之紆曲；再舉兮，睹天地之圜方。」又藝文類聚卷九十引韓詩外傳曰：「黄鵠一舉千里，止君園池，食君魚鱉，啄君黍粱，無此五德者，君猶貴之者何也？以其所從來者遠也。」所以一旦有黃鵠降臨皇家園池，均以爲是吉慶之事，大肆張揚。漢書昭帝紀曰：「黃鵠下建章宮太液池中，公卿上壽，賜諸侯王、列侯、宗室金錢各有差。」所載與本節相合。

〔三〕上，漢昭帝劉弗陵。歌，寫下詩歌。

〔四〕建章，建章宮。初建於武帝太初元年（前一〇四），因未央宮柏梁臺遭火災，時有粵巫勇之建言，廣東地區遇到火災，就會再起大屋以厭勝之，於是武帝下令在城外上林苑中建建章宮。漢書郊祀志曰：「度爲千門萬户前殿度高未央。其東則鳳闕，高二十餘丈。其西則商中，數十里虎圈。其北治大池，漸臺高二十餘丈，名曰泰液。池中有蓬萊、方丈、瀛州、壺梁，象海中神山龜魚之屬。其南有玉堂璧門大鳥之屬。立神明臺、井幹樓，高五十丈，輦道相屬焉。」建章宮規模之雄偉，器用之奢靡，均超過未央宮。其遺址在今西安市西，南起三橋，北到西柏梁村和孟家寨一帶，周迴二十餘里。爲了方便與未央宮之間的往來，兩宮間還建有飛閣，跨城而越，有乘輦通行。建章宮從此成爲武帝常住的皇宮。直至昭帝元鳳二年（前七九）四月，皇宮才遷回未央宮。

〔五〕「肅肅」，秦漢圖記本作「蕭蕭」，形容鳥羽翼扇動時的聲音。蹌蹌，則指鳥奔跑飛騰時的樣子。

〔六〕形容大鳥身上是米黄色，腹下則爲菊黄色。

〔七〕唼喋，指鳥和魚吃食時所發出的聲響。荷，荷花；荇，荇菜，白莖，葉赤紫色，浮於水面的嫩莖可食用。

〔八〕蒹葭，尚未長穗的蘆荻。詩經所謂「蒹葭蒼蒼」，即指此。

〔九〕菲薄，淺陋，自謙之辭。

〔一〇〕嘉祥，祥和的瑞徵。漢時黄龍現，獲白麟，黄鵠下，鳳凰集，甘露降，産靈芝，神雀過，均爲吉兆，往往隆重降旨慶賀。

送葬用珠襦玉匣

漢帝送死皆珠襦玉匣〔一〕。匣形如鎧甲，連以金縷。武帝匣上皆鏤爲蛟、龍、鸞、鳳、龜、麟之象，世謂爲蛟龍玉匣。

【注釋】

〔一〕送死，指爲父母辦喪葬之事。「漢帝」，北堂書鈔卷九四引作「帝及侯王」，御覽卷五五五引作「漢帝及諸王侯葬」。珠襦玉匣，漢舊儀曰：「帝崩，唅以珠，纏以緹繒十二重。以玉爲襦，如鎧狀，連縫之，以黄金爲縷。腰以下以玉爲札，長一尺，廣二寸半，爲柙，下至足，亦縫以黄金縷。請諸衣衿斂之。凡乘輿衣服，已御，輒藏之，崩皆以斂。」又曰：「王侯葬，腰以下玉爲札，長尺，廣二寸半，爲柙，下至足，綴以黄金縷爲之。」一九六八年河北滿城發掘了中山靖王劉勝之墓，出土了劉勝及其夫人竇綰入斂時穿的金縷玉衣，雖在地下埋葬長達二千餘年，但保存完好，爲我們研究漢代葬制提供了極爲寶貴的第一手資料。金縷玉衣是漢代皇帝的葬服。皇帝去世下葬時，洗净身體後，口中必唅玉，即玉貝，或玉珠，或玉蟬。然後用繒裹體，接着穿玉衣。王侯可倣其制而行，中山靖王劉勝就是依此制而行。其玉衣較寬大，全長一點八八米，共用玉片二千四百九十八片，其每片形狀大小均按人體部位情況而定，但以長方形和方形居多，其次爲三角形、梯形和多邊形。玉片的各角均有孔，以便金絲編綴。頭部由臉蓋與頭罩組成；上衣，即襦，由前片、後片和左右袖筒組成；下褲則由左右褲筒組成；另有手套及襪兩部分。全套葬衣共用金絲一千一百克。竇綰玉衣所用玉片爲二千一百六十片，用金絲七百克。此外徐州漢墓出土有銀縷玉衣，廣州南越王墓出土有紅色絲縷玉衣。而武帝所用玉衣必定遠遠精於上述諸玉衣。

三雲殿

成帝設雲帳、雲幄、雲幕於甘泉紫殿〔一〕，世謂三雲殿。

【注釋】

〔一〕成帝，即劉驁（前五一—前七），漢元帝劉奭之子。元帝好儒術，性怯懦，外戚勢力開始擡頭。成帝於前三二年即位，在位長達二十六年，却耽於酒色，治政無所建樹，一切委政於王氏，國勢日頹，爲王莽代漢打開了通途。帳、幄、幕三者，都泛指帳篷，但又有所區別。漢代宫室雖稱豪奢，但殿堂四周仍是土牆，有窗無遮，有屋無棚，所以施於門窗頂牆，冬則禦風寒，夏則擋蚊蠅的，只有隔絶内外的帷帳了。東觀漢記曰：「南宫複道多惡風寒，老人居之且病痱。内者多取帷帳，東西完塞諸窗，望令緻密。」帷帳是室内幔簾的總稱。釋名曰：「帷，圍也，所以自障圍也。」又曰：「帳，張也，張施於牀上也。小帳曰斗帳，形如覆斗也。」兩者的區别在於：第一，帷用來分隔堂室，帳施於牀上；第二，帷多單幅横面而施，而帳則籠罩四面。然而它們的作用都是障翳眼目，所以兩者也常通用。因此，凡是有頂的帷被稱作帳，不施於牀上的也一樣。史記汲鄭列傳曰：「上嘗坐武帳中，黯前奏事，上不冠，望見黯，避帳中，使人可其奏。」此武帳即非牀帳，而是殿上御座的有頂之帳。此記所謂的「雲帳」，即指有頂的帶有雲氣圖案的四圍大帳。「雲幕」即此大帳之頂幕。説文解字曰：「幕，帷在上曰幕。」釋名曰：「小幕曰帟，張在人上。」即主人座上的起承塵作用的布帘。而雲幄，即帶有雲氣圖案的幄，是在殿上分隔出的一個小屋。釋名曰：「幄，屋也，以帛衣板施之，形如屋也。」甘泉，即甘泉宫。秦時爲林光宫，漢武帝建元年間加以擴建，改稱甘泉宫，是漢代最大的離宫建築群，遺址在今陝西淳化縣北之甘泉山。因淳化漢時爲雲陽縣，所以甘泉宫又稱雲陽宫。漢武帝每年五月避暑於此，至八月才回長安，所以該宫也成爲武帝接見諸侯，受理郡國上計，設泰畤敬奉天神的地方。紫殿是該宫的主要建築之一。漢成帝永始四年（前一三），巡幸甘泉宫，據説有神光降臨紫殿。漢成帝爲此賜雲陽吏民爵位，女子百户牛酒，鰥寡孤獨高年老人賜以帛，並大赦天下。接着即設「三雲」於此殿。

漢掖庭

漢掖庭有月影臺、雲光殿、九華殿、鳴鸞殿、開襟閣、臨池觀〔一〕，不在簿籍〔二〕，皆繁華窈窕之所棲宿焉〔三〕。

【注釋】

〔一〕掖庭在未央宫中，爲後宫。皇后所居爲椒房殿，三輔黄圖曰：「以椒和泥塗（壁），取其温而芬芳也。」花椒多子，所以也取其令子孫繁衍也。天子居室左右側有嬪妃居住的地方，武帝初分八區，後增至十四區。嬪妃制度不斷變化。漢書外戚傳曰：「漢興，因秦之稱號，帝母稱皇太后，祖母稱太皇太后，適稱皇后，妾皆稱夫人。又有美人、良人、八子、七子、長使、少使之號焉。至武帝制倢伃、娙娥、傛華、充依，各有爵位。而元帝加昭儀之號，凡十四等云。」所謂十四等，即昭儀、倢伃、娙娥、傛華、美人、八子、充依、七子、良人、長使、少使。又有五官、順常。還有無涓、共和、娱靈、保林、良使、夜者爲一等。最下者爲上家人子、中家人子。又漢舊儀曰：「皇后一人。倢伃以至貴人，皆至十數。美人比待詔，無數。元帝、成帝皆且千人。」足見後宫姬妾人數之衆。又武帝前未央宫中有永巷，幽閉宫女之有罪者。永巷設有永巷令，是少府的屬官。武帝時改稱掖庭令，置獄如故，其八丞中就有掖庭獄丞。參閲秦漢官制史稿。月影臺，長安志作「月景臺」，位於未央宫前殿之北。開襟閣，即本卷「七夕穿鍼開襟樓」條之開襟樓。臨池觀，當在未央宫西南臨近太液池的地方，可登高望池。

〔二〕簿籍，指掖庭后妃及宫女的簿籍。由永巷令後由掖庭令親自掌管，每年八月負責從良家女子中選拔采女充實後宫。凡是入十四等者，按相應官職領取俸禄。不在簿籍，恐指尚未入等而待詔掖庭者。她們也會有簿録，不過是另册罷了。

〔三〕文中所提諸臺殿閣觀，當係尚未入籍采女棲身之處。

昭陽殿

趙飛燕女弟居昭陽殿〔一〕，中庭彤朱〔二〕，而殿上丹漆〔三〕，砌皆銅沓〔四〕，黄金塗〔五〕，白玉階，壁帶往往爲黄金釭〔六〕，含藍田璧〔七〕，明珠翠羽飾之。上設九金龍，皆銜九子金鈴〔八〕。五色流蘇〔九〕，帶以緑文紫綬〔一〇〕，金銀花鑷〔一一〕。每好風日，幡旄光影〔一二〕，照耀一殿，鈴鑷之聲，驚動左右。中設木畫屏風〔一三〕，文如蜘蛛絲縷〔一四〕。玉几玉牀，白象牙簟〔一五〕，緑熊席〔一六〕。席毛長二尺餘，人眠而擁毛自蔽〔一七〕，望之不能見，坐則没膝。其中雜熏諸香，一坐此席，餘香百日不歇〔一八〕。有四玉鎮〔一九〕，皆達照無瑕缺〔二〇〕。窗扉多是緑琉璃〔二一〕，亦皆達照，毛髮不得藏焉。椽桷皆刻作龍蛇〔二二〕，縈繞其間，鱗甲分明，見者莫不兢慄。匠人丁緩、李菊〔二三〕，巧爲天下第一。締構既成〔二四〕，向其姊子樊延年説之〔二五〕，而外人稀知，莫能傳者〔二六〕。

【注釋】

〔一〕趙飛燕（？—前一），本是長安宫省中侍使官婢，賜給陽阿主爲奴，學習歌舞大有成，因體態輕盈，故有飛燕之名。成帝微服至陽阿主家，被飛燕的歌舞所吸引，於是召入宫中，大得寵幸。女弟，即妹妹，也被召進宫去，一并封爲倢伃，同時受寵。許皇后被廢，成帝立趙飛燕爲皇后，但寵遇有所衰微，其妹妹却深得眷顧，尊爲昭儀。於是趙昭儀住昭陽殿中，大肆揮霍。後成帝於白虎殿暴卒，民間歸罪趙昭儀，宫中受皇太后詔嚴查事發原因，趙昭儀於是自殺。哀帝立，尊趙飛燕爲皇太后。不久哀帝去世，王莽借機廢趙飛燕爲庶人。當天，趙飛燕也自殺身亡。事詳漢書外戚傳。昭陽殿，漢未央宫中的重要宫殿之一。趙飛燕姐妹一度均住於此殿。本條所言與漢書外戚傳傳文多吻合，其文曰：「皇后既立，後寵少衰，而弟絶幸，爲昭儀。居昭陽舍，其中庭彤朱，而殿上髹漆，切皆銅沓黄金塗，白玉階，壁帶往往爲黄金釭，函藍田璧，明珠翠羽飾之，自後宫未嘗有焉。」

〔二〕中庭，昭陽正殿前之庭院。彤朱，以朱紅色漆塗地。漢官典職曰：「以丹漆地，或曰丹墀。」或以朱紅色淹泥塗地，漢書梅福傳「涉赤墀之塗」注曰：「以丹淹泥塗殿上也。」此庭院當以丹淹泥塗爲是。又漢官儀曰：「猶天子朱泥殿上，曰丹墀也。」則此爲天子之制。趙昭儀憑成帝寵愛，率意爲之，乃犯僭越之罪。

〔三〕丹漆，以紅漆漆地。詳見前注。

〔四〕砌，門坎。漢書顔師古注曰：「切，門限也。」銅沓，用銅包木門坎。

〔五〕塗，即鎏，一種古代黄金工藝，是鍍金的前身。黄金塗就是在銅門坎上鎏上黄金。

〔六〕壁帶，漢書顔師古注曰：「壁帶，壁之横木露出如帶者也。」即牆壁上方露出的横木。黄金釭，在木建築構架尚未完全成熟之時，宫中以銅做成的金釭，套在横木接頭部或中間，既能起到加固作用，更具有美觀作用，陝西鳳翔出土的秦都雍城宫室的金釭就是實證。漢時金釭上不僅有精美圖案，而且還裝嵌有珠寶羽毛，表面還有鎏金，更顯華貴。

〔七〕含，鑲嵌。藍田，山名，在今陝西西安藍田縣東南，多出美玉，至今尚在開採使用。漢書地理志曰：「藍田山出美玉。」

〔八〕鈴，鈴鐺、鈴鐸之類，多懸於檐角。

〔九〕流蘇，五色羽毛或絲綫編織成的穗子，多在車上、馬上、屋中作裝飾用。現爲殿上裝飾，懸鈴鑷之用。

〔一〇〕緑文紫綬，一種用彩絲成組編織而成的綬帶。漢書百官公卿表曰：「相國、丞相，金印紫綬。」又漢書外戚傳曰：「昭儀位視丞相，爵比諸侯王。」時趙昭儀用紫綬，正合漢制。綠文，紫綬上有綠色花紋。按百官公卿表曰：「諸侯王，高帝初置，金璽盭綬。」盭綬，即綠色綬帶。趙昭儀紫綬上帶有綠色，也與其地位「視丞相，爵比諸侯王」一致。

〔一二〕花鑷，用金銀製作的帶有花的圖案的鈴鐺。這種鈴鐺或繫在五色流蘇上，或繫在綠文紫綬上，隨風飄動，發出悅耳聲響。

〔一三〕幡旄，旗幟，飾有旄牛尾。「旄」，本誤作「毦」，據衆本改。

〔一四〕木畫屏風，帶有繪畫的木質屏風。長沙馬王堆一號漢墓出土有一木質屏風，上有彩繪，詳見長沙馬王堆一號漢墓上集。

〔一五〕文，花紋。蜘蛛絲縷，像蜘蛛網一樣的紋路，疑此木質屏風當屬漆器。

〔一六〕簟，竹篾席。此用象牙片加竹篾編成，更爲珍貴。

〔一七〕熊席，用黑綠色熊毛皮製成的席子。

〔一八〕自蔽，因熊毛長，人卧其中，毛把人自動遮蓋起來。

〔一九〕不歇，不消散。

〔二〇〕玉鎮，壓席的鎮物件，此爲玉製。楚辭九歌「瑶席兮玉瑱」注曰：「玉瑱，所以壓席者。」瑱、鎮通。

〔三〇〕達照，即通透之意。

〔三一〕緑琉璃，即緑色的玻璃，來自西方，漢時十分罕見，用作窗玻璃更爲稀有。琉璃價格高昂，此所用亦多，可見奢靡至極。

〔三二〕椽桷，置於檩上瓦下的木條。圓形的是椽，方形的稱桷。

〔三三〕丁緩、李菊，當是將作大匠屬下召用的匠師，生平無考。

〔三四〕締構，營建。

〔三五〕「其」，當指丁緩或李菊中一人。樊延年，人名，生平無考。漢時崇尚神仙方術，追求長生不老，所以以「延年」爲名者甚衆。如漢書王子侯表有胡侯劉延年、歙安侯劉延年、祝兹侯劉延年。漢書恩澤侯表有周承休侯姬延年。其他表傳中還有李延年、杜延年、解延年、馬延年、郭延年、田延年等。此外還有姓延名年的。可見一時之風尚。詳見張孟倫漢魏人名考。

〔三六〕「者」，盧文弨曰：「本或作『焉』。」

積草池中珊瑚樹

積草池中有珊瑚樹〔一〕，高一丈二尺，一本三柯〔二〕，上有四百六十二條。是南越王趙佗所獻〔三〕，號爲烽火樹〔四〕。至夜，光景常欲燃〔五〕。

【注釋】

〔一〕積草池，上林苑十池之一。十池：初池、麋池、牛首池、蒯池、東陂池、西陂池、當路池、大壹池、郎池和積草池。漢時少府屬官有上林十池監，管理衆池。事見三輔黄圖。西京雜記全譯據西陽雜俎及明鈔本説郛以爲「積草池」是「積翠池」之誤，可備一説。珊瑚，海中腔腸動物，形如樹枝，色彩斑斕，自古以來多作爲室中賞玩之物。

〔二〕一本，一主幹；三柯，三支杈。

〔三〕南越王趙佗（？—前一三七），真定（今河北正定）人。秦始皇發兵南越時從軍，曾任龍川（今廣東）令。秦末，行南海（今廣東廣州）尉事。秦滅亡，他吞併桂林（今廣西桂平西南）、象郡（今越南維川南茶橋），自立爲南越武王，割據一方。漢初，高祖遣陸賈封其爲南越王，剖符通使。吕后當政時，與漢政權一度交兵，並稱帝，號南武帝。文帝時，復稱藩奉貢。傳國至第五代，被武帝所滅，重置郡縣。事詳漢書南粤傳。其獻珊瑚事，據本傳，只可能在高祖或文帝當政時，而趙佗上呈文帝書中所言上貢寶物未涉及珊瑚樹，或此樹獻與高祖亦未可知。

〔四〕烽火樹，因係紅珊瑚樹，似火炬之故而命名。

〔五〕三輔黄圖所引與本文大致相同，唯本句作「至夜光景常焕然」。長安志亦作「焕然」。

昆明池石魚

昆明池刻玉石爲魚〔一〕，每至雷雨，魚常鳴吼，鬐尾皆動〔二〕。漢世祭之以祈雨，往往有驗。

【注釋】

〔一〕「玉」字，初學記卷五、卷七及長安志所引均無，三輔黄圖卷四引三輔故事亦同。其文曰：「池中有豫章臺及石鯨，刻石爲鯨魚，長三丈，每至雷雨，常鳴吼，鬣尾皆動。」陳直校證曰：「鯨魚刻石今尚存，原在長安縣開瑞莊，現移陝西省博物館。」一九九一年六月二十日陝西歷史博物館開館時，該石鯨移至門前景池中，與館標交相輝映，頗爲壯觀。

〔二〕鬐，魚鰭。三輔故事作「鬣」，義同。

上林名果異樹

初修上林苑〔一〕，群臣遠方，各獻名果異樹〔二〕，亦有製爲美名，以標奇麗〔三〕。

梨十：紫梨、青梨、實大。芳梨、實小。大谷梨、細葉梨、縹葉梨、金葉梨〔四〕、出琅琊王野家，太守王唐所獻〔五〕。瀚海梨、出瀚海北，耐寒不枯〔六〕。東王梨〔七〕、出海中。紫條梨。棗七：弱枝棗、玉門棗〔八〕、棠棗、青華棗、梬棗〔九〕、赤心棗、西王棗〔一〇〕。出昆侖山〔一一〕。栗四：侯栗、榛栗、瑰栗、嶧陽栗。嶧陽都尉曹龍所獻〔一二〕，大如拳。桃十：秦桃、榹桃、緗核桃、金城桃〔一三〕、綺葉桃、紫文桃、霜桃、霜下可食。胡桃〔一四〕、出西域。櫻桃、含桃〔一五〕。李十五：紫李、緑李、朱李、黄李、青綺李、青房李、同心李、車下李、含枝李、金枝李、顔淵李〔一六〕、出魯。羌李、燕李、蠻李、侯李〔一七〕。柰三〔一八〕：白柰、紫柰、花紫色。緑柰。花緑色。查三：蠻查、羌查、猴查〔一九〕。椑三〔二〇〕：青椑、赤葉椑〔二一〕、烏椑。棠四：赤棠、白棠、青棠、沙棠〔二二〕。梅七：朱梅、紫葉梅〔二三〕、紫花梅、同心梅、麗枝梅、燕梅、猴梅。杏二：文杏、材有文采。蓬萊杏。東郭都尉于吉所獻。一株花雜五色，六出，云是仙人所食〔二四〕。桐三：椅桐、梧桐、荆桐〔二五〕。林檎十株〔二六〕，枇杷十株，橙十株，安石榴一株〔二七〕，楟十株〔二八〕，白銀樹十株〔二九〕，黄銀樹十株〔三〇〕，槐六百四十株，千年長生樹十株〔三一〕，萬年長生樹十株〔三二〕，扶老木十株〔三三〕，守宫槐十株〔三四〕，金明樹二十株〔三五〕，摇風樹十株，鳴風樹十株，琉璃樹七株，池離樹十株，離婁樹十株，栴四株〔三六〕，樅七株〔三七〕，白俞、㮔杜、㮔桂〔三八〕、蜀漆樹十株〔三九〕，栝十株〔四〇〕，楔四株〔四一〕，楓四株。

余就上林令虞淵得朝臣所上草木名二千餘種〔四二〕。鄰人石瓊就余求借〔四三〕，一皆遺棄。今以所記憶，列於篇右。

【注釋】

〔一〕上林苑，本爲秦之苑。韓非子外儲説載秦昭王有「五苑」，上林苑可能即其中之一。漢初，蕭何曾建議放棄上林苑，讓百姓進苑開墾農田，劉邦大怒道：「相國多受賈人財物，乃爲請吾苑！」事見史記蕭相國世家。文帝時曾遊上林虎圈，「問上林尉諸禽獸簿」，事見史記張釋之傳。景帝則同梁孝王「游獵上林中」，見漢書文三王傳。擴建上林苑則見於三輔黄圖卷四：「武帝建元三年（前一三八），開上林苑，東南至藍田宜春、鼎湖、御宿、昆吾，旁南山而西，至長楊、五柞，北繞黄山，瀕渭河而東。周袤三百里。」漢書揚雄傳所引與本文大致相同，但無「建元三年」及「藍田」諸字，「三百里」作「數百里」。三輔黄圖又曰：「漢宮殿疏云：『方三百四十里。』」漢舊儀云：「上林苑方三百里，苑中養百獸，天子秋冬射獵取之。」據此，上林苑方三百餘里當近是。其方位大約是東起灞河西岸，北至渭水之南，西至澧河以東，南至長安斗門鎮之北常家莊。因其地域廣闊，所以昆明池、建章宮、太液池均建於其中，又不妨礙游獵之事。

〔二〕三輔黄圖卷四所引此句作「各獻名果異卉三千餘種植其中」。遠方，指多採自邊疆及鄰國，均係中原未見或罕見之物種。

〔三〕三輔黄圖卷四「奇麗」作「奇異」。

〔四〕大谷梨，出自大谷，在今河南洛陽東南。今名「水泉口」，以産梨著稱。縹葉梨、金葉梨，盧文弨注云：「案太平御覽作『縹帶梨』、『金柯梨』。」

〔五〕琅琊，郡名，西漢治所在今山東諸城。王野，人名，生平無考。太守，郡的行政長官，二千石主吏。王唐，人名，生平亦無考。盧文弨曰「唐」本或作「堂」。

〔六〕瀚海，漢時指呼倫湖和貝爾湖，在今蒙古人民共和國喬巴山市以西地區。霍去病曾進擊匈奴左賢王部，至瀚海而還。瀚海也泛指北方和西北少數民族地區。

〔七〕東王，當指東王公，一名木公，與西王母並稱。此梨當出産在今山東半島東端海中島上。

又御覽卷九六九誤將此梨引作「青玉梨」。

〔八〕弱枝，據史記大宛列傳云：「安息長老傳聞條枝有弱水、西王母，而未嘗見。」疑此棗傳自條枝弱水一帶。御覽卷九六五引「西王母棗」於其下，小注云出昆侖山。可見此棗出自西域無疑。

〔九〕「青華棗」，抱經堂本作「青葉棗」。樗，齊民要術引作「丹」。樗棗，係軟棗，又名「君遷子」，李時珍本草綱目曰：「其葉類柿而長，但結實小而長，狀如牛奶，乾熟則紫黑色。」

〔一〇〕西王棗，齊民要術引作「王母棗」，而御覽卷九六五引作「西王母棗」。西王母，神仙名，與東王公對稱。實爲西域昆侖山部落女首領。竹書紀年載，周穆王十七年，曾「西征昆侖丘，見西王母」。穆天子傳也有論述。又御覽卷九六五引廣志曰：「西王母棗大如李核。」又洛陽伽藍記卷一曰：「景陽山南有百果園，果别作林，林各有堂。有僊人棗，長五寸，把之兩頭俱出，核細如鍼。霜降乃熟，食之甚美。俗傳云出昆侖山。一曰西王母棗。」

〔一一〕昆侖山，在西藏與新疆接壤處，西起帕米爾高原東部，東延至青海境內。

〔一二〕榛栗，俗稱榛子，果實如橡子，味如栗，故名。嶧陽，漢書地理志曰：「(東海郡)下邳，葛嶧山在西，古文以爲嶧陽。」則嶧陽即下邳縣，在今江蘇邳縣之嶧山南。都尉，郡守之副手，掌兵事。嶧陽爲縣，只當有尉，此注有誤。曹龍，人名，生平無考。又御覽卷九六四引作「嶧陽太守曹寵」。

〔一三〕秦，指關中、隴東一帶。榹桃，即毛桃，本草綱目以爲「其仁充滿多脂，可入藥用」。緗，淺黄色。釋名曰：「緗，桑也，如桑葉初生之色也。」辭源則曰：「（緗桃）結淺紅色果實的桃樹。」金城，漢郡名，治所在今甘肅民和縣東南。

〔一四〕胡桃，博物志曰：「張騫使西域還，得胡桃種。」今指核桃。

〔一五〕含桃，即櫻桃。禮記月令「羞以含桃」，鄭注：「今之櫻桃。」向新陽校注以爲「『含桃』應爲『櫻桃』之注文，誤入正文。説郛明鈔本作『桃九』爲是」。

〔一六〕車下李，一名鬱李，見史記司馬相如傳集解引郭璞注。合枝李，齊民要術、初學記、藝文類聚、御覽均引作「含枝李」。顔淵李，以孔子弟子顔淵命名。其名回，字子淵，故齊民要術、初學記均引作「顔回李」。

〔一七〕羌李，出自西羌民族所居之地，在今隴東一帶。燕李，當出自河北北部及遼南，即古燕國地區。蠻李，當出自長江中下游以南地區。侯李，抱經堂本作「猴李」。

〔一八〕柰，蘋果之一種。白、紫、緑均以果皮顔色命名。

〔一九〕查，即楂，山楂之一種。猴查，因此楂猴喜歡吃而命名。

〔二〇〕椑，柿子之一種，今稱油柿。

〔二一〕赤葉棹，秦漢圖記本、萬曆本、寬政本均作「青葉棹」，抱經堂本據齊民要術改作「赤棠棹」。

〔二二〕棠，喬木，有赤、白二種。赤棠果實澀而無味，不可食用。白棠即甘棠，似梨，果小味酸甜。另有沙棠，味如李而無核。

〔二三〕紫葉梅，抱經堂本據初學記改作「紫帶梅」。「帶」即「蒂」之異體字。

〔二四〕文杏，傳自中亞，又作巴旦杏、八擔杏。蓬萊，漢時指在海中的仙山之一，另有瀛洲、方丈，號三仙山。拾遺記卷十曰：「蓬萊山，亦名防止，亦名雲來，高二萬里，廣七萬里。水淺，有細石如金玉，得之不加陶冶，自然光净，仙者服之。」按漢書郊祀志云，武帝東巡海上，至東萊，公孫卿言夜夢見大人，群臣以爲仙人，遂留宿海上。東萊在今萊州灣，所以漢時所謂之「海」，即今渤海。東郭都尉，學津討原本、正覺樓叢書本作「東郡」，冠悔堂叢書本作「東都」，類聚卷八七、御覽卷九六八均作「東海」，疑皆誤，此當作「東萊都尉」，郡治在掖縣，即今山東萊州。于吉，人名，生平無考。「于」，本作「干」，據秦漢圖記本、萬曆本、抱經堂本改。六出，即六個花瓣。

〔二五〕桐，白花桐，古稱椅桐，宜作琴瑟。荆桐，指楚地所産之桐樹。

〔二六〕林檎，即沙果，南方叫花紅。

〔二七〕安石榴，初學記卷二八引張華博物志曰：「張騫使西域還，得安石榴、胡桃、蒲桃。」又昭明文選李善注引博物志曰：「張騫使大夏，得石榴。」類聚卷八六引陸機與弟雲書曰：「張騫爲漢使外國十八年，得塗林安石榴。」無論是塗林安石國，還是大夏國，都是今伊朗、阿富汗、哈薩克斯坦一帶。至今西安臨潼的石榴種植既普遍，品質亦佳，足見影響之深。

〔二八〕椁，即山梨，野生品種。

〔二九〕白銀樹，所指未詳，當係「以標奇麗」所致。

〔三〇〕黄銀樹，同前。寬政本作「黄金樹」。

〔三一〕千年長生樹，同前。

〔三二〕萬年長生樹，即萬年青，又稱冬青樹。廣韻曰：「橿，一名檍，萬年木。」當屬他種，與冬青不同。

〔三三〕扶老木，可做手杖，供老人使用，故稱扶老木。漢書孔光傳「靈杖」服虔注：「靈壽，木名。」顔師古注曰：「木似竹，有枝節，長不過八九尺，圍三四寸，自然有合杖制，不須削治也。」或即指扶老木。

〔三四〕守宫槐，槐之一種。爾雅疏曰：「槐葉晝合夜開者，别名守宫槐。」

〔三五〕金明樹，與下摇風樹、鳴風樹、琉璃樹、池離樹、離婁樹等均爲「製爲美名」的貢獻品，難辨其真名。

〔三六〕柟，即楠木。

〔三七〕樅，即冷杉。

〔三八〕俞，即榆。白榆，白皮的榆樹。梼杜，不詳何樹。梼桂，向新陽校注引西安府志釋作「巖桂」，即桂花樹，不詳何據。

〔三九〕「蜀」，抱經堂本作「梼」，恐誤。

〔四〇〕栝，即檜樹。本草綱目云：「柏葉松身者，檜也。其葉尖硬，亦謂之栝。今人名圓柏。」

〔四一〕楔，文選蜀都賦劉注曰：「楔，似松，有刺也。」

〔四二〕余，劉歆自稱，實係葛洪僞托。上林令，掌管上林苑的官員，六百石。漢書百官公卿表曰：「初，御羞、上林、衡官及鑄錢皆屬少府。」又曰：「水衡都尉，武帝元鼎二年初置，掌上林苑，有五丞。」可見以元鼎二年（前一一五）爲界，先前屬少府，後來歸水衡都尉。虞淵，人名，生平無考。

〔四三〕石瓊，人名，生平無考。

巧工丁緩

長安巧工丁緩者，爲常滿燈〔一〕，七龍五鳳〔二〕，雜以芙蓉蓮藕之奇〔三〕。又作臥褥香爐〔四〕，一名被中香爐。本出房風〔五〕，其法後絶，至緩始更爲之。爲機環轉運四周，而爐體常平，可置之被褥，故以爲名〔六〕。又作九層博山香爐〔七〕，鏤爲奇禽怪獸，窮諸靈異，皆自然運動。又作七輪扇，連七輪，大皆徑丈，相連續，一人運之，滿堂寒顫〔八〕。

【注釋】

〔一〕丁緩，抱經堂本、初學記、御覽均引作「丁諼」，殷芸小説作「丁綬」，太平廣記則作「丁媛」，而敕修陝西通志所引與此同，甚是。常滿燈，燈油長滿，即長明燈之謂。漢代製燈技藝高超，設計精巧，多有出土。其製作出自官府手工業者，則由少府屬官考工令及尚方令下屬中尚方負責，私人鑄造則有作坊。其焊接工藝令人稱絶，歷二千餘年而鮮有脱落。

〔二〕初學記引作「九龍」，盧文弨據以改，今仍其舊而存其異。

〔三〕芙蓉，荷花之別名。學津討原本作「芙蕖」，亦荷花之別稱。

〔四〕卧褥香爐，一種奇特的熏香器，它採用了迴轉運動和常平支架原理而製成，戴念祖中國力學史指出：它的核心結構應由幾個軸心綫相互垂直的金屬環構成，即常平支架。其中央軸上裝置盂形或半圓形容器，内盛香料。由於互相垂直的各環轉軸彼此制約以及半圓形容器本身的重心影響，致使容器内置放的東西都不會傾倒而出。其論斷已被出土文物所證實。司馬相如美人賦中所謂的「金釭薰香」，即指這種性質的香爐。一九八七年扶風法門寺地宫中出土的唐鎏金蜂花紋銀香囊，就是具有兩個平衡框架的「三自由度陀螺儀」，其原理與此香爐完全一致。一九七〇年西安何家村出土石榴花結飛鳥葡萄紋香囊又是一證。

〔五〕房風，人名，漢代著名巧匠之一，生平無考。

〔六〕御覽卷七〇三引作「故取被褥以爲名」。太平廣記同。趙德麟侯鯖録作「故取被中爲名」。又曰：「今謂之袞毬。」

〔七〕我國歷來有熏香習俗。博山熏爐是漢代最爲流行的熏香器。其造型一般有一圓形銅盤做底座，中有一承接爐身的銅柄，可高可低；爐身半圓形，上有蓋，蓋作層疊山峰狀，呈尖錐體。爐内焚香，煙氣隨空而出，飄忽繚繞，看上去仿佛是海中仙山「博山」，因而得名。河北中山靖王劉勝墓中即出土有多達六七層山巒的博山爐。而一九八一年於陝西興平茂陵一號無名冢，從葬坑中出土的鎏金銀竹節熏爐，可謂無上佳品，堪稱國寶。其底座有兩條蟠龍，高竹節柄上端鑄出三條龍，爐體中部鎏銀帶上浮雕四條金龍。蓋呈博山形，雲霧繚繞，加以金銀勾勒。爐蓋口外側有銘文三十五字，其器名曰：「内者未央尚卧，金黄塗竹節熏爐一具。」可見是未央宫中的卧室器，可與此九層熏爐相印證。

〔八〕是一種開放式扇車，扇裝配於輪軸之上，摇動輪把，諸扇齊動，形成强大氣流，帶來持續清涼。又御覽卷七五一作「滿堂皆生風寒焉」。

趙昭儀遺飛燕書

趙飛燕爲皇后，其女弟在昭陽殿，遺飛燕書曰：「今日嘉辰，貴姊懋膺洪册〔一〕，謹上襚三十五條〔二〕，以陳踴躍之心：金華紫輪帽〔三〕，金華紫羅面衣〔四〕，織成上襦〔五〕，織成下裳〔六〕，五色文綬，鴛鴦襦〔七〕，鴛鴦被，鴛鴦褥，金錯繡襠〔八〕，七寶綦履〔九〕，五色文玉環〔一〇〕，同心七寶釵，黄金步摇〔一一〕，合歡圓璫〔一二〕，琥珀枕〔一三〕，龜文枕〔一四〕，珊瑚玦〔一五〕，馬腦彄〔一六〕，雲母扇〔一七〕，孔雀扇，翠羽扇，九華扇〔一八〕，五明扇〔一九〕，雲母屏風，琉璃屏風，五層金博山香爐〔二〇〕，迴風扇〔二一〕，椰葉席〔二二〕，同心梅，含枝李，青木香〔二三〕，沈水香〔二四〕，香螺巵〔二五〕，出南海〔二六〕，一名丹螺。九真雄麝香〔二七〕，七枝燈〔二八〕。」

【注釋】

〔一〕嘉辰，美好的時刻。懋膺，榮獲。洪冊，漢成帝簽署的封趙飛燕爲皇后的策書。

〔二〕襚，本指贈給死者的喪服，這裏泛指贈人禮物。條，品種。

〔三〕金華，即金花，作裝飾用。紫輪，帽有紫色的圓邊。

〔四〕羅，絲織的紗，其織法長期失傳，二十世紀末日本京都一位民間國寶級工藝大師重新發掘研製成功。不久，中國蘇州亦獲成功。面衣，織於帽檐上用來遮面的紗巾。漢代原物已不存，但新疆阿斯塔那三二二號墓曾出土唐代面巾三件，並附有眼罩。宋高承事物紀原卷三曰：「又有面衣，前後全用紫羅爲幅，下垂，雜他色爲四帶，垂於背，爲女子遠行乘馬之用，亦曰面帽。」足見其流行時間之長。估計傳之西域，至今新疆尚有遺俗。

〔五〕織成，産地之名。襦，一種長及於膝上的綿袄衣。説文曰：「短衣也。」急就篇顔師古注：「短衣曰襦，自膝以上。」又曰：「衣外曰表，内曰裏。」可知襦有面有裏。

〔六〕裳，裙子。漢時男女通服，女子爲多。陌上桑曰：「緗綺爲下裙，紫綺爲上襦。」上長襦，下著裙，裙自膝以上爲襦所遮掩，故而形成上長下短的樣式。這是秦漢女子通行的服式。直至漢獻帝時，才出現上襦甚短而下曳長裙的新風氣。

〔七〕鴛鴦襦，上衣繡有鴛鴦圖案，漢時極爲流行。

〔八〕金錯，繡用金綫。襠，坎肩或背心。

〔九〕七寶，用多種寶物裝飾的器物，不局限於七種，後作爲貴重工藝禮品的通稱。綦履，繫鞋帶的單底鞋。急就篇顏師古注曰：「單底謂之履。」

〔一〇〕五色文玉環，多彩的玉戒指。

〔一一〕步摇，漢代流行的女子頭飾。按禮制，則僅限於皇后、長公主等少數貴婦人。續漢輿服志曰：「步摇以黄金爲山題，貫白珠爲桂枝相繆，一爵九華，熊、虎、赤羆、天鹿、辟邪、南山豐大特六獸，詩所謂『副笄六珈』者。諸爵獸皆以翡翠爲毛羽。金題，白珠璫繞，以翡翠爲華云。」又釋名卷四曰：「步摇上有垂珠，步則摇動也。」其所言當爲一般用飾。而輿服志所言不僅有垂珠的步摇，還有把覆蓋在頭上的所有裝飾一併歸入，所以鄭玄注曰：「珈之言加也。副既笄而加飾，如今步摇上飾，古之制所未聞。」又山題，婦女首飾的底座，如山狀，置於額前。皇后的步摇用黄金作山題。

〔一二〕圓璫，耳上垂珠。

〔一三〕琥珀，松柏樹脂的化石，色紅者稱琥珀。用其作枕，氣味清新且質感温潤。

〔一四〕龜文枕，帶龜背紋飾的枕頭，希望能通靈氣。

〔一五〕玦，有口的玉環，此用珊瑚琢磨而成。

〔一六〕馬腦，即瑪瑙。彄，指環。

〔一七〕雲母，一種礦石，色深，可析爲片，半透明。扇，屏也，即雲母屏風。此指用於蔽日遮塵的大型雲母禮扇。

〔一八〕九華扇，竹製，上編織成文的扇子。曹植九華扇賦序曰：「昔吾先君常侍，得幸漢桓帝，帝賜尚方竹扇，不方不圓，其中結成文，名曰『九華』。」

〔一九〕五明扇，古今注曰：「五明扇，舜所作也。既受堯禪，廣開視聽，求賢人以自輔，故作五明扇焉。秦漢公卿士大夫皆用之，魏晉非乘輿不得用。」五明，即中原與四夷皆明德之意。

〔二〇〕五層金博山香爐，詳見上節注。

〔二一〕迴風，旋風。御覽卷七〇九引作「迴風席」。

〔二二〕椰葉席，用椰樹葉製成。

〔二三〕青木香，即木香。其香氣如蜜，本名爲蜜香。可作藥用。

〔二四〕沈水香，即沉香木，名貴香料，可藥用。其質地堅實細密，入水能沉而得名。

〔二五〕香螺巵，即用香螺殼去腥後製成的酒具，色多紅，故亦稱爲「丹螺」。

〔二六〕南海，漢郡名，郡治番禺，即今廣州市。

〔二七〕九真，漢郡名，郡治胥浦，今越南清化市西北。範圍包括今越南河静省、廣平省、義安省、清化省沿南海地區。雄麝香，雄麝腹部香腺的分泌物，香味濃烈，是貴重香料，可入藥。

〔三八〕西安漢長安城遺址出土有七臺連枝燈一具，無文字，無花紋，周身翠緑。

擅寵後宫

趙后體輕腰弱〔一〕，善行步進退〔二〕，女弟昭儀不能及也。但昭儀弱骨豐肌，尤工笑語。二人並色如紅玉，爲當時第一，皆擅寵後宫。

【注釋】

〔一〕趙后，即趙飛燕。弱，柔也。

〔二〕行步，指舞步。趙飛燕外傳云其「豐若有餘，柔若無骨」，「纖便輕細，舉止翩然」。據説她能作掌上舞，與今雜技相類。

卷第二

畫工棄市

元帝後宮既多〔一〕，不得常見，乃使畫工圖形，案圖召幸之。諸宮人皆賂畫工〔二〕，多者十萬，少者亦不減五萬。獨王嬙不肯〔三〕，遂不得見。匈奴入朝，求美人爲閼氏〔四〕，於是上案圖，以昭君行。及去，召見，貌爲後宮第一，善應對，舉止閑雅〔五〕。帝悔之，而名籍已定〔六〕。帝重信於外國，故不復更人。乃窮案其事，畫工皆棄市〔七〕，籍其家〔八〕，資皆巨萬〔九〕。畫工有杜陵毛延壽〔一〇〕，爲人形〔一一〕，醜好老少，必得其真。安陵陳敞、新豐劉白、龔寬〔一二〕，並工爲牛馬飛鳥衆勢〔一三〕，人形好醜，不逮延壽〔一四〕。下杜陽望〔一五〕，亦善畫，尤善布色〔一六〕。樊育亦善布色〔一七〕。同日棄市。京師畫工，於是差稀〔一八〕。

【注釋】

〔一〕元帝，漢元帝劉奭（前七五—前三三），漢宣帝之子，前四八年即位，在位十六年。崇尚儒學，爲人優柔寡斷，所以當年宣帝給了他「亂我家者，太子也」的評價。但囿於立子以嫡的傳統，未能改立。元帝寵信宦官，賦役繁苛，西漢政權從此走向没落。後宮，泛指居住在掖庭内的后妃姬妾及宮女等。

〔二〕盧文弨曰：「一作『皆賂諸畫工』。」

〔三〕王嬙，字昭君，南郡秭歸（今屬湖北省）人。漢元帝治政後期入宮，待詔掖庭。竟寧元年（前三三），匈奴呼韓邪單于來朝見元帝，願替漢朝守護北境。元帝大喜，改元「竟寧」，並賜王嬙爲其閼氏（即夫人），號寧胡閼氏。從此匈奴餘部與漢和好，邊境平静了六十餘年。王昭君成爲和親政策的代表人物。今内蒙呼和浩特市南有昭君墳，是民族和睦的象徵。漢書元帝紀「嬙」作「檣」，匈奴傳則作「牆」。據左傳哀公元年「宿有妃、嬙、嬪、御焉」，西京雜記作「嬙」恐與其身份有關，恐非本名。舊唐書音樂志亦作「嬙」。張彦遠歷代名畫記亦同。又抱經堂本「王嬙」下有「自恃容貌」四字，「不肯」下有「與工人乃醜圖之」七字，全句爲「獨王嬙自恃容貌，不肯與，工人乃醜圖之」，注曰：「今從樂府解題增正。」按文見宋郭茂倩樂府詩集卷第二九王明君。

〔四〕閼氏，匈奴單于妻妾的通稱。王昭君遠嫁之前，呼韓邪單于即娶呼衍王二女爲妻，長女稱「顓渠閼氏」，少女稱「大閼氏」，没有明顯的大小之分。據漢書匈奴傳，匈奴之俗，「貴壯健，賤老弱。父死，妻其後母；兄弟死，皆取其妻妻之」。所以呼韓邪單于死後，繼任單于的大閼氏之子雕陶莫皋，即以其後母王昭君爲妻，又生二女。司馬貞史記索隱曰：「閼氏，匈奴皇后號也。」非是。

〔五〕閑雅，即嫻雅，指女子舉止從容大方。

〔六〕名籍，被賜出嫁的人的名字、名分及詔文。

〔七〕窮案，徹查。棄市，漢代重刑。先秦至漢初稱作「磔刑」，即斬首後要懸首暴屍示衆之刑。漢景帝中元二年（前一四八）改爲棄市。漢書景帝紀顔師古注曰：「棄市，殺之於市也。謂之棄市者，取刑人於市，與衆棄之也。」但不再懸首暴屍。不過執行過程中，仍常磔屍，習慣使然。如漢書云敞傳「磔屍東市門」，後漢書陽球傳「僵磔王甫屍於夏城門」，王吉傳「凡殺人皆磔屍車上」，即其明證。事詳沈家本歷代刑法考。

〔八〕籍其家，抄没其家産，並登記入册。

〔九〕巨萬，史記司馬相如傳索隱曰：「巨萬，猶萬萬也。」言存款之巨大。

〔一〇〕杜陵，縣名，乃漢宣帝劉詢的陵邑，元康元年（前六五）春初置。陵在今西安市雁塔區繆家寨村以南。漢代皇帝即位，先治陵，並遷丞相、將軍、列侯、吏二千石和東方豪强至此居住，是加强中央集權、防止權力下移、削弱地方勢力的舉措。該强幹弱枝的政策，幾乎與西漢王朝相始終。毛延壽，人名，時任宫廷畫師，生平他書無考。唐張彦遠歷代名畫記所述未出此節範圍。

〔一一〕爲人形，畫人像。

〔一二〕安陵，縣名，漢惠帝劉盈的陵邑。陵遺址在今陝西咸陽市東北的白廟村南。陳敞，人名，宫廷畫師，生平事蹟無他考。新豐，縣名。漢初，太上皇懷念老家豐邑（今江蘇沛縣），意欲東歸。劉邦於是在秦驪邑按豐邑老家的布局予以復建，故稱新豐。故城在今西安臨潼區東的新豐鎮西長窵村一帶。劉白，人名；龔寬，人名，生平均無考。

〔一三〕衆勢，各種姿勢及形態。歷代名畫記作「並工牛馬」。

〔一四〕不逮，不及。歷代名畫記引作「不及」。

〔一五〕下杜，又稱杜城、杜縣，在今西安市西南之杜城村。漢代屬京兆尹管轄。後因宣帝在杜縣東少陵原上營造杜陵，改杜城爲下杜城。陽望，人名。

〔一六〕布色，調配好顔色後在畫上着色。

〔一七〕樊育，人名，生平無考。

〔一八〕差稀，有所減少。抱經堂本改作「殆稀」。

東方朔設奇救乳母

武帝欲殺乳母，乳母告急於東方朔〔一〕，朔曰：「帝忍而愎〔二〕，旁人言之，益死之速耳。汝臨去〔三〕，但屢顧我〔四〕，我當設奇以激之〔五〕。」乳母如言，朔在帝側曰：「汝宜速去，帝今已大，豈念汝乳哺時恩邪？」帝愴然，遂舍之。

【注釋】

〔一〕東方朔（前一五四—前九三），字曼倩，平原厭次（今山東惠民）人。武帝時，因其博學多聞，言談幽默，智計百出，常在談笑間，爲國事察言觀色，犯顔直諫，初甚得武帝寵愛，官拜太中大夫給事中。後以不敬罪免爲庶民，雖不久即官拜郎中，但不受重用，於是留下答客難、非有先生論等論説，以明其志。漢書有專傳。又據史記滑稽列傳所載，號大乳母的東武侯之母，因其家子孫及奴僕横行長安閭里，有司奏請治罪，被武帝寵愛的倡優郭舍人所救，與東方朔無涉，恐葛洪所述有誤。

〔二〕忍，殘忍。愎，剛愎自用。

〔三〕去，去受死刑。

〔四〕顧，回頭看。

〔五〕設奇，定下奇妙的計策。激，刺激，激將，令他回心轉意。

五侯鯖

五侯不相能〔一〕，賓客不得來往。婁護豐辯〔二〕，傳食五侯間〔三〕，各得其歡心，競致奇膳〔四〕。護乃合以爲鯖〔五〕，世稱「五侯鯖」，以爲奇味焉。

【注釋】

〔一〕五侯，漢成帝重用外戚王氏，河平二年（前二七），同日封他的舅舅王譚爲平阿侯，王商爲成都侯，王立爲紅陽侯，王根爲曲陽侯，王逢時爲高平侯，時稱「五侯」。能，和睦，親善。

〔二〕婁護，漢書游俠傳作「樓護」，字君卿，齊（今山東）人。年輕時隨父於長安當醫生，常出入貴戚家。後改學經傳，任京兆吏多年。他頗有口才，與富有文采的谷永同爲五侯上客，長安傳出「谷子雲筆札，樓君卿脣舌」的評語。當時其母親病故，五侯及其賓客送葬的車輛不下二三千輛，民謠説「五侯治喪樓君卿」。豐辯，能言善辯。

〔三〕傳食，輪流就食。

〔四〕奇膳，罕見的美食。

〔五〕鯖，把魚和肉烹製在一起的佳肴。裴子語林曰：「婁護字君卿，歷遊五侯之門。每旦，五侯家各遺餉之。君卿口厭滋味，乃試合五侯所餉之鯖而食，甚美。世所謂五侯鯖，君卿所致。」

公孫弘與高賀

公孫弘起家徒步〔一〕，爲丞相，故人高賀從之〔二〕。弘食以脱粟飯〔三〕，覆以布被。賀怨曰：「何用故人富貴爲〔四〕？脱粟布被，我自有之。」弘大慚。賀告人曰：「公孫弘内服貂蟬〔五〕，外衣麻枲〔六〕，内厨五鼎〔七〕，外膳一肴〔八〕，豈可以示天下〔九〕！」於是朝廷疑其矯焉〔一〇〕。弘歎曰：「寧逢惡賓，不逢故人。」

【注釋】

〔一〕公孫弘（前二〇〇—前一二一），字季，菑川薛（今山東滕縣南）人。武帝時，初以賢良徵爲博士，出使匈奴，未能很好實現武帝意圖而被免職。元光（前一三四—前一二九）年間，再舉賢良，對策擢第一，拜博士，再遷爲御史大夫。因其人心機頗深，辦事謹慎，從不直接頂撞武帝，又頗熟悉文法及官場故事，所以深得武帝信任，於元朔五年（前一二四）出任丞相，封平津侯。但其人心胸狹隘，外寬内深，有不如意者，必借機報復。起家徒步，離家步行，此指出身平民，無特殊政治及經濟背景，不過十餘年間，就平步青雲，拜相封侯，前所未見。

〔二〕故人，即舊友，私交頗深。高賀，人名，生平無考。從之，投靠他。

〔三〕脱粟飯，去皮小米做成的乾飯，漢代極其普通的飯食。爲了省事，漢代人常把煮熟或蒸熟的小米飯暴乾，做成乾糒，儲存起來，餓時用水伴食，或澆菜湯、肉湯後食用。其樣子頗似黄沙，所以御覽卷五〇引三秦記曰：「河西有沙角山，其砂粒粗，有如乾糒。」

〔四〕何用，有甚麽用。爲，語氣辭。全句意思是，故人富貴了，又有甚麽用？然而漢書公孫弘傳曰：「弘身食一肉，脱粟飯，故人賓客仰衣食，奉禄皆以給之，家無所餘。」與此所載異。

〔五〕貂蟬，皇帝近臣所用的華貴服飾。漢官儀曰：「侍中金蟬左貂。金取堅剛，百煉不耗。蟬居高食潔，目在腋下。貂内勁悍而外温潤。貂蟬不見傳記者，因物論義。予覽戰國策，乃知趙武靈王胡服也。」又古今注以爲佩貂蟬的本意是：「在位者有文而不自耀，有武而不示人，清虚自牧，識時而動也。」

〔六〕枲，粗麻。麻枲指質地極差的粗麻衣。

〔七〕五鼎，是古代貴族祭食器的等級。一般諸侯五鼎，卿大夫三鼎。五鼎包括的食物是牛、馬、豕、魚和麋。説見漢書主父偃傳顔師古注。這裏比喻公孫弘在家私下飲食極爲奢侈。

〔八〕一肴，即一肉菜。

〔九〕示，表示，即作爲表率。

〔一〇〕矯，作僞，表裏不一。漢書公孫弘傳載汲黯對他的評價是：「弘位在三公，奉禄甚多，然爲布被，此詐也。」又曰：「誠飾詐欲以釣名。」

文帝良馬九乘

文帝自代還〔一〕，有良馬九匹，皆天下之駿馬也。一名浮雲，一名赤電，一名絶群，一名逸驃，一名紫燕騮，一名緑螭驄，一名龍子，一名麟駒，一名絶塵，號爲九逸〔二〕。有來宣能御〔三〕，代王號爲王良〔四〕，俱還代邸〔五〕。

【注釋】

〔一〕文帝，漢文帝劉恒（前二〇二—前一五七），劉邦之子，薄太后所生。初封代王。周勃等平定諸吕之亂，衆臣議立劉恒爲帝，時在前一七九年。文帝在位二十三年，崇尚節儉，心儀黄老之術，輕徭薄賦，與民休息，使漢代經濟迅速得以恢復，鞏固了漢朝的統治。又經過了景帝的努力，爲漢武帝使漢朝達於極盛奠定了堅實的基礎。史稱「文景之治」。代，春秋時爲代國，在今河北蔚縣一帶。戰國時爲趙襄子所滅。秦時置代郡。漢初，高祖以雲中、雁門、代郡五十三縣封兄劉喜爲代王。後匈奴攻代，喜棄國逃回雒陽。於是又封如意爲代王。高祖十年（前一九七），代相國陳豨反，平定後，改封劉恒爲代王，都晉陽（今山西太原），後都中都（山西平遥西南）。文帝從代入主京師，所以稱「自代還」。

〔二〕逸，快奔，指馬奔跑速度極快。九逸，即九匹駿馬。代處北邊，與匈奴接壤，以産駿馬著稱。曹植朔風曰：「願騁代馬，倏忽北徂。」九馬名多與速度及顔色有關。如赤電，即言馬如赤色閃電；絶塵，馬馳神速，似蹄不沾塵。

〔三〕來宣，人名，生平無考。善御馬者。來姓起源於商族的郲姓，生活於鄭州一帶，後遷移到南陽，所以豫南及湖北一帶有來姓。

〔四〕王良，春秋末年晉國善於御馬的人。左傳哀公二年（前四九三）曰：「郵無恤御簡子。」杜預注云：「郵無恤，王良也。」楊伯峻春秋左傳注曰：「荀子正論篇、論衡命義篇之王梁即王良。論衡率性篇又作『王良』，可爲明證。至韓非子喻老篇『趙襄主學御於王子期』，外儲説下『王於子期爲趙簡王取道争千里之表』，王子期與王於子期皆王良，説詳劉師培韓非子斠補。」又孟子滕文公章句下「昔者趙簡子使王良與嬖奚乘」之「王良」，均爲同一人。作爲善御馬者，王良屢見於秦漢典籍，文帝以來宣善御馬，故以「王良」號之。

〔五〕代邸，代國在京師長安的官邸。

武帝馬飾之盛

武帝時，身毒國獻連環羈〔一〕，皆以白玉作之，馬瑙石爲勒〔二〕，白光琉璃爲鞍〔三〕。鞍在闇室中，常照十餘丈，如晝日。自是長安始盛飾鞍馬，競加雕鏤〔四〕。或一馬之飾直百金，皆以南海白蜃爲珂〔五〕，紫金爲華〔六〕，以飾其上。猶以不鳴爲患，或加以鈴鑷，飾以流蘇，走則如撞鐘磬〔七〕，若飛幡葆〔八〕。後得貳師天馬〔九〕，帝以玟瑰石爲鞍〔一〇〕，鏤以金、銀、鍮石〔一一〕，以緑地五色錦爲蔽泥〔一二〕，後稍以熊羆皮爲之〔一三〕。熊羆毛有緑光，皆長二尺者，直百金。卓王孫有百餘雙〔一四〕，詔使獻二十枚。

【注釋】

〔一〕羈，没有嚼口的馬籠頭。一般用皮革製成連環狀，貴族皇室則用金銀玉石爲裝飾。如秦陵出土銅車馬，即以金銀製作，顯得華麗貴重。

〔二〕勒，有嚼口的馬銜。用瑪瑙寶石來做，更爲寶貴。

〔三〕白光，透明的白色，有熒光。

〔四〕漢初，連年戰争，經濟凋蔽，至天子不能「具鈞駟」，一切從簡，在情理之中。經文景之治，天下太平日久，經濟繁盛。武帝時，奢侈之風漸行，鹽鐵論散不足篇曰：「今富者鞼耳銀鑷韉，黄金琅勒，罽繡弇汗，華韉明鮮。」也就是説，富人以革爲飾，置於馬耳左右，如流蘇狀，以銀作頭飾，用黄金及琅玕（美石）作嚼口，用羊毛或絲綫爲馬作防汗巾，裝具均明光鮮艷，與「古者庶人賤騎繩控，革鞮皮薦」，已不可同日而語。

〔五〕白蜃，海邊所産之大蛤蜊，可作裝飾用。珂，馬勒上的裝飾。

〔六〕紫金，是黄金與赤銅的合金，也稱紫磨金。

〔七〕鐘磬，銅鐘與石磬，均爲打擊樂器。

〔八〕幡葆，車蓋上飄揚的旗幟。

〔九〕貳師，城名，屬大宛國，在今吉爾吉斯斯坦西南部之馬爾哈馬特市。該地出名馬汗血馬，亦稱天馬。張騫出使西域歸來，向武帝作了報告。武帝派使者持重金去求良馬，遭到大宛拒絶，並劫殺使者及財物。武帝震怒，於太初元年（前一〇四）八月遣貳師將軍李廣利進攻大宛。戰争持續了四年，大宛國民不堪其苦，最終殺其國王，獻馬三千匹，才結束了戰争。雙方協議，以後每年大宛國獻天馬二匹。事詳史記大宛列傳及漢書張騫傳、西域傳。

〔一〇〕玫瑰石，僅次於玉的美石，又稱玫瑰石。

〔一一〕鍮石，即黄銅。鍮，玉篇曰：「石似金也。」乃是天然的銅礦石。

〔一二〕蔽泥，亦名障泥，即馬鞍下的擋泥墊。

〔一三〕稍，逐漸。羆，大於熊，有黄羆，有赤羆，俗稱人熊。

〔一四〕卓王孫，蜀郡臨邛（今四川邛崍）人。其祖先趙人，以鐵致富。秦統一後，强徙列國貴族及豪强於關中、巴、蜀。卓氏也在其列。其他人希望遷近一些，唯卓氏要求遷遠，到達臨邛。臨邛有鐵山，卓氏「即鐵山鼓鑄，運籌策，傾滇蜀之民，富至僮千人。田池射獵之樂擬於人君」。卓王孫即其後人，是當時少有的大富商。事見史記貨殖列傳及司馬相如列傳。

茂陵寶劍

昭帝時，茂陵家人獻寶劍〔一〕，上銘曰：「直千金，壽萬歲。」

【注釋】

〔一〕茂陵，漢武帝之陵邑，在今陝西興平東南。現於其東側陪葬墓霍去病墓園建立茂陵博物館。家人，指守墓的宫人。

相如死於消渴疾

司馬相如初與卓文君還成都〔一〕，居貧愁懣，以所著鷫鸘裘就市人陽昌貰酒〔二〕，與文君爲歡。既而文君抱頸而泣曰：「我平生富足，今乃以衣裘貰酒。」遂相與謀於成都賣酒。相如親著犢鼻褌滌器〔三〕，以耻王孫。王孫果以爲病〔四〕，乃厚給文君，文君遂爲富人〔五〕。文君姣好，眉色如望遠山〔六〕，臉際常若芙蓉〔七〕，肌膚柔滑如脂。十七而寡〔八〕，爲人放誕風流，故悦長卿之才而越禮焉〔九〕。長卿素有消渴疾〔一〇〕，及還成都，悦文君之色，遂以發痼疾〔一一〕，乃作美人賦〔一二〕，欲以自刺，而終不能改，卒以此疾至死。文君爲誄〔一三〕，傳於世。

【注釋】

〔一〕司馬相如（前一七九—前一一八），蜀郡成都（在今四川）人，字長卿，西漢著名的文學家。本名犬子，後仰慕藺相如的爲人，更名相如。所留傳下來的文學名篇有子虛賦、上林賦、大人賦等。武帝好其賦，擢其爲郎。相如口吃而善著書，患有消渴疾，即糖尿病。娶卓文君爲妻，不久又獲卓王孫所贈巨資，生活優裕，於是稱病閑居，故被免官隱於茂陵，直至去世。史漢均有專傳。還成都，初，司馬相如與臨邛令王吉交誼頗深。卓王孫慕司馬相如之名，想通過宴請王吉以達到見識司馬相如的目的。時其女卓文君守寡在家，貌美好音樂。相如對其愛慕已久。於是司馬相如隨王吉赴宴，並以琴聲打動文君，兩人竟於某夜私奔，從臨邛跑回成都。

〔二〕鷫鸘裘，用一種大型水鳥的羽毛做成的裘服。淮南子高誘注曰：「鷫鸘，鳥名也，長頸，緑身，其形似雁。」洪興祖楚辭補注以爲「一曰鳳凰别名」，恐非。此裘服所用之毛，當係下霜以後换好的羽毛，能禦風寒，故名鷫鸘。市人，市場裏的商販。陽昌，人名，生平無考。貰，賒欠，此作抵押解。

〔三〕犢鼻褌，即合襠褲。急就篇顏師古注曰：「合襠謂之褌，最親身者也。」可見是一種貼身内褲。一説圍裙。此記所言恐當以後解爲是。滌器，洗餐具。此事，漢書司馬相如傳曰：「相如與俱之臨邛，盡賣車騎，買酒舍，乃令文君當盧，相如身自著犢鼻褌，與庸保雜作，滌器於市中。」與此記言發生在成都異。

〔四〕病，即心中以此事爲耻。

〔五〕漢書司馬相如傳曰：「卓王孫不得已，分與文君僮百人，錢百萬，及其嫁時衣被財物。文君乃與相如歸成都，買田宅，爲富人。」

〔六〕眉毛的顏色呈現出如遠山一樣的黛色。

〔七〕臉際，腮邊。

〔八〕十七，抱經堂本注曰：「鈔本作『十八』。」

〔九〕越禮，不遵從父母之命，媒妁之言，違反禮教，私奔定終身。

〔一〇〕消渴疾，即今之糖尿病。中醫以爲飲食過於甘美而油膩，肥膩便令人内熱，甘貽則令人瘦中漲滿，故其氣上溢，常出現口渴，即稱消渴。病狀是多飲，多尿，易饑渴，人却日益消瘦。

〔一一〕痼疾，長久無法治愈的舊病。此指消渴疾。

〔一二〕美人賦，首見於古文苑，又見初學記卷一九、藝文類聚卷一七，嚴可均全漢文亦録之。

〔一三〕誄，一種哀念死者的文體。禮記鄭注云：「誄，累也。累列生時行迹，讀之以作謚，謚當由尊者成。」文君之誄已失傳。

趙后淫亂

慶安世年十五〔一〕，爲成帝侍郎〔二〕。善鼓琴，能爲雙鳳、離鸞之曲〔三〕。趙后悦之，白上〔四〕，得出入御内〔五〕，絶見愛幸〔六〕。常著輕絲履〔七〕，招風扇〔八〕，紫綈裘〔九〕，與后同居處。欲有子，而終無胤嗣。趙后自以無子，常託以祈禱，别開一室，自左右侍婢以外莫得至者，上亦不得至焉。以軿車載輕薄少年〔一〇〕，爲女子服，入後宫者日以十數，與之淫通，無時休息。有疲怠者，輒差代之，而卒無子〔一一〕。

【注釋】

〔一〕慶安世，人名，生平無考。

〔二〕侍郎，官名。光禄勳屬官（光禄勳，秦及漢初稱郎中令，漢武帝太初元年更名，東漢沿用之)。據漢書百官公卿表及漢官儀，侍郎「掌守門户，出充車騎」，「皆無員，多至千人，主執戟衛宫陛」。又漢官儀曰：「尚書郎初上詣臺，稱守尚書郎，滿歲稱尚書郎中，三年稱侍郎。」「三年稱侍郎」，一作「滿歲稱爲侍郎」。按漢官典職儀式選用亦作「三年稱侍郎」，恐當以滿三年稱侍郎爲是。

〔三〕雙鳳、離鸞之曲，樂府詩集卷五七琴曲歌辭叙曰：「其後西漢時有慶安世者，爲成帝侍郎，善爲雙鳳、離鸞之曲，齊人劉道强能作單鳧、寡鶴之弄，趙飛燕亦善爲歸風、送遠之操，皆妙絶當時，見稱後世。」惜本琴曲辭曲均失傳。

〔四〕趙后，趙飛燕。白，告訴。上，即漢成帝。

〔五〕御内，後宫。舊制：非宦者及特殊召見，男子不得入内。

〔六〕絶見，極度受到。愛幸，寵愛。

〔七〕輕絲履，錦履的一種，用細絲綫織成的面料作鞋面的單底鞋。急就篇顔師古注曰：「單底謂之履。」繡衣絲履偏諸緣，是古天子及后服。秦時，平民不許穿錦履，睡虎地秦墓竹簡所載秦律答問有「毋敢履綿履」的規定。漢初，劉邦亦下令「賈人毋得衣錦繡、綺、縠、絺、紵、罽」。但文同虚設。文帝時，賈誼云：「今人賣僮僕者，爲之繡衣絲履。」又曰：「美者黼繡，庶人之妾以緣其履。」事見漢書賈誼傳。

〔八〕招風扇，陸機羽扇賦曰：「其在手也安，其應物也誠，其招風也利，其盡氣也平。」此招風扇，恐係輕便的羽毛扇。

〔九〕「綈」，秦漢圖記本誤作「締」。綈是一種較粗厚的絲織品。

〔一〇〕輕薄少年，放蕩的青年男子，一般在二十歲上下。趙后外傳載，時有宮奴燕赤鳳，出自少嬪館，「雄捷能超觀閣，兼通昭儀」。

〔一一〕漢書外戚傳曰：「（趙）皇后既立，後寵少衰，而弟絶幸，爲昭儀。姊弟顓寵十餘年，卒皆無子。」成帝耽於酒色，趙后姊妹二人專寵，加上成帝「嘗軍獵，觸雪得疾，陰弱不能壯發」（引自趙后外傳），而早年許皇后和曹宮人均生子，被趙昭儀指使親信害死，所以成帝至死無後嗣。

作新豐移舊社

太上皇徙長安〔一〕，居深宮，悽愴不樂。高祖竊因左右問其故〔二〕，以平生所好，皆屠販少年〔三〕，酤酒賣餅〔四〕，鬭鷄蹴踘〔五〕，以此爲歡，今皆無此，故以不樂。高祖乃作新豐，移諸故人實之，太上皇乃悦。故新豐多無賴，無衣冠子弟故也〔六〕。高祖少時，常祭枌榆之社〔七〕。及移新豐，亦還立焉。高帝既作新豐，并移舊社，衢巷棟宇，物色惟舊。士女老幼，相携路首，各知其室。放犬羊鷄鴨於通塗，亦競識其家。其匠人胡寬所營也〔八〕。移者皆悦其似而德之〔九〕，故競加賞贈，月餘，致累百金。

【注釋】

〔一〕太上皇，皇帝之父的尊號。始於秦始皇。秦初併天下，議嬴政之號爲皇帝，隨即尊其父莊襄王爲太上皇。事見史記秦始皇本紀。劉邦登基，依秦制，尊其父爲太上皇。從此開爲活着的生父上「太上皇」尊號的先例。其後如北齊武成帝、唐高祖、唐睿宗、唐玄宗、宋高宗、清高宗，均傳位太子，退任太上皇。又後漢書章帝紀李賢注曰：「太上皇，高祖父也，名煓，音它官反，一名執嘉。三輔黄圖曰：高祖初都櫟陽，太上皇崩，葬櫟陽北原陵，號萬年，仍分置萬年縣。」太上皇名僅見於此，確否俟考。

〔二〕竊，私下；因，通過。

〔三〕屠販少年，即從事屠夫及販夫職業的年輕人。劉邦的手下多出自豐、沛，如樊噲即以屠狗爲事，當時人吃狗肉與吃羊肉、猪肉一樣盛行，沛縣狗肉至今有名。灌嬰則是販繒者。他們出身低微，却官居顯位，所以史稱漢初政權爲布衣將相之局。

〔四〕酤酒，賣酒。餅，是漢代最爲普遍的主食。主要是麥餅，即以小麥麵粉爲原料，用水摻和，不經發酵，捏成餅狀，放入釜甑中蒸熟而成。又有湯餅，一說是麥片兒湯或麵條湯，但可信的則是用蒸餅加白開水或菜湯、肉湯泡着吃，與今陝西羊肉泡饃或葫蘆頭泡饃相倣。東漢時才出現放芝麻於其上而烤製的胡餅。說詳拙著秦漢社會文明。

〔五〕鬭鷄，其俗至遲興起於戰國。戰國策齊策一曰：「臨淄甚富而實，其民無不吹竽、鼓瑟、擊筑、彈琴、鬭鷄、走犬、六博、蹹踘者。」沛縣地近齊魯，所以受影響頗深，盛行鬭鷄之戲。蹴踘，即蹹踘，類似今日之足球的運動，同樣至遲興起於戰國，並作爲習武的一種訓練，在軍隊中尤其流行。漢代蹴踘所用之球，以皮革作外皮縫製而成。揚雄法言稱「捖革爲鞠」，內充柔軟而有彈性的東西。因其形體渾圓，李尤鞠室銘稱其爲「圓鞠」。漢代的球門叫「鞠室」，球場叫「鞠域」，而皇宮中專門修有「鞠城」，一時「鞠城彌於街路」（陸機鞠歌行序）。

〔六〕衣冠子弟，官宦人家子弟，且有較高修養的人。

〔七〕枌榆，史記封禪書曰：「高祖初起，禱豐枌榆社。」史記集解引張晏注曰：「社在豐東北十五里。或曰枌榆，鄉名，高祖里社也。」又據漢書郊祀志注，枌榆爲豐縣的一個鄉。這一說法是可信的，也是劉邦的家鄉。漢代鄉里都立社，祭拜土地神。而劉邦所在的鄉里，以枌榆即白榆樹爲社神，顏師古認爲這就是鄉名的由來。

〔八〕胡寬，人名，建築師，生平無考。

〔九〕德，感激。

陵殿之簾

漢諸陵寢〔一〕，皆以竹爲簾〔二〕，簾皆爲水紋及龍鳳之像。昭陽殿織珠爲簾，風至則鳴，如珩珮之聲〔三〕。

【注釋】

〔一〕陵寢，即陵墓和寢廟之省稱。漢有十一陵，其中九陵在渭北的咸陽原上。其由西嚮東的順序是：武帝茂陵，在今興平市南位鄉策村；昭帝平陵，在今茂陵東南之大王村；成帝延陵，在今咸陽市秦都區周陵鄉之嚴家窑村；平帝康陵，在今周陵鄉之大寨村；元帝渭陵，在今秦都區窑店鎮西北周陵鄉之新莊；哀帝義陵，在今窑店鎮西北之原上；惠帝安陵，在今秦都區白廟村；高帝長陵，在今窑店鎮三義村一帶；景帝陽陵，在今秦都區蕭家村鄉張家灣村。綿延長達數十公里。九陵均帝后合葬，但同塋不合陵，一般帝陵在西，后在東，如長陵東爲吕后陵冢，平陵東爲上官皇后陵冢。而文帝霸陵舊説在西安市東郊白鹿原東北的毛西鄉楊家屹塔村，但新考古證實是在灞橋區狄寨街道江村東的臺塬上，宣帝杜陵則在西安南郊之杜城鎮。又寢廟在陵墓之側，有寢殿，置衣冠，事死如事生；有便殿；有廟。漢書韋玄成傳曰：「（陵）園中各有寢、便殿。日祭於寢，月祭於廟，時祭於便殿。寢，日四上食；廟，歲二十五祠；便殿，歲四祠。又月一遊衣冠。」

〔二〕簾，漢代以竹爲之稱簾，以布爲之稱嗛。又風俗通義曰「户幃爲簾」。這裏專指門簾。

〔三〕珩珮，即禮制所言之組佩，玉製，最上的横玉璜被稱作「珩」，下連多節佩，數節至數十節不等。紋飾多取龍、蛇、鳳鳥紋，身飾蠶紋，兼或雕成弦紋、雲紋、繩紋等。佩者多是貴族。走起路來，珮玉碰擊，發清脆聲響。爲避免行路失態，玉聲也是調節步幅和步速的提示音。

揚雄著太玄

揚雄讀書〔一〕，有人語之曰：「無爲自苦，玄故難傳〔二〕。」忽然不見。雄著太玄經，夢吐鳳凰，集玄之上，頃而滅。

【注釋】

〔一〕揚雄（前五三—一八），字子雲，蜀郡成都（在今四川）人。西漢著名文學家、哲學家和語言學家。其代表作有甘泉賦、羽獵賦、太玄經、法言、方言。漢書有傳。「揚雄」原誤作「楊雄」，據萬曆本、抱經堂本等改。

〔三〕「有人」者，劉歆也。漢書揚雄傳曰：「劉歆亦嘗觀之，謂雄曰：『空自苦！今學者有祿利，然尚不能明易，又如玄何？吾恐後人用覆醬瓿也。』雄笑而不應。」西京雜記所述，將之神化，難入正史。揚雄深受易經象數學和嚴遵思辨哲學體系的影響，在此基礎上提出了他的「太玄」哲學。太玄經既宣揚唯心主義的象數學和卜筮神學，又提出了樸素唯物主義的自然觀和認識論，具有明顯的二元論傾向。它影響了王充，也影響了魏晉玄學，在哲學史上佔有一定的地位。

相如答作賦

司馬相如爲上林、子虛賦〔一〕，意思蕭散〔二〕，不復與外事相關，控引天地〔三〕，錯綜古今，忽然如睡，焕然而興〔四〕，幾百日而後成〔五〕。其友人盛覽〔六〕，字長通，牂牁名士〔七〕，嘗問以作賦。相如曰：「合綦組以成文〔八〕，列錦繡而爲質〔九〕，一經一緯〔一〇〕，一宫一商〔一一〕，此賦之迹也〔一二〕。賦家之心〔一三〕，苞括宇宙，總覽人物，斯乃得之於内，不可得而傳。」覽乃作合組歌、列錦賦而退，終身不復敢言作賦之心矣〔一四〕。

【注釋】

〔一〕上林、子虚賦，文選分爲兩賦，然漢書司馬相如傳則爲一賦。按漢書本傳曰：「客遊梁，得與諸侯遊士居，數歲，乃著子虚之賦。」又曰：「蜀人楊得意爲狗監，侍上。上讀子虚賦而善之，曰：『朕獨不得與此人同時哉！』得意曰：『臣邑人司馬相如自言爲此賦。』上驚，乃召問相如。相如曰：『有是。然此乃諸侯之事，未足觀，請爲天子游獵之賦。』上令尚書給筆札，相如以『子虚』，虚言也，爲楚稱；『烏有先生』者，烏有此事也，爲齊難；『亡是公』者，亡是人也，欲明天子之義。故虚藉此三人爲辭，以推天子諸侯之苑囿，其卒章歸之於節儉，因以風諫。」據此則子虚賦作於先，僅涉諸侯事。被漢武帝召見後，才以「亡是公」爲名，補叙天子遊獵之事，以作諷諫。文選所分上林賦，實乃修改後的子虚賦的一部分。

〔二〕意思，思緒，即文意。蕭散，蕭灑，無拘無束。

〔三〕控引，控制，引伸爲縱横。

〔四〕此八字指文思一時模模糊糊，令人不識其真面目；忽然間論述豁然開朗，精彩絶倫。

〔五〕幾百日而後成，漢書枚皋傳：「司馬相如善爲文而遲，故所作少而善於皋。」可知司馬相如作賦下筆較慢，但文筆精湛。又文心雕龍之神思篇曰：「相如含筆而腐毫，揚雄輟翰而驚夢，桓譚疾感於苦思，王充氣竭於思慮，張衡研京以十年，左思練都以一紀，雖有巨文，亦思之緩也。」與張衡寫兩京賦用了十年、左思作三都賦用了十二年來比，司馬相如幾乎用了一百天，文思也不算太遲了。

〔六〕盛覽，人名，生平無考。

〔七〕牂牁，漢郡名。據漢書地理志及華陽國志南中志，此郡乃漢武帝元鼎六年（前一一一）派唐蒙開牂牁道，平定南夷時所置，治所且蘭（在今貴州凱里西北）。所轄涉及貴州大部及雲南、廣西接境部分地區。

〔八〕綦組，成組絲所織成的帶子。此喻指成組華麗的辭藻，即文采。

〔九〕錦繡，借絲織佳品以喻指精巧的構思。質，内容，與上述之形式相對應。

〔一〇〕經，係絲織品的縱綫；緯，乃横綫。此喻指文章的條理，也就是章法。

〔一一〕宫、商，是中國古代五聲音階宫、商、角、徵、羽中的前兩聲音階。此喻指文章的韻律。

〔一二〕迹，即通過學習和請教，可以明顯瞭解和感悟的創作形式與寫作技巧。

〔一三〕心，即創作理念、靈感、悟性等只可意會不可言傳的東西。

〔一四〕紺珠集卷二引殷芸小説曰：「揚雄謂『長卿賦不似人間來』，歎服不已。其友盛覽問：『賦何如其佳？』雄曰：『合綦組以成文，列錦繡以成質。』雄遂著合組之歌、列錦之賦。」所述與此異。結合西京雜記本卷及下卷之文，紺珠集所引恐誤。

仲舒作繁露

董仲舒夢蛟龍入懷〔一〕，乃作春秋繁露詞〔二〕。

【注釋】

〔一〕董仲舒（前一七九—前一〇四），廣川（今河北棗强東）人，西漢著名的思想家，今文經學派中春秋公羊學的大師。景帝時，爲博士，下帷講經，三年不窺園。武帝時，舉賢良，對以天人三策，主張「諸不在六藝之科、孔子之術者，皆絶其道，勿使并進」（漢書董仲舒傳），即主張「罷黜百家，表彰六經」，開封建社會儒學正統之端緒，影響至爲深遠。但董仲舒的仕途并不順遂，官至膠西王相，以病免。而他把君權、父權、夫權聯繫起來，形成新的儒學體系，以及推出三綱五常的封建道德倫理，的確適應了漢代大一統的需要。

〔二〕春秋繁露，十七卷，八十二篇。今本與漢書董仲舒傳及藝文志所言篇數不符，所以必經後人整理，並加改竄更易，但其主要思想仍屬董仲舒。董仲舒治春秋公羊傳，所以書名之「春秋」即指公羊家而言；而「繁露」本意是冕旒，於此作闡發解。也就是説，董仲舒以春秋公羊説爲主旨，闡發他個人的理解。書中還揉合了陰陽五行的學説，建立了「天人感應」、「三綱五常」的新體系，是儒學神學化的代表作。蘇輿的春秋繁露義證足資利用。

揚雄論爲賦

或問揚雄爲賦〔一〕，雄曰：「讀千首賦〔二〕，乃能爲之〔三〕。」

【注釋】

〔一〕或問，有人問。意林卷三引桓譚新論曰：「揚子雲攻於賦，王君大習兵器，余欲從二子學，子雲曰『能讀千賦，則善賦』，君大曰『能觀千劍，則曉劍』。」則問者或即是桓譚。

〔二〕讀千首賦，稗海本、津逮秘書本、學津討原本均作「讀賦千首」。

〔三〕乃能爲之，抱經堂本注曰：「鈔本作『乃能作賦』。」

匡衡勤學能説詩

匡衡字稚圭〔一〕，勤學而無燭。鄰舍有燭而不逮，衡乃穿壁引其光，以書映光而讀之。邑人大姓文不識〔二〕，家富多書，衡乃與其傭作〔三〕，而不求償。主人怪，問衡，衡曰：「願得主人書遍讀之。」主人感歎，資給以書，遂成大學〔四〕。衡能説詩〔五〕，時人爲之語曰：「無説詩，匡鼎來。匡説詩，解人頤。」鼎，衡小名也〔六〕。時人畏服之如是，聞者皆解頤歡笑。衡邑人有言詩者，衡從之〔七〕，與語質疑，邑人挫服，倒屣而去〔八〕。衡追之，曰：「先生留聽，更理前論。」邑人曰：「窮矣。」遂去不返。

【注釋】

〔一〕匡衡，東海承（今山東蒼山蘭陵）人。西漢著名經學家。家貧好學，以射策甲科爲太常掌故，時號「經明無雙」。但因宣帝不好儒，而未得重用。元帝時，屢上書言治政得失，元帝以爲堪任公卿，故拜其爲光禄勳、御史大夫。建昭三年（前三六）任丞相，封樂安侯。成帝時，以專地盜土罪免爲庶人。漢書有傳。

〔二〕文不識，人名，生平無考。漢武帝時有將軍程不識。「不識」是漢代較爲常見的名字之一。

〔三〕傭作，受雇爲人做工。盧文弨據鈔本改作「衡乃與客作」，誤。史記張丞相列傳附傳及漢書匡衡傳皆作「傭作」。

〔四〕大學，大學問家，即大儒。御覽卷六一九引作「大儒」。

〔五〕詩，即詩經。漢興，言詩者魯有申公，齊有轅固，燕有韓嬰，各立師門。轅固傳夏侯始昌，夏侯始昌傳后蒼，后蒼傳匡衡，於是齊詩一脈有匡氏學這一支派。

〔六〕鼎，匡衡小名。「無説詩，匡鼎來」，亦見漢書本傳，其注曰：「服虔曰：『鼎猶言當也，若言匡且來也。』應劭曰：『鼎，方也。』張晏曰：『匡衡少時字鼎，長乃易字稚圭。世所傳衡與貢禹書，上言「衡敬報」，下言「匡鼎白」，知是字也。』師古曰：『服、應二説是也。賈誼曰「天子春秋鼎盛」，其義亦同，而張氏之説蓋穿鑿矣。假有其書，乃是後人見此傳云「匡鼎來」，不曉其意，妄作衡書云「鼎白」耳。字以表德，豈人之所自稱乎？今有西京雜記者，其書淺俗，出於里巷，多有妄説，乃云匡衡小名鼎，蓋絶知者之聽。』」服虔、應劭均爲東漢末年大學者，其不言「鼎」爲衡之字，較爲可信。西京雜記所録雖有舛謬，但頗有可取資之處，師古排斥過甚，亦腐儒之見。

〔七〕從，過從，登門討教。

〔八〕倒屣而去，指穿鞋未拉上鞋跟，形容人慌亂急促，鞋都未穿好就走掉了。

惠莊遂巡

長安有儒生曰惠莊〔一〕，聞朱雲折五鹿充宗之角〔二〕，乃歎息曰：「藾栗犢反能爾邪〔三〕！吾終耻溺死溝中〔四〕。」遂裹糧從雲〔五〕。雲與言，莊不能對，逡巡而去，拊心謂人曰：「吾口不能劇談，此中多有。」

【注釋】

〔一〕惠莊，人名，生平無考。

〔二〕朱雲，字游，魯（今山東曲阜）人。好勇任俠，博通經學，不畏權貴，剛直敢言。元帝時曾因得罪石顯而下獄。成帝時上書請誅張禹，險些被成帝處斬。漢書有傳。

〔三〕繭栗犢，指小牛犢，角初出，形似繭而得名。此作後生晚輩解。孔本脱「繭」字，據抱經堂本補。

〔四〕溺死溝中，是處於一隅，默默無聞的意思。

〔五〕裹糧，帶着乾糧出門。

搔頭用玉

武帝過李夫人〔一〕，就取玉簪搔頭〔二〕。自此後，宮人搔頭皆用玉〔三〕，玉價倍貴焉。

【注釋】

〔一〕過，探望。李夫人，漢武帝寵妃之一，以倡樂得到賞識。初，其兄李延年是宫廷大音樂家，能歌善舞，能編新曲，深得武帝寵信。平陽公主乘機推薦李夫人，於是進宫，生下昌邑哀王。李夫人早卒，武帝常常想念，於是圖畫其形於甘泉宫。時齊人少翁「乃夜張燈燭，設帷帳，陳酒肉，而令上居他帳，遥望見好女如李夫人之貌，還帷坐而步，又不得就視，上愈益相思悲感，爲作詩曰：『是邪？非邪？立而望之，偏何姍姍其來遲？』令樂府諸音家絃歌之」（漢書外戚傳）。這就是皮影戲之起源。

〔二〕簪，頭飾，用來固定髮髻的長鍼，有的用玉製，也有的用金屬或獸骨做成。古時，男子二十歲行冠禮，即成人禮，始束髮戴冠。冠即用簪加以固定。女子已許婚者，十五歲及笄，可束髮加簪，二十成婚；如未許婚，二十及笄。總之，用簪是成人的標識。搔頭，即撓頭去癢。

〔三〕搔頭，此指撓癢的工具。用玉製成就是玉簪子，以俗定名。

精弈棋裨聖教

杜陵杜夫子善弈棋〔一〕，爲天下第一。人或譏其費日〔二〕，夫子曰：「精其理者，足以大裨聖教〔三〕。」

【注釋】

〔一〕杜夫子，姓杜的長者，名不詳，生平無考。弈棊，圍棊。説文曰：「弈，圍棊也。」方言亦曰：「圍棊謂之弈。自關而東，齊、魯間皆謂之弈。」它起源於原始社會後期，世本作篇云：「堯造圍棊。」儘管出於傳説，但其所處時代可以推見。因此大英百科全書認爲圍棊在公元前二三五六年左右起源於中國。美國百科全書也以爲於公元前二三六〇年由中國發明。圍棊之道應與兵法有關，所以桓譚新論曰：「世有圍棊之戲，或言兵法之類也。」劉邦擅長將將，頗有謀略，和他精於圍棊有關。本書卷三即載劉邦與戚夫人於百子池畔下圍棊之事，此事亦見三輔黃圖卷四。漢代圍棊棊子多爲木質，分黑白兩色，棊盤十七道。一九五二年河北望都一號漢墓出土現存最早的東漢棊盤，石質，十七道。

〔二〕漢代對圍棊有不同看法，反對者中，賈誼「失禮迷風」的評價最具代表性。這裏所謂徒耗時日，於世無補，也是一例。但這並不影響圍棊在有漢一代的流行，出現了公認的棊聖吴人嚴子卿，以及中國現可知最早的圍棊理論著作班固的弈旨。

〔三〕裨，幫助，增益。聖教，聖人之教，即指儒學，也就是指在禹、湯、文、武、周公、孔子等聖人教誨的基礎上而形成的儒教體系。古文苑所載班固弈旨曰：「北方之人謂棊爲弈。弘而説之，舉其大略，厥義深矣。局必方正，象地則也；道必正直，神明德也；棋有黑白，陰陽分也；駢羅列布，效天文也；四象既陣，行之在人，蓋王政也。成敗臧否，爲仁由己，道之正也。」又曰：「至於弈則不然，高下相推，人有等級，若孔氏之門，回賜相服。循名責實，謀以計策，若唐虞之朝，考功黜陟。器用有常，施設無析，因敵爲資，應時屈伸，續之不復，變化自新，或虛設豫制，以自護衛，蓋象庖犧罔罟之制。堤防周起，障塞漏決，有以夏后治水之勢。」又曰：「上有天地之象，次有帝王之治，中有五霸之權，下有戰國之事，覽其得失，古今略備。」不難看出，班固之論，將弈棋之理論與儒教倫常比附而叙。所以杜夫子反駁時人誤解，以爲有裨聖教，也是文人愛弈的一大原因。

彈棋代蹴踘

成帝好蹴踘，群臣以蹴踘爲勞體〔一〕，非至尊所宜。帝曰：「朕好之，可擇似而不勞者奏之。」家君作彈棋以獻〔二〕，帝大悦，賜青羔裘〔三〕、紫絲履，服以朝覲〔四〕。

【注釋】

〔一〕勞體，過度勞累，傷害身體。

〔二〕家君，劉向也。此乃葛洪冒用劉歆的口氣而言。彈棋，亦作彈棊，漢時所創。一説始於漢武帝時期，古今圖書集成引彈棋經序曰：「彈棋者，仙家之戲也。漢武帝平西域，得胡人善蹴踘者，盡衒其便捷跳躍，帝好而爲之。群臣不能諫，侍臣東方朔以此藝進之，帝就舍蹴踘而上彈棋焉。習之者多在宫禁中，時人莫得而傳。」一説始於漢成帝，即以本書爲準。但有一點十分明顯，它是流行於漢宫廷中的一種棋藝。至王莽末，天下大亂，彈棋才由宫中傳入民間，事見彈棋經序。據後漢書梁冀傳注引藝經，可知彈棋是兩人對局，黑白各六枚棋子，排列兩邊於棋盤上，走棋則以石箭彈擊對方棋子，中則破其一子，以先彈中對方六子者爲勝。

〔三〕青羔裘，用黑羊羔皮做的皮衣。漢代上朝皆穿黑衣。

〔四〕朝覲，上朝拜見皇帝。

三輔雪災

元封二年〔一〕，大寒，雪深五尺，野鳥獸皆死〔二〕，牛馬皆踡跼如蝟〔三〕，三輔人民凍死者十有二三〔四〕。

【注釋】

〔一〕元封，漢武帝年號，共六年，起於公元前一一〇年，止於公元前一〇五年。元封二年，即公元前一〇九年。按漢書五行志作「元鼎二年（前一一五）三月，雪，平地厚五尺」。漢書武帝紀亦云元鼎二年「三月，大雨雪」。此記恐誤。

〔二〕仇兆鰲杜詩詳注卷二前苦寒行注引作「野中鳥獸」，疑此脱「中」字。

〔三〕踧，足步相接謂之踧，即雙脚蹺起來。猬，刺猬。

〔四〕三輔，漢京畿地區之總稱。漢初分稱左内史、右内史及主爵都尉。漢武帝太初元年（前一〇四），正式改名爲京兆尹、左馮翊、右扶風，以官名同轄區郡名，而官名也不稱太守，别製美名，以突出京畿地方官之特殊地位。其治所同在長安城中，三輔地區與今陝西中部即關中地區大體相倣，東略至渭北。此稱號沿襲至唐代。

四寶宫

武帝爲七寶牀〔一〕、雜寶桉〔二〕、厠寶屏風〔三〕、列寶帳〔四〕，設於桂宫〔五〕，時人謂之四寶宫。

【注釋】

〔一〕七寶，泛指金、銀、珠玉、珊瑚、琉璃、琥珀、瑪瑙、漆等寶物。日本至今仍稱特種工藝品如漆盒爲七寶，乃沿漢唐習俗。

〔二〕桉，同案，即几，可置於牀上、榻上或席上，或作書案，或作食案。因形制較小，質輕，可一托而起。漢書鄭崇傳「因執詔書案起」，即舉以承詔書的案。另梁鴻與孟光夫婦，相敬如賓，用膳時常舉案齊眉，所舉即食案。雜寶，以各色寶物裝飾之案。

〔三〕廁寶，與雜寶意思相同。屏風，多爲木質，一般繪有彩畫，如漢書叙傳言成帝御座旁立有畫以商紂醉踞妲己作長夜之樂場景的屏風。湖南長沙馬王堆漢墓出土有一五彩畫的木屏風，長七十二釐米，高六十二釐米，是個模型。按墓中遣策所記，原物長五尺，高三尺。又如遼陽漢墓壁畫上，男女主人榻後部均有屏風，成折角形。又宫中有雲母屏風，漢書王莽傳即言「王莽常翳雲母屏風」。

〔四〕列寶之文義與雜、廁同。此爲牀帳。

〔五〕桂宫，漢宫名，建於漢武帝太初四年（前一〇一），位於長安城中西面，未央宫之北，南鄰直城門大街，東有横門大街與北宫相隔，西近漢城西城牆，北界雍門大街。宫城呈方形，南北長一千八百米，東西寬八百八十米，周長五千三百六十米，是后妃之宫。漢成帝爲太子時住過，後爲太后退居之處。遺址在今西安北未央宫鄉夾城堡、民婁村、黄家莊及鐵鎖村一帶。

瓠子河決

瓠子河決〔一〕，有蛟龍從九子自決中逆上入河〔二〕，噴沫流波數十里。

【注釋】

〔一〕瓠子河，古代聯接黄河與大野澤（原址在今山東鉅野、鄆城之間）的一條河流。其入黄河的入口處名瓠子。瓠子口在今河南濮陽南。瓠子河決口事發生於漢武帝元光三年（前一三二）。漢書武帝紀曰：「河水決濮陽，氾郡十六。發卒十萬救決河。」又史記河渠書曰：「今天子元光之中，而河決於瓠子，東南注鉅野，通於淮、泗。於是天子使汲黯、鄭當時興人徒塞之，輒復壞。」時丞相田蚡因河淹河南地，他的封邑鄃縣却因而豐收，所以阻止繼續修堤。於是過了二十餘年，即元封二年（前一〇九），漢武帝才派汲仁、郭昌發卒數萬人，重塞瓠子河決口。事成之後，於缺口旁建宣房宫以作紀念。

〔二〕九子，俗稱龍生九子，不成龍形，其分别是囚牛、睚眦、嘲風、蒲牢、狻猊、霸下、狴犴、贔屓、蚩吻。事見楊慎升庵外集卷九五。

積霖至百日

文帝初，多雨，積霖至百日而止〔一〕。

【注釋】

〔一〕積霖，即連陰雨，久下不停。左傳隱公元年曰：「凡雨自三日以往爲霖。」文帝時積霖百日，不見於正史。

五日子欲不舉

王鳳以五月五日生〔一〕，其父欲不舉〔二〕，曰：「俗諺：『舉五日子，長及户則自害，不則害其父母〔三〕。』」其叔父曰〔四〕：「昔田文以此日生，其父嬰敕其母曰：『勿舉！』其母竊舉之。後爲孟嘗君，號其母爲薛公大家〔五〕。以古事推之，非不祥也。」

遂舉之。

【注釋】

〔一〕王鳳（？—前二二），字孝卿，西漢東平陵（今山東濟南東）人。漢元帝王皇后之兄，漢成帝之舅。其祖父因避仇，移家至魏郡元城（今河北大名東）委粟里。其父王禁，爲廷尉史。王鳳爲長男。元帝即位，立其妹王政君爲皇后。永光二年（前四二），鳳襲父爵爲陽平侯。成帝即位，王鳳爲大司馬大將軍領尚書事，王氏以此勃興。王鳳專擅朝政長達十一年，非經他同意，即便是成帝也不能做出決定。這恐怕也是成帝耽於酒色的重要原因。事詳漢書元后傳。

〔二〕其父，王禁也。欲不舉，想不養活他。

〔三〕長及户，長到與門一樣高，即到成年的時候。害其父母，史記孟嘗君列傳曰：「五月子者，長與户齊，將不利其父母。」索隱引風俗通曰：「俗説五月五日生子，男害父，女害母。」又論衡四諱篇曰：「俗有大諱四。……四曰諱舉正月、五月子。以爲正月、五月子殺父與母，不得舉也。已舉之，父母偶死，則信而謂之真也。」時人之所以諱舉正月、五月子，是以爲「夫正月歲始，五月陽盛，子以此月生，精熾熱烈，厭勝父母，父母不堪，將受其患」（論衡四諱篇）之故。所以王充指出：「有空諱之言，無實凶之效，世俗惑之，誤非甚也。」疑「舉五日子」當作「舉五月子」。

〔四〕其叔父，即王弘。漢書元后傳曰：「禁弟弘至長樂校尉。」

〔五〕史記孟嘗君列傳曰：「及長，其母因兄弟而見其子文於田嬰。田嬰怒其母曰：『吾令若去此子，而敢生之，何也？』文頓首，因曰：『君所以不舉五月子者，何故？』嬰曰：『五月子者，長與户齊，將不利其父母。』文曰：『人生受命於天乎？將受命於户邪？』嬰默然。文曰：『必受命於天，君何憂焉！必受命於户，則可高其户耳，誰能至者！』嬰曰：『子休矣。』」王弘之言，即出於此。又嬰死，田文代立於薛，是爲孟嘗君。他捨家業而厚待天下之士，門客衆多，與趙之平原君、魏之信陵君、楚之春申君並稱戰國「四公子」。大家，即大姑，是對婦女的尊稱。

雷震南山

惠帝七年夏〔一〕，雷震南山〔二〕。大木數千株皆火，燃至末，其下數十畝地，草皆燋黄。其後百許日，家人就其間得龍骨一具，鮫骨二具〔三〕。

【注釋】

〔一〕惠帝七年，即前一八八年。

〔二〕南山，終南山，在今西安市南，屬秦嶺山脈的主峰之一。

〔三〕鮫，通蛟，一説爲龍，廣雅釋魚曰：「有鱗曰蛟龍。」一説是魚，即海鯊，吕氏春秋高誘注曰：「魚二千斤爲蛟。」

高祖送徒驪山

高祖爲泗水亭長〔一〕，送徒驪山〔二〕，將與故人訣去。徒卒贈高祖酒二壺，鹿肚、牛肝各一〔三〕。高祖與樂從者飲酒食肉而去。後即帝位，朝晡尚食〔四〕，常具此二炙〔五〕，并酒二壺。

【注釋】

〔一〕泗水，亭名。亭，漢代地方郡、縣、鄉、亭四級中最低的一級機構。一説亭與鄉同級，職責有别。但據咸陽出土衆多帶有「咸亭」、「咸里」陶文之器可知，前説爲是。泗水亭在今江蘇沛縣東，泗水與沱水交匯處東。亭長，秦漢時約每十里設一亭，亭設亭長，負責治安、捕盜及一般法律訴訟事宜。同時亭有館舍，負責接待來往的官員、驛騎及過往客商和百姓。

〔二〕徒，被徵作勞役的人。驪山，一名酈山，以山形似驪馬呈青色而得名。在今西安市臨潼區城南，是秦嶺山脈由藍田鄉西北延伸的一個支脈，綿延二十餘公里。

〔三〕「徒卒」，鈔本作「從卒」。「鹿肚」，秦漢圖記本、萬曆本、日本寬政本均作「鹿肝」。

〔四〕朝晡，白虎通曰：「平旦，食少陽之始也。晝，食太陽之始也。晡，食少陰之始也。莫，食太陰之始也。」此指天子的飲食一日四食。朝言清晨，晡言傍晚，以喻一天。尚食，官名，負責皇帝的飲食。漢舊儀曰：「省中有五尚，即尚食、尚冠、尚衣、尚帳、尚席。」孫星衍按：「省中五尚不見於百官公卿表，疑屬大長秋。」然據漢書百官公卿表，少府屬官大官（亦作太官）、湯官亦安排天子飲食。漢舊儀云：「太官尚食，用黄金釦器。」又曰：「太官主飲酒，皆令丞治，湯官奴婢，各三千人，置酒，皆緹褠、蔽膝、緑幘。」又曰：「湯官供餅餌果實。」而古文苑所載柏梁臺聯句中之大官令詩亦云：「枇杷橘栗桃李梅。」則大官令也掌四時鮮果進獻。此記所言「尚食」，是指給天子進膳。究係何官所進，則大長秋所屬之尚食、少府屬官、太官令丞、湯官均有可能。

〔五〕二炙，即鹿肚、牛肝二種肉食，均經燒烤而成。

梁孝王好營宮室苑囿

梁孝王好營宮室苑囿之樂〔一〕，作曜華之宮〔二〕，築兔園〔三〕。園中有百靈山〔四〕，山有膚寸石〔五〕、落猿巖、棲龍岫〔六〕。又有雁池，池間有鶴洲鳧渚〔七〕。其諸宮觀相連，延亘數十里〔八〕，奇果異樹、瑰禽怪獸畢備〔九〕。王日與宮人賓客弋釣其中〔一〇〕。

【注釋】

〔一〕梁孝王，即劉武，漢文帝之子，竇皇后所生。初封代王，二年後改封淮南王，文帝十二年（前一六八）定封梁王。其兄景帝即位後，曾許諾死後傳位給梁王。吴楚七國之亂時，梁孝王死守睢陽，爲平定叛亂立下大功。後因傳位之事，與景帝有隙，幾乎獲罪。後梁孝王伏斧質請罪，景帝才與之和好如初，但梁王心中抑悶，鬱鬱寡歡而死。史記梁孝王世家曰：「孝王，竇太后少子也，愛之，賞賜不可勝道。於是孝王築東苑，方三百餘里，廣睢陽城七十里。大治宮室，爲複道，自宮連屬於平臺三十餘里。」

〔二〕曜華之宮，建於梁國都城睢陽城，在今河南商丘南。三輔黃圖卷三亦載「曜華宮」。

〔三〕兔園，即史記梁孝王世家所言之「東苑」。正義引括地志曰：「兔園在宋州宋城縣東南十里。俗人言梁孝王竹園也。」古文苑卷三載枚乘梁孝王兔園賦，極言該園之盛。

〔四〕百靈山，御覽卷一九六引作「白室山」。

〔五〕膚寸石，古代寬一指爲寸，四指側放長度爲一膚，此指較規整的石塊。

〔六〕岫，一作山洞，爾雅釋山曰：「山有穴爲岫。」一作峰巒。此當作山洞解。

〔七〕鳧渚，野鴨棲息的小洲。史記梁孝王世家正義引括地志所録西京雜記作「鳧島」。然而三輔黃圖、御覽等仍作「鳧渚」，當是。又史記索隱作「鳧洲雁渚」。

〔八〕數十里，史記梁孝王世家索隱引作「七十餘里」。此園甚大，除文中所及諸園池山渚外，尚有蠡臺，見御覽卷一七八引戴延之述征記；清泠臺，見水經注；掠馬臺，亦見水經注；平臺，見述異記；列仙吹臺，見洞冥記。

〔九〕史記梁孝王世家正義引括地志作「瑰禽異獸靡不畢備」，三輔黃圖卷三作「珍禽怪獸畢有」。

〔一〇〕弋，射獵。賓客，史記梁孝王世家曰：「招延四方豪桀，自山以東游説之士莫不畢至。齊人羊勝、公孫詭、鄒陽之屬。」

魯恭王好鬬禽

魯恭王好鬬鷄鴨及鵝雁〔一〕，養孔雀、鵁鶄，俸穀一年費二千石〔二〕。

【注釋】

〔一〕魯恭王，漢景帝子劉餘，程姬所生。初爲淮陽王，景帝前元三年（前一五四）徙封魯王。好治宫室，曾壞孔子舊宅以廣其宫，於壁中得古文經傳，成就古文經學派。

〔二〕俸穀，原指俸禄，此指用於飼養禽鳥所耗費的穀物，相當於一個二千石吏一年的薪俸。

流黄簟

會稽歲時獻竹簟供御〔一〕，世號爲流黄簟〔二〕。

【注釋】

〔一〕會稽，漢郡名。秦置。高祖六年（前二〇一），爲荆國之一部分，荆王劉賈之封地。高祖十二年（前一九五）封劉濞爲吴王，會稽屬焉。景帝四年（前一五三），封其子劉非爲江都王，治故吴國。後恢復爲郡，郡治吴縣，即今江蘇蘇州。至東漢順帝時，於吴縣設吴郡，轄今蘇南地區。改會稽郡治所於今浙江紹興，其轄地包括今浙江、福建及江西一小部分地區。竹簟，竹席。供御，供皇帝享用。

〔二〕流黄簟，褐黄色竹席。所謂「流黄」，是竹篾加工後所形成的顔色。

朱買臣爲會稽太守

朱買臣爲會稽太守〔一〕，懷章綬還至舍亭〔二〕，而國人未知也〔三〕。所知錢勃見其暴露〔四〕，乃勞之曰〔五〕：「得無罷乎〔六〕？」遺與紈扇〔七〕。買臣至郡，引爲上客，尋遷爲掾史〔八〕。

【注釋】

〔一〕朱買臣（？—前一一五），字翁子，吴（今江蘇蘇州）人。家貧，賣薪爲生。好讀書，隨上計吏到長安，經同鄉嚴助推薦，被武帝賞識，拜中大夫、侍中。後東越叛亂，拜其爲會稽太守。

平定東越後，以功升主爵都尉。因揭發張湯而被殺。漢書有傳。

〔二〕章綬，官印及繫於印紐上的綬帶，是表明官員身份的標誌。據漢書百官公卿表所載，漢代太守是「銀印青綬」。舍亭，官辦客舍。漢書朱買臣傳作「郡邸」，即郡在京師長安所設的官舍。初，買臣遭免官，待詔於郡邸，常遭人白眼。其人性狹，有恩則報，睚眦亦必報。

〔三〕國人未知，漢書本傳曰：「直上計時，會稽吏方相與群飲，不視買臣。買臣入室中，守邸與共食，食且飽，少見其綬。守邸怪之，前引其綬，視其印，會稽太守章也。守邸驚，出語上計掾吏，皆醉，大呼曰：『妄誕耳！』守邸曰：『試來視之。』其故人素輕買臣者入内視之，還走，疾呼曰：『實然！』坐中驚駭，白守丞，相推排陳列中庭拜謁。」隨即朱買臣乘長安駟馬傳車南下赴任。

〔四〕所知，知交，好友。錢勃，人名，生平無考。暴露，露天而處，無所遮蔽。

〔五〕勞，慰問安撫。

〔六〕得無罷乎，是不是累了的意思。罷，疲乏。

〔七〕遺，贈予。紈扇，細絹製成的扇子。

〔八〕遷，任命。掾史，郡太守的屬吏。漢制：郡之屬吏由太守在當地自行聘任。

卷第三

黄公幻術

余所知有鞠道龍〔一〕，善爲幻術〔二〕，向余説古時事：有東海人黄公〔三〕，少時爲術，能制蛇御虎〔四〕。佩赤金刀〔五〕，以絳繒束髮〔六〕，立興雲霧，坐成山河。及衰老，氣力羸憊，飲酒過度，不能復行其術。秦末，有白虎見於東海，黄公乃以赤刀往厭之〔七〕。術既不行，遂爲虎所殺。三輔人俗用以爲戲，漢帝亦取以爲角抵之戲焉〔八〕。

【注釋】

〔一〕余，依葛洪跋語，當指劉歆。鞠道龍，人名，生平無考。

〔二〕幻術，古代魔術。漢時十分盛行，其技藝，一起源於西方，史記大宛列傳云：「條支在安息西數千里，臨西海。……安息役屬之，以爲外國。國善眩。」眩，即幻術。條支在西亞兩河流域。漢武帝時，自張騫開通西域後，諸國使者頻繁來長安，其中安息國所獻即有眩人。顔師古注曰：「眩讀與幻同。即今吞刀吐火、植瓜種樹、屠人截馬之術皆是也。」東漢永寧元年（一二〇），撣國所獻還有羅馬幻人。又其技藝出於中國本土，往往與方士之方術相結合，成爲原始道教宣揚教義的一種工具。如漢武帝時，李少君主張「祠竈皆可致物，致物而丹沙可化爲黄金，黄金成以爲飲食器則益壽，益壽而海中蓬萊僊者乃可見之」（漢書郊祀志）。又如齊人李翁自言能「通神」，欒大則能「致僊」。幻術技法變化莫測，桓譚新論曰：「方士董仲君，犯事繫獄，佯死，目陷蟲爛。故知幻術靡所不有，又能鼻吹、口歌、聳眉、動目。」後漢書左慈列傳載，左慈可當衆從銅盤中用竹竿釣出三尺鱸魚，於宴席中立致蜀國生姜，手持一升酒可讓在座百官醉飽。曹操想殺他，他却能遁入壁中。幻術與今天傳統的大戲法可謂一脈相承。

〔三〕東海，漢郡名。治所郯縣，在今山東郯城。黄公，人名，生平無考。

〔四〕「蛇」，秦漢圖記本、萬曆本、日本寬政本均作「龍」。

〔五〕赤金，即銅。

〔六〕絳繒，一種深紅色的厚重絲織物。

〔七〕赤刀，即赤金刀。厭，鎮壓，懾服。黄公此段經歷，張衡西京賦中有相似描述：「東海黄公，赤刀粤祝，冀厭白虎，卒不能救，挾邪作蠱，於是不售。」可知其故事流傳之久遠。

〔八〕角抵，亦作角觝，戰國時興起，稱角力，是一種雜技表演。其源出於先秦時産生的蚩尤戲。相傳蚩尤鬢如劍戟，頭上生角，與黄帝戰於涿鹿，愛以角相抵，於是冀州模倣其形象，頭戴牛角而抵鬭，稱蚩尤戲。秦統一天下，角抵盛行於宫中，秦二世對其尤爲着迷，當李斯父子遭趙高追殺時，竟因二世在觀賞角抵，而不得入宫求救。漢初此戲一度遭罷除，但既能講武又是娱樂的角抵，還是很快流行起來。江陵鳳凰山出土的一件秦代木篦背上即有角抵圖，其打扮與相撲極爲相似，兩人正在角力，一人在旁，是作裁判還是助威不詳。東漢時其着裝又有變化。據河南密縣打虎亭二號東漢墓所示，力士往往模倣古代大力士夏育、烏獲，身材魁梧，滿腮胡鬚，頭上扎有絳紅色抹額，在頭頂上用一綹頭髮刷膠後如一小竹竿般竪起，光着上身，着短褲，以手互搏。有時角抵表演時，加上故事情節，雜以中外音樂及幻術，使之更具戲劇性。所以漢武故事曰：「未央宫中設角抵戲，享外國，三百里内皆觀。角抵者，六國所造也。秦併天下，兼而增廣之。漢興雖罷，然猶不都絶，至上（漢武帝）復采用之。並四夷之樂，雜以奇幻，有若鬼神。」

淮南王好方士

又説〔一〕：淮南王好方士〔二〕，方士皆以術見〔三〕，遂有畫地成江河，撮土爲山巖，嘘吸爲寒暑，噴嗽爲雨霧〔四〕。王亦卒與諸方士俱去〔五〕。

【注釋】

〔一〕又説，即承上節鞠道龍再説古時事。

〔二〕淮南王，即劉安（前一七九—前一二二），淮南厲王劉長之子。厲王因母親被趙王張敖謀反案所牽連而入獄，在呂后妒忌、審食其不幫忙、劉邦正發怒等原因影響下，自殺而死。厲王始終懷恨在心。漢文帝即位後，他以至親兄弟身份，驕縱不奉法，曾椎殺審食其，以報母仇。後企圖謀反，事發，絶食而死。文帝憐惜淮南王，於是封劉安爲淮南王，其弟劉勃爲衡山王，劉賜爲廬江王，三分淮南故地。劉安於吴楚七國之亂時，雖助漢朝，但開始時曾準備參與吴王的陰謀，所以他千方百計籠絡民心，廣招賓客，作淮南鴻烈，以廣邀名譽，暗地裏却與親信圖謀奪權，事發，下獄死，受其牽連的列侯、二千石、豪傑多達數千人。方士，戰國秦漢時的方術之士。他們的思想與神仙家、道家、陰陽五行學派有聯繫，專以煉丹求仙，自稱能使人長生不老爲手段，出入宫廷、官宦之家，也常混跡民間，其中不乏醫、卜、星相之流。自帝王、宗室、列侯、將相以至百姓，對他們崇信有加。後融入道教中。

〔三〕術，方術，其中包括卜筮、陰陽推步、神經怪牒、玉策金繩、河洛之文、龜龍之圖，箕子之術、師曠之書、緯候之部、鈐決之符，以及風角、遁甲、七政、元氣、六日七分、逢占、日者、挺專、須臾、孤虚、望雲省氣等等，也就是説，占卜吉凶、察看天象、説夢看相、望氣辨風、觀察風水、做出預言、宣布圖讖等等，均屬方術内容。見，進見。

〔四〕雨霧，盧文弨曰：「鈔本作『雨露』。」

〔五〕卒，終於。俱去，飛升而去。

揚子雲裨補輶軒所載

揚子雲好事〔一〕，常懷鉛提槧〔二〕，從諸計吏〔三〕，訪殊方絶域四方之語〔四〕，以爲裨補輶軒所載〔五〕，亦洪意也〔六〕。

【注釋】

〔一〕揚子雲，即揚雄。好事，喜歡找事做。

〔二〕鉛，鉛粉筆。槧，用於寫字的木簡。

〔三〕計吏，即上計吏。漢時改變戰國時由地方官直接向國王報告地方治政狀況的辦法，於每年秋冬考課時，由縣令上計所在郡國。歲盡即年末，由郡國守丞的長史爲上計使者進京，向皇帝或三公報告地方人口、賦税、徭役、治安、訴訟等情況，作爲皇帝和中央政府評定地方治政優劣以決定獎罰陞貶的依據。由於上計吏關乎地方長官的仕途和命運，所以往往聘用名士擔任此職。而名士也往往通過上計展露才華，以博得帝王及三公的賞識，成爲陞遷的捷徑。

〔四〕殊方絶域，異地邊遠之處。

〔五〕褌補，增補。輶軒，本指使者所乘之輕車。風俗通義序曰：「周、秦常以歲八月遣輶軒之使求異代方言，還奏籍之，藏於秘室。」又華陽國志卷十上：「古者天子有輶車之使，自漢興以來，劉向之徒但聞其官，不詳其職。惟（林）閭與嚴君平知之，曰：『此使考八方之風雅，通九州之異同，主海内之音韻，使人主居高堂知天下之風俗也。』」然而周秦所記至秦末，「遺脱漏棄，無見之者，蜀人嚴君平有千餘言，林閭翁孺才有梗概之法。揚雄好之，天下孝廉、衛率交會，周章質問，以次注續，二十七年，爾乃治正，凡九千字」（見風俗通義序）。揚雄此書全稱爲輶軒使者絶代語釋别國方言，簡稱方言或輶軒。此「輶軒」即方言之别稱。

〔六〕亦洪意也，成林、程章燦以爲是葛洪小注濫入正文也。

鄧通錢與吴王錢

文帝時，鄧通得賜蜀銅山〔一〕，聽得鑄錢〔二〕，文字肉好皆與天子錢同〔三〕，故富侔人主。時吴王亦有銅山鑄錢〔四〕，故有吴錢，微重，文字肉好與漢錢不異。

【注釋】

〔一〕鄧通，蜀郡南安（今四川樂山）人。文帝寵臣。文帝曾命相工給鄧通看相，以爲將來會貧餓而死。文帝很不高興，説：「能富通者在我，何説貧？」於是將蜀郡嚴道縣的銅山賜給了鄧通。鄧通採銅鑄錢，號「鄧氏錢布天下」。然而景帝即位後，將其免官回家。後有人告發他私鑄錢，家産盡没收，客死人家。詳見漢書佞幸傳。嚴道縣在今四川滎經縣境。

〔二〕聽，聽任，任其。

〔三〕文字，銅錢上所鑄的文字。漢初行榆莢錢，其文仍爲「半兩」，與秦「半兩」錢同，但重量只有三銖，即只相當於秦半兩的四分之一。吕后時，「行八銖錢」，較莢錢爲重，但文仍爲「半兩」。一度又鑄「五分錢」，指錢直徑，文不變。史記平準書曰：「至孝文時，莢錢益多，輕，乃更鑄四銖錢，其文爲『半兩』，令民縱得自鑄錢。」而湖北江陵鳳凰山一六八號漢墓出土有「天平」、「法錢法馬」，文曰「刻曰四朱」。此四銖錢不見於出土實物，只有文書記録，當是驗證錢幣時的標準衡器和標準砝碼。文帝五年（前一七五），爲了一個寵臣，而下令廢除盜鑄錢令，節儉的明君也難免犯下重大的錯誤。景帝中元六年（前一四四），終於將鑄幣權收歸國家，並鑄三銖錢，文曰「三銖」，從此「半兩」錢退出歷史舞臺。所以鄧通錢的文字必是「半兩」無疑。肉好，漢書食貨志注引韋昭曰：「肉，錢形也；好，孔也。」漢初，錢均爲方孔圓錢，可知圓形爲肉，中方孔稱作好。

〔四〕吴王，即劉濞（前二一五—前一五四），劉邦之侄，封吴王。漢書本傳曰：「吴有豫章郡銅山，即招致天下亡命者盜鑄錢。」後發動七國之亂，被景帝平定，劉濞自殺。

儉葬反奢

楊貴字王孫〔一〕，京兆人也〔二〕。生時厚自奉養，死卒贏葬於終南山。其子孫掘土鑿石，深七尺而下屍，上復蓋之以石，欲儉而反奢也。

【注釋】

〔一〕楊貴，武帝時人，因學黄老之術，家累千金。其病將死，不滿世尚厚葬，所以「以羸葬，將以矯世」。他令其子曰：「吾欲羸葬，以反吾真，必亡易吾意，死則爲布囊盛屍，入地七尺，既下，從足引脱其囊，以身親土。」事詳漢書楊王孫傳。

〔二〕京兆，即京兆尹，漢三輔之一，以職官命名政區。其治所在長安城南之尚冠里，事見三輔黄圖卷一。

傅介子棄觚

傅介子年十四〔一〕，好學書〔二〕，嘗棄觚而歎曰〔三〕：「大丈夫當立功絶域，何能坐事散儒〔四〕！」後卒斬匈奴使者〔五〕，還拜中郎〔六〕。復斬樓蘭王首〔七〕，封義陽侯〔八〕。

【注釋】

〔一〕傅介子（？—前六五），北地義渠（今甘肅慶陽西南）人。曾出使龜兹、樓蘭，責備兩國勾結匈奴殺害漢朝使者，兩國服罪，並協助他誅殺匈奴使者。後以樓蘭王安歸反覆無常，再度出使，以計誘殺之。漢昭帝元鳳四年（前七七）四月下詔，封其爲義陽侯。事詳漢書本傳。

〔二〕書，書法。

〔三〕觚，用於學經時書寫的木棱簡。急就篇曰「急就奇觚與衆異」，顔師古注云：「觚者，學書之牘，或以記事，削木爲之，蓋簡屬也。孔子歎觚，即此之謂。其形或六面，或八面，皆可書。」又曰：「今俗猶呼小兒學書簡爲『木觚章』，蓋古之遺語也。」

〔四〕散儒，散漫而不自我約束的儒生。荀子勸學云：「不隆禮，雖察辯，散儒也。」楊倞注曰：「散，謂不自檢束，莊子以不材木爲散木也。」

〔五〕斬匈奴使者，昭帝元鳳年間，傅介子以駿馬監身份上書求出使大宛，因詔令責樓蘭、龜兹國殺漢使者事。至樓蘭，其王懾服，並告知匈奴使者剛剛離去，道必經龜兹。於是傅介子至龜兹，説服其王，介子率其吏卒一起斬殺匈奴使者。事詳漢書本傳。

〔六〕中郎，漢官名，爲光禄勳屬官。中郎有五官中郎、左中郎、右中郎三將，秩比二千石，以侍衛皇宫、侍從皇帝爲己任。也常被派作使者，代表皇帝巡視地方或封國。

〔七〕樓蘭，西域國名，在今新疆維吾爾自治區羅布泊西及西南地區，王城扜泥，即今若羌縣。據漢書西域傳，元鳳四年（前七七），傅介子「輕將勇敢士，賫金幣，揚言以賜外國爲名。既至樓蘭，詐其王欲賜之，王喜，與介子飲，醉，將其王屏語，壯士二人從後刺殺之，貴人左右皆散走」。於是昭帝立尉屠耆爲王，更其國名爲鄯善。

〔八〕義陽，春秋時爲中國屬地。漢時爲平氏縣（今河南唐河縣東南）之義陽鄉。可見義陽侯爲鄉侯，義陽鄉爲傅介子的食邑。

曹敞收葬吴章

余少時，聞平陵曹敞在吴章門下〔一〕，往往好斥人過，或以爲輕薄〔二〕，世人皆以爲然。章後爲王莽所殺〔三〕，人無有敢收葬者，弟子皆更易姓名，以從他師。敞時爲司徒掾〔四〕，獨稱吴章弟子，收葬其尸，方知亮直者不見容於冗輩中矣〔五〕。平陵人生爲立碑於吴章墓側，在龍首山南幕嶺上〔六〕。

【注釋】

〔一〕平陵，漢昭帝陵，在今陝西興平東北。曹敞，人名，生平無考。而漢書云敞傳曰：「云敞字幼孺，平陵人也。師事同縣吴章，章治尚書經爲博士。」平帝年幼即位，王莽爲安漢公，怕外戚衛氏專其權，令衛氏留中山國，不得至京師。王莽長子王宇怕平帝長大後見怨，於是與吴章串謀，在晚上用血塗抹王莽居所大門，以恐嚇王莽改變主意。不料事情敗露，王宇、吴章及衛氏均被處死。「初，章爲當世名儒，教授尤盛，弟子千餘人，莽以爲惡人黨，皆當禁錮，不得仕宦。門人盡更名他師。敞時爲大司徒掾，自劾吴章弟子，收抱章屍歸，棺斂葬之，京師稱焉」。此傳所載事蹟與本節所記同，疑「曹敞」係「云敞」之誤。吴章字偉君，平陵人。他師事許商，是大夏侯尚書一派之許氏門弟子。漢書儒林傳曰：「商善爲算，著五行論曆，四至九卿，號其門人沛唐林子高爲德行，平陵吴章偉君爲言語。」可知吴章口才極佳。

〔二〕「或」，孔本脱，據抱經堂本補。

〔三〕王莽（前四五—公元二三），字巨君，元城（今河北大名）人。平帝死，代漢而立，建立新朝，史稱「新莽」。雖復古改制，頗具新意，但改易頻繁，又不從實際出發，反而加劇社會矛盾，在緑林、赤眉起義的沉重打擊下，地皇四年（二三）被響應起義的長安商人杜吴殺死。事詳漢書本傳。

〔四〕司徒，漢三公之一，掌教化。掾，其屬官名稱，也是各級政府主要文吏的通稱。漢官儀曰：「司徒府掾屬三十一人，秩千石。」

〔五〕亮直，耿直，光明正大。亢輩，凡庸之流。「亢」，秦漢圖記本、萬曆本、日本寬政本均作「凡」。

〔六〕南幕嶺，諸地理書失載，疑「幕」係衍文。

文帝立思賢苑

文帝爲太子立思賢苑〔一〕，以招賓客。苑中有堂隍六所〔二〕。客館皆廣廡高軒〔三〕，屏風幃褥甚麗。

【注釋】

〔一〕太子，景帝劉啓。思賢苑，見三輔黃圖及博物志，文字亦大體相同。

〔二〕堂隍，三輔黃圖作「堂室」，而玉海卷一七一引三輔黃圖作「堂皇」。爾雅釋言曰：「隍，虚也，壑也。」注：「城池無水者。」則與本文之意不符。左傳宣公十四年曰：「楚子聞之，投袂而起。屨及於窒皇，劍及於寢門之外，車及於蒲胥之市。」「窒皇」，路寢前之庭也，所以堂隍當是帶有前庭的堂屋。「隍」，恐當以玉海作「皇」爲是。

〔三〕廡，釋名釋宫室曰：「大屋曰廡。」軒，文選魏都賦注曰：「軒，長廊之有窗也。」此言思賢苑中屋大廊高，氣勢非凡。

廣陵王死於力

廣陵王胥有勇力〔一〕，常於别囿學格熊。後遂能空手搏之，莫不絶脰〔二〕。後爲獸所傷，陷腦而死〔三〕。

【注釋】

〔一〕劉胥，漢武帝之子，李姬所生，漢昭帝之弟，封廣陵王，封國在今江蘇揚州一帶。漢書本傳曰：「胥壯大，好倡樂逸遊，力扛鼎，空手搏熊彘猛獸。動作無法度，故終不得爲漢嗣。」

〔二〕脰，脖頸。絶脰，折斷脖頸。

〔三〕陷腦，腦被擊碎。漢書本傳曰：宣帝立，胥極爲不滿，曰：「太子孫何以反得立？」行巫祝詛如前。事發，「即以綬自絞死」。此作「陷腦而死」，恐不實。

辨爾雅

郭威字文偉〔一〕，茂陵人也。好讀書，以謂爾雅周公所制〔二〕，而爾雅有「張仲孝友」〔三〕，張仲，宣王時人〔四〕，非周公之制明矣。余嘗以問揚子雲，子雲曰：「孔子門徒游、夏之儔所記〔五〕，以解釋六藝者也〔六〕。」家君以爲：「外戚傳稱『史佚教其子以爾雅〔七〕』，爾雅，小學也〔八〕。」又記言：「孔子教魯哀公學爾雅〔九〕。」爾雅之出遠矣。舊傳學者，皆云周公所記也，「張仲孝友」之類，後人所足耳〔一〇〕。

【注釋】

〔一〕郭威，人名，生平無考。

〔二〕爾雅，十三經之一。此書是訓詁名物之書，爲字辭書之濫觴。王應麟漢藝文志考證曰：「釋詁一篇，蓋周公所作，釋言以下，仲尼所增，子夏所定，叔孫通所益，梁文所補。」又四庫全書簡目云：「爾雅所釋，或出諸子雜書，不盡釋經，而釋經者爲多，故得與十三經之數。欲讀古書，先求古義，舍此無由入也。」此書是戰國秦漢間儒生所編纂，掇拾舊文，增益新解，托名周公、孔子，作者已無從考定，也不必花力氣去硬作探究。周公，姬旦也，周武王之弟。其采邑在周（在今陝西岐山北），故稱周公。現考古工作者在周公廟以北鳳凰山上發現有四條、三條、二條及一條墓道的周代墓數十座，且出土帶有「周公」字樣的甲骨多片，疑即周公家族墓地。四條墓道的墓，乃王陵級別，墓主人尤應值得關注。成王即位，年幼，周公攝政，曾親率大軍東征，平定殷人武庚的叛亂，鞏固了周朝的統治。又制禮作樂，完善了禮儀制度，是古代不可多得的政治家和思想家。事詳史記周本紀及魯周公世家。

〔三〕張仲孝友，爾雅釋訓曰：「善父母爲孝，善兄弟爲友。」詩經六月曰：「侯誰在矣？張仲孝友。」毛傳：「張仲，賢臣也。」鄭箋：「張仲，吉甫之友，其性孝友。」尹吉甫爲宣王時重臣，張仲與之爲友，雖生平不詳，而離周公時代相差三百餘年，所以周公不可能記其事蹟。

〔四〕宣王，即周宣王姬静。他重法文、武、成、康之遺風，力挽厲王暴政所帶來的衆叛親離的頹勢，使諸侯歸心，號「宣王中興」。其後他不修籍於千畝，又亡南國之師，中興又成曇花一現。事詳史記周本紀。

〔五〕游，子游；夏，子夏，均係孔子門生，於七十弟子中，以「文學」著稱。子夏曾爲魏文侯師。儔，同輩，同好。孔子（前五五一—前四七九）名丘，字仲尼，魯國陬邑（今山東曲阜東南）人。是中國古代著名的思想家、政治家、教育家，儒學的奠基人。他整理詩、書、禮、易、樂、春秋六經，形成十三經的基本框架。其言論被弟子們整理成論語一書，其影響一直沿續至今。事詳史記孔子世家。

〔六〕六藝，即六經。鄭玄五經異義曰：「玄之聞也，爾雅者，孔子門人所作，以釋六藝之旨，蓋不誤也。」

〔七〕外戚傳，不詳所指，當出於漢武帝之後，是史官注記之類。史佚，周初史官，又作「史逸」，即尚書洛誥之「逸祝册」。逸周書世俘解：「武王降自東，乃俾史佚繇書。」又作「尹佚」，淮南子道應訓曰：「成王問政於尹佚。」則史佚歷文、武、成三代。

〔八〕小學，漢代把文字、訓詁學稱爲「小學」，如史籀、蒼頡、凡將、急就篇、訓纂等書即是。

〔九〕記，指大戴禮記，戴德所作。孔子教魯哀公在小辨篇，但文中所言「爾雅」，非書名，子雲所言，乃斷章取義也。魯哀公，前四九四至前四六八年爲魯國國君。

〔一〇〕足，增補之意。

袁廣漢園林之侈

茂陵富人袁廣漢〔一〕，藏鏹巨萬〔二〕，家僮八九百人。於北邙山下築園〔三〕，東西四里，南北五里，激流水注其内。構石爲山，高十餘丈，連延數里。養白鸚鵡、紫鴛鴦、犛牛、青兕〔四〕，奇獸怪禽，委積其間。積沙爲洲嶼，激水爲波潮，其中致江鷗海鶴，孕雛産鷇〔五〕，延漫林池。奇樹異草，靡不具植。屋皆徘徊連屬，重閣脩廊，行之，移晷不能徧也〔六〕。廣漢後有罪誅，没入爲官園，鳥獸草木，皆移植上林苑中。

【注釋】

〔一〕袁廣漢，人名，生平無考。

〔二〕鏹，左思蜀都賦曰：「貨殖私庭，藏鏹巨萬。」又漢書食貨志曰：「守準平，使萬室之邑必有千鍾之臧，臧繦千萬。」鏹與繦通。漢書注引孟康曰：「繦，錢貫也。」即穿錢的繩子，引伸爲錢的意思。

〔三〕北邙山，即北邙巖。長安志引三秦記曰：「長安城北有始平原，數百里，其人井汲巢居，井深五十丈，漢時亦謂之北芒巖。」其位於陝西興平市北，西與武功的東原相連，東與咸陽原連接，長三十多公里，是渭北黃土旱原的一部分，故又稱黃山。

〔四〕犛牛，即牦牛，古字通，産於西藏。青兕，雌性犀牛。

〔五〕鷇，剛剛出生，尚需母禽喂養的幼鳥。

〔六〕移晷，日影隨着時間在移動。晷，即日晷，用來觀察太陽影子的移動以確定時間的計時儀器。

五柞樹與石麒麟

五柞宫有五柞樹〔一〕，皆連三抱，上枝蔭覆數十畝〔二〕。其宫西有青梧觀〔三〕，觀前有三梧桐樹。樹下有石騏驎二枚〔四〕，刊其脅爲文字〔五〕，是秦始皇驪山墓上物也。頭高一丈三尺，東邊者前左脚折，折處有赤如血〔六〕。父老謂其有神，皆含血屬筋焉〔七〕。

【注釋】

〔一〕五柞宮，三輔黃圖卷三曰：「五柞宮，漢之離宮也，在扶風盩厔。」雍勝略曰：「五柞宮在盩厔縣東南三十八里，漢武帝造。」盩厔，現改名周至，爲西安市轄縣。漢代的宮室常以樹命名，漢書武帝紀曰：「後元二年（前八七）二月，行幸盩厔五柞宮。」張晏注曰：「有五柞樹，因以名宮也。」又水經注渭水曰：「東北逕五柞宮西，長楊、五柞二宮相去八里，並以樹名宮。」漢武帝即死於五柞宮。柞樹木質堅硬，俗稱鑿子木。

〔二〕三輔黃圖卷三作「皆連抱，上枝覆陰數畝」，無「三」字。又御覽卷九五八引作「皆連抱，五株樹枝覆蔭數十畝」。盧文弨以爲「三」係衍文，故删去，當是。而「上」或係「五」之誤。又「數十畝」之「十」字，亦當是衍文。

〔三〕青梧觀，觀名，今地不詳，長安志曰一作「青桐觀」。

〔四〕騏驎，即麒麟，傳説中的神獸，其頭似鹿而有角，身有龍麟，疾行如飛。

〔五〕脅，肋部。

〔六〕「赤」，抱經堂本作「跡」。

〔七〕屬，連接。

咸陽宫異寶

高祖初入咸陽宫〔一〕，周行庫府，金玉珍寶，不可稱言。其尤驚異者，有青玉五枝燈，高七尺五寸。作蟠螭〔二〕，以口銜燈，燈燃，鱗甲皆動，焕炳若列星而盈室焉〔三〕。復鑄銅人十二枚〔四〕，坐皆高三尺〔五〕，列在一筵上〔六〕，琴筑笙竽〔七〕，各有所執，皆綴花彩，儼若生人。筵下有二銅管，上口高數尺，出筵後。其一管空，一管内有繩，大如指，使一人吹空管，一人紐繩，則衆樂皆作〔八〕，與真樂不異焉。有琴長六尺，安十三絃，二十六徽〔九〕，皆用七寶飾之，銘曰：「璠璵之樂〔一〇〕。」玉管長二尺三寸，二十六孔〔一一〕，吹之則見車馬山林，隱轔相次〔一二〕，吹息，亦不復見，銘曰：「昭華之琯〔一三〕。」有方鏡，廣四尺，高五尺九寸，表裏有明〔一四〕，人直來照之，影則倒見。以手捫心而來，則見腸胃五臟，歷然無硋〔一五〕。人有疾病在内，則掩心而照之，則知病之所在。又女子有邪心，則膽張心動。秦始皇常以照宮人〔一六〕，膽張心動者則殺之。高祖悉封閉以待項羽，羽併將以東〔一七〕，後不知所在。

【注釋】

〔一〕咸陽，秦孝公十二年（前三五〇）於渭北築城，因其在九嵕山之南，渭水之北，具山水之陽，故稱咸陽，並定爲國都。其範圍包括今東起柏家嘴，西至毛王溝，北起高幹渠，南到西安草灘農場。初，其宮室以渭水爲中軸綫，南北伸展，有咸陽宮、章臺宮、興樂宮、華陽宮及冀闕等。秦帝國成立前後，秦始皇又陸續擴建。先「每破諸侯，寫放其宮室，作之咸陽北阪上，南臨渭，自雍門以東至涇、渭，殿屋複道周閣相屬」（見史記秦始皇本紀）。後秦始皇「以咸陽人多，先王之宮廷小」，又於渭河之南上林苑中修建朝宮，即上可坐萬人的阿房宮前殿，二世續修，這就是著名的阿房宮，但最終未能完工。此外尚有信宮、蘭池宮等，極盡奢華。

〔二〕蟠螭，即盤龍。殷芸小説及初學記卷二五「作」上均有「下」字。

〔三〕煥炳，明亮貌。列星，群星。

〔四〕銅人十二枚，史記秦始皇本紀曰：「收天下兵，聚之咸陽，銷以爲鐘鐻，金人十二，重各千石，置廷宮中。」史記正義曰：「漢書五行志云：『（秦始皇）二十六年（前二二一），有大人長五丈，足履六尺，皆夷狄服，凡十二人，見於臨洮，故銷兵器，鑄而象之。』……三輔舊事云：『聚天下兵器，鑄銅人十二，各重二十四萬斤（史記索隱引作「三十四萬斤」）。漢世在長樂宮門。』所言即此十二銅人，但於此記作樂人不符。十二銅人初毀於漢末，董卓椎破十人，以鑄小錢。餘二枚，被後秦苻堅從鄴都搬回長安，銷没之。

〔五〕坐，底座。

〔六〕筵，墊底的竹席。

〔七〕琴，風俗通義曰：「雅琴者，樂之統也，與八音並行。然君子所常御者，琴最親密，不離於身，非必陳設於宗廟鄉黨，非若鐘鼓羅列於虡懸也。雖在窮閻陋巷，深山幽谷，猶不失琴。」又曰：「今琴長四尺五寸，法四時五行也。七絃者，法七星也。大絃爲君，小絃爲臣，文王、武王加二絃，以合君臣之恩。」筑，釋名曰：「筑，以竹鼓之，巩柲之也。」説文曰：「筑，以竹曲五絃之樂也。」史記正義引應劭云：「狀似瑟而大，頭安絃，以竹擊之，故名筑。」與琴爲撥弦樂器不同，筑爲打擊樂器。戰國末年的俠士高漸離，就是一名擊筑高手，利用秦始皇愛聽筑曲，企圖謀刺，不遂而死。笙，風俗通義曰：「長四寸，十二簧，像鳳之身。正月之音也，物生，故謂之笙。」笙有大小之分，爾雅釋樂引郭璞注曰大者十九簧，小者十三簧。竽，風俗通義曰：「按禮樂記：『管，三十六簧也，長四尺二寸。』今二十三管。」長沙馬王堆漢墓出土的竽有二十二管，分前後兩排。笙、竽均爲吹奏樂器。又「竽」原作「竿」，逕改。

〔八〕紐，提拉。「衆樂」，殷芸小説引作「琴瑟笙竽等」。

〔九〕徽，漢書揚雄傳曰：「今夫弦者，高張急徽，追趨逐耆，則坐者不期而附矣。」顏師古曰：「徽，琴徽也，所以表發撫抑之處也。」即指琴面上表示音節的標誌，有用貝類來做，也有用金、玉、水晶來做的。此用「七寶」，則更顯瑰麗。

〔一〇〕璠璵，説文曰：「璠璵，魯之寶玉。孔子曰：『美哉璠璵，遠而望之，奂若也；近而視之，瑟若也。』」即以美玉形容音樂，頗爲得體。

〔一一〕二十六孔，盧文弨據北堂書鈔所引改爲「六孔」。漢書律曆志「竹曰管」，孟康注曰：「禮樂器記，管，漆竹，長一尺，六孔。尚書大傳，西王母來獻白玉琯。漢章帝時零陵文學奚景於泠道舜祠下得白玉琯。古以玉作，不但竹也。」又説文曰：「管，如篪，六孔，十二月之音，物開地牙，故謂之管。」又風俗通義所言與孟康注大體相當。則恐當以作「六孔」爲是。但此玉管比諸書所引長出一尺三寸，是否仍係六孔，也有疑焉，既爲奇器，故仍原文之舊，以備考證。又書鈔、御覽等所引「管」均作「笛」，非。

〔一二〕隱轔，車聲隱然飄忽。

〔一三〕昭華，美玉名，淮南子泰族訓「堯贈舜以昭華之玉」。此係玉管，故以「昭華」命名，與前「璠璵之樂」命名同義。

〔一四〕「有明」，盧文弨注：「鈔本作『皆明』。案初學記亦作『有明』。」

〔一五〕歷然，依次，即歷歷在目之意。硋，障礙。無硋，無不清楚。

〔一六〕秦始皇，即嬴政（前二五九—前二一〇），建立中國第一個中央集權的統一的封建帝國，並採取了一系列鞏固統一的政策，如統一文字、統一貨幣、統一度量衡、統一思想，推行郡縣制以替代世卿世禄制和分封制，北擊匈奴，南平百越，以鞏固邊防等，但同時又横徵暴斂，嚴刑酷法，徵發無度，焚書坑儒，是一個集明君和暴君特徵於一身的政治家。事詳史記秦始皇本紀。

〔一七〕悉封閉以待項羽，事見史記留侯世家，其文曰：「沛公（劉邦）入秦宫，宫室帷帳狗馬重寶婦女以千數，意欲留居之。樊噲諫沛公出舍，沛公不聽。（張）良曰：『夫秦爲無道，故沛公得至此。夫爲天下除殘賊，宜縞素爲資。今始入秦，即安其樂，此所謂「助桀爲虐」。且「忠言逆耳利於行，毒藥苦口利於病」，願沛公聽樊噲言。』沛公乃還軍霸上。」不久，項羽入關，劉邦稱：「吾入關，秋毫不敢有所近，籍吏民，封府庫，而待將軍。」使項羽無法降罪劉邦。項羽（前二三二—前二〇二），名籍，字羽，下相（今江蘇宿遷西南）人，秦末隨叔父項梁起義反秦。秦亡，羽自號「西楚霸王」，殺秦王子嬰，燒秦宫，而返楚地。在與劉邦争戰中敗北，自刎於烏江。詳見史記項羽本紀。將而東，事亦見項羽本紀，其文曰：「居數日，項羽引兵西屠咸陽，殺秦降王子嬰，燒秦宮室，火三月不滅；收其貨寶婦女而東。」事發生在公元前二〇六年。

尉佗貢獻

尉佗獻高祖鮫魚[一]、荔枝，高祖報以蒲桃錦四匹。

【注釋】

〔一〕尉佗，即趙佗，秦末爲南海尉，故亦稱尉佗。漢初自立爲南越國王。鮫魚，即海鯊。

戚夫人侍兒言宮中事

戚夫人侍兒賈佩蘭[一]，後出爲扶風人段儒妻[二]。説在宮内時，見戚夫人侍高帝，嘗以趙王如意爲言，而高祖思之，幾半日不言，歎息悽愴，而未知其術[三]，輒使夫人擊筑，高祖歌大風詩以和之[四]。又説在宮内時，嘗以絃管歌舞相歡娛，競爲妖服〔五〕，以趣良時。十月十五日，共入靈女廟〔六〕，以豚黍樂神〔七〕，吹笛擊筑，歌上靈之曲〔八〕。既而相與連臂，踏地爲節，歌赤鳳凰來〔九〕。至七月七日，臨百子池，作于闐樂〔一〇〕。樂畢，以五色縷相羈，謂爲相連愛〔一一〕。八月四日，出雕房北户〔一二〕，竹下圍棋，勝者終年有福，負者終年疾病，取絲縷，就北辰星求長命乃免〔一三〕。九月九日，佩茱萸，食蓬餌，飲菊華酒，令人長壽〔一四〕。菊華舒時，并採莖葉，雜黍米釀之，至來年九月九日始熟，就飲焉，故謂之菊華酒。正月上辰〔一五〕，出池邊盥濯，食蓬餌，以祓妖邪〔一六〕。三月上巳〔一七〕，張樂於流水，如此終歲焉。戚夫人死，侍兒皆復爲民妻也。

【注釋】

〔一〕侍兒，貼身宫女。賈佩蘭，人名，生平無考。

〔二〕扶風，即右扶風，漢三輔之一，取「扶助京師，以行風化」之意。其轄地在關中西部，包括今秦嶺以北，西安及涇河以西的二十一縣。其治所在漢長安城夕陰街北，見三輔黄圖卷一。段儒，人名，生平無考。

〔三〕術，辦法。事詳卷一「戚夫人歌舞」注。

〔四〕大風詩，漢書高帝紀曰：「過沛，留，置酒沛宮，悉召故人父老子弟佐酒。發沛中兒得百二十人，教之歌。酒酣，上擊筑，自歌曰：『大風起兮雲飛揚，威加海内兮歸故鄉，安得猛士兮守四方！』令兒皆和習之。」然而高祖想立趙王如意無術可施，而吕后聽張良之計，爲惠帝請來商山四皓爲傅，高祖無奈而歌曰：「鴻鵠高飛，一舉千里。羽翼以就，横絶四海。横絶四海，又可奈何！雖有矰繳，尚安所施！」見漢書張良傳，與此異。

〔五〕妖服，色彩艷麗的服裝。

〔六〕靈女廟，不詳。趙后外傳曰：「十月五日，宫中故事，上靈安廟。是日，吹塤擊鼓，（歌）連臂踏地，歌赤鳳來曲。」此「靈安」或即「靈女」之誤。

〔七〕豚，小猪；黍，黏米。

〔八〕上靈之曲，古樂曲，已失考。當與祭祀靈女廟有關。

〔九〕赤鳳凰來，古樂曲，蔡邕琴操、古今樂録、琴論、琴集均曰周成王所作，其歌曰：「鳳凰翔兮於紫庭，予何德兮以威靈。賴先人兮恩澤臻，于胥樂兮民以寧。」一曰鳳凰來儀，或稱神鳳操。

〔一〇〕于闐，漢時西域古國，在今新疆和田地區。

〔一一〕御覽卷三一所引「愛」作「受」。搜神記卷二作「綬」，「綬」與「受」通。然三輔黄圖作「愛」，故仍其舊而存疑焉。

〔一二〕雕房，刻鏤之所。北户，北門。

〔一三〕北辰星，即北極星，史記天官書稱「天極星」，共五星，因在天之中，故稱紫宮。史記索隱引元命苞曰：「紫之言此也，宮之言中也，言天神運動，陰陽開閉，皆在此中也。」三輔黄圖引作「北斗星辰」，非。

〔一四〕茱萸，植物名，有濃烈香味，俗以爲能避邪。自漢以來，重陽節時人佩此物，企盼保一年無災。蓬餌，一種麥食。孫星衍札迻曰：「蓬即麷也。周禮籩人鄭司農注云：『熬麥曰麷。』鄭康成云：『今河間以北，煮穜麥賣之，名曰逢。』齊民要術引崔寔四民月令云：『臘月祀炙逢。』麷、蓬、逢字並通。」菊華酒，以菊花釀製的酒，令人長壽。藝文類聚卷八一引風俗通曰：「南陽酈縣有甘谷，谷水甘美。云其山上大有菊，水從山上流下，得其滋液。谷中有三十餘家，不復穿井，悉飲此水，上壽百二十三，中百餘，下七八十者，名之大夭，菊華輕身益氣故也。」

〔一五〕古代用天干配地支記日，如「十月辛亥」、「三月癸酉」等。正月上辰日，指農曆正月第一個地支是「辰」的日子。

〔一六〕祓，古代除凶消災的祭禮或風俗。

〔一七〕三月上巳，農曆三月的第一個地支是「巳」的日子。

何武葬北邙

何武葬北邙山薄龍坂〔一〕，王嘉冢東北一里〔二〕。

【注釋】

〔一〕何武（？—三），字君公，蜀郡郫縣（今四川郫縣北）人。曾任諫大夫、揚州刺史，爲官守法清正，於是遷任司隸校尉、京兆尹、廷尉、御史大夫等重要職務。成帝時爲大司空，封汜鄉侯。王莽主政，見誣自殺。漢書有傳。薄龍坂，三秦記作「龍薄坂」，長安志與此同。

〔二〕王嘉，字公仲，平陵（今咸陽西北）人。哀帝時位至丞相，封新甫侯。因力主革除弊政，得罪顯貴董賢，遭誣陷而死。漢書有傳。

杜子夏自作葬文

杜子夏葬長安北四里〔一〕，臨終作文曰：「魏郡杜鄴〔二〕，立志忠欵〔三〕，犬馬未陳〔四〕，奄先草露〔五〕。骨肉歸於后土〔六〕，氣魂無所不之。何必故丘〔七〕，然後即化〔八〕。封於長安北郭，此焉宴息〔九〕。」及死，命刊石，埋於墓側。墓前種松柏樹五株，至今茂盛。

【注釋】

〔一〕杜子夏，杜鄴，魏郡繁陽（今河南内黄東北）人。上輩以吏二千石徙居茂陵。曾任涼州刺史。哀帝元壽元年（前二）舉方正，上對策，針對哀帝重用外戚傅氏，主張限制外戚干政。不久病死。他與子杜林及張吉子張竦，尤善正文字，均係小學名家。

〔二〕魏郡，漢郡名，治所在鄴，即今河北臨漳縣西南。

〔三〕忠欵，忠誠不二。

〔四〕犬馬，古代臣子對君上的卑稱。此句指元壽對策雖上奏，然而尚未能被哀帝採納，難以一展抱負。

〔五〕奄，忽然。草露，古代比喻生命之短暫，如草上的露水，易於滴落消失。曹操短歌行曰：「對酒當歌，人生幾何。譬如朝露，去日苦多。」御覽卷五九〇引作「朝露」。

〔六〕后土，古時與皇天相對應，指土地。

〔七〕故丘，典出禮記檀弓，文曰：「禮，不忘其本。古之人有言曰：『狐死正丘首，仁也。』」疏曰：

「丘是狐窟穴根本之處，雖狼狽而死，意猶嚮此丘。」狐死首丘，喻指不忘根本。所以古人死，往往要歸葬故土，一般不埋於客鄉。杜鄴違反常規，定葬長安北郊，亦是通達之人。

〔八〕化，即死亡之代稱。

〔九〕封，壘土爲墳。郭，外城。宴息，安息。

淮南鴻烈

淮南王安著鴻烈二十一篇〔一〕。鴻，大也。烈，明也。言大明禮教。號爲淮南子，一曰劉安子。自云：「字中皆挾風霜〔二〕。」揚子雲以爲一出一入〔三〕。

【注釋】

〔一〕鴻烈，淮南鴻烈，有内篇二十一，外篇三十三，今唯存内篇。此書是劉安延請蘇飛、李尚、左吴、田由、雷被、毛被、伍被、晉昌八位學者共同討論而成。此書以道家思想爲主旨，兼取儒、法、陰陽五行等諸家之説，故漢書藝文志將其歸入雜家類。該書是與中央集權分庭抗禮的諸侯王的思想的代表作。

〔二〕挾風霜，指文字嚴峻，有肅殺之氣。這反映了漢初地方割據勢力咄咄逼人的氣勢。

〔三〕疑文意未盡，上古校注本、貴州全譯本均補「字直百金」四字，以下條文末有「亦謂字直百金」故也。

公孫子

公孫弘著公孫子〔一〕，言刑名事〔二〕，亦謂字直百金。

【注釋】

〔一〕公孫子，漢書藝文志作「公孫弘」，有十篇，歸入儒家類。漢初，諸子百家重新整合，黄老之術即以道家爲主，儒、法、陰陽等諸家爲輔，成爲漢景帝中期以前的指導思想。

〔二〕漢武帝時，雖接受「表彰六經」的建議，但實際上外儒内法，所以儒者亦多治刑名之學。公孫弘少時曾任獄吏，年四十餘，才學春秋雜説，所以本書多涉及刑名之事，歸入儒家類，也很正常。

司馬長卿賦

司馬長卿賦，時人皆稱典而麗〔一〕，雖詩人之作，不能加也〔二〕。揚子雲曰：「長卿賦不似從人間來，其神化所至邪？」子雲學相如爲賦而弗逮，故雅服焉〔三〕。

【注釋】

〔一〕典，典雅；麗，艷麗。兩者結合而渾然爲一體，實屬不易。

〔二〕詩人之作，揚雄法言曰：「詩人之賦麗以則，辭人之賦麗以淫。」加，超越。

〔三〕雅服，極爲佩服。

賦假相如

長安有慶虬之〔一〕，亦善爲賦。嘗爲清思賦，時人不之貴也〔二〕，乃託以相如所作，遂大見重於世。

【注釋】

〔一〕慶虬之，人名，生平無考。

〔二〕貴，貴重，引伸爲推崇。

大人賦

相如將獻賦〔一〕，未知所爲。夢一黄衣翁謂之曰：「可爲大人賦。」遂作大人賦，言神仙之事以獻之〔二〕。賜錦四匹。

【注釋】

〔一〕獻賦，向皇帝獻上自己的賦，以期受賞識。自漢以來，向君上獻文學作品成爲文人風尚，也是仕途陞遷的捷徑之一。

〔二〕獻之，獻給漢武帝。漢書司馬相如傳曰：「上（武帝）既美子虛之事，相如見上好僊，因曰：『上林之事未足美也，尚有靡者。臣嘗爲大人賦，未就，請具而奏之。』相如以爲列僊之儒居山澤間，形容甚臞，此非帝王之僊意也，乃遂奏大人賦。」又曰：「（賦奏）天子大説，飄飄有陵雲氣遊天地之間意。」賦見於漢書本傳。

白頭吟

相如將聘茂陵人女爲妾，卓文君作白頭吟以自絶〔一〕，相如乃止。

【注釋】

〔一〕白頭吟，樂府詩集卷四一楚調曲上「白頭吟二首五解」，唯西京雜記言卓文君所作，其辭曰：「皚如山上雪，皎若雲間月。聞君有兩意，故來相訣絕。今日斗酒會，明日溝水頭。蹀躞御溝上，溝水東西流。悽悽復悽悽，嫁娶不須啼。願得一心人，白頭不相離。竹竿何嫋嫋，魚尾何蓰蓰。男兒重義氣，何用錢刀爲！」此篇最早見玉臺新詠，列爲古樂府六首之中。又宋書樂志將其列入「漢世街陌謡謳」，當近是。

樊噲問瑞應

樊將軍噲問陸賈曰〔一〕：「自古人君皆云受命於天，云有瑞應〔二〕，豈有是乎？」賈應之曰：「有之。夫目瞤得酒食〔三〕，燈火華得錢財〔四〕，乾鵲噪而行人至〔五〕，蜘蛛集而百事喜〔六〕。小既有徵，大亦宜然。故目瞤則呪之〔七〕，火華則拜之，乾鵲噪則餧之〔八〕，蜘蛛集則放之。況天下大寶〔九〕，人君重位，非天命何以得之哉？瑞者，寶也，信也。天以寶爲信，應人之德〔一〇〕，故曰瑞應。無天命，無寶信，不可以力取也。」

【注釋】

〔一〕樊將軍噲，即樊噲（？—前一八九），劉邦同邑沛縣（今江蘇）人。曾爲狗屠，後隨劉邦起事，屢立戰功。高祖入關中之初，他力諫劉邦勿貪取秦宫珍寶及宫人，後又闖鴻門宴，力救劉邦還霸上營中。漢定天下，噲拜左丞相，封舞陽侯。史漢均有專傳。陸賈，楚人，漢初政治家和思想家。主張可以馬上得天下，但不可以馬上治天下，「文武并用，長久之術」。奉劉邦之命，總結秦所以失天下、漢所以得天下的原因，作新語凡十三篇，深得好評。他又曾兩次出使南越，爲鞏固南境，實現統一，居功至偉。漢書有專傳。

〔二〕瑞應，漢時重讖緯，講瑞應。即以爲人君有德行，天必降祥瑞以表彰，反之，則必有災異惡徵以示警戒。

〔三〕瞤，説文曰：「目動也。」即俗謂眼皮跳。

〔四〕燈火華，油燈燼上爆出火花。

〔五〕乾鵲噪，即喜鵲叫。今俗亦有「喜鵲叫，貴客到」之民謡。

〔六〕以上四項均係漢代民諺，反映一時風俗。

〔七〕咒，禱告。

〔八〕餧，喂食。

〔九〕大寶，易繫辭下曰：「聖人之大寶曰位。」此指帝位。有時也指帝璽。

〔一〇〕天人感應，人君有德，則還以信物，即帝位。

霍妻雙生

霍將軍妻一產二子〔一〕，疑所爲兄弟。或曰：「前生爲兄，後生者爲弟。今雖俱日〔二〕，亦宜以先生爲兄。」或曰：「居上者宜爲兄，居下者宜爲弟，居下者前生，今宜以前生爲弟。」時霍光聞之曰：「昔殷王祖甲一產二子〔三〕，曰嚚，曰良〔四〕。以卯日生嚚，以巳日生良，則以嚚爲兄，以良爲弟。若以在上者爲兄，嚚亦當爲弟。昔許釐公一產二女〔五〕，曰妜〔六〕，曰茂。楚大夫唐勒一產二子〔七〕，一男一女，男曰貞夫，女曰瓊華。皆以先生爲長。近代鄭昌時、文長倩並生二男〔八〕，滕公一生二女〔九〕，李黎生一男一女〔一〇〕，並以前生者爲長。」霍氏亦以前生爲兄焉。

【注釋】

〔一〕霍將軍，即霍光，妻即霍顯。

〔二〕俱日，同一天。

〔三〕祖甲，又稱帝甲，商王武丁之子，祖庚之弟，是第二十二代商王。武丁是繼盤庚之後，商朝又一代明君，重用傅説，天下大治。至帝甲，「淫亂，殷復衰」。事見史記殷本紀。史記之前，對於祖甲的評價有二種。尚書周書之無逸篇以爲「能保惠於庶民，不敢侮鰥寡」，則推爲賢君。而國語周語下曰：「玄王（契）勤商，十有四世而興。帝甲亂之，七世而隕。」則貶爲昏君。史記從國語。又「殷」原誤作「股」，逕改。

〔四〕嚳，即帝廩辛，漢書古今人表及帝王世紀作「馮辛」。「嚳」本作「囂」，盧文弨據竹書紀年改，甚是，今從之。良，即帝庚丁。帝甲死後，相繼爲國君。

〔五〕原「釐」下有「莊」字，據漢書古今人表删。釐公即僖公，穆公之子也。立於魯僖公五年（前六五五），卒於魯文公五年（前六二二），在位三十四年。事見左傳僖公。盧文弨以爲僖公是莊公之子，誤。

〔六〕妋，野竹齋本、漢魏叢書本、古今逸史本、津逮秘書本、藝苑捃華本均作「妖」。

〔七〕唐勒，楚國著名辭賦家，晚於屈原，與宋玉同時。漢書藝文志著録「唐勒賦四篇」，惜已亡佚。

〔八〕鄭昌時、文長倩，人名，生平無考。漢有鄭當時、鄒長倩，前者漢書有傳，後者本書録其遺公孫弘書。或此記有誤。

〔九〕滕公，漢時有夏侯嬰，追隨劉邦，戰功卓著，封潁陰侯，官至丞相。因曾任滕縣（今屬山東）縣令，時人以「令」稱「公」，故號「滕公」。是否文指此人，待考。

〔一〇〕李黎，人名，生平無考。

文章遲速

枚皋文章敏疾〔一〕，長卿制作淹遲〔二〕，皆盡一時之譽。而長卿首尾温麗，枚皋時有累句〔三〕，故知疾行無善跡矣。揚子雲曰：「軍旅之際，戎馬之間，飛書馳檄〔四〕，用枚皋；廊廟之下〔五〕，朝廷之中，高文典册〔六〕，用相如。」

【注釋】

〔一〕枚皋，字少孺，淮陰（今屬江蘇）人。西漢著名文學家，以辭賦名世。其父枚乘，善爲賦，其中以七發最爲著名。漢書藝文志著有九篇，所存僅文選中之七發及西京雜記中之柳賦、古文苑中之梁王兔園賦三篇。枚皋爲枚乘小妾所生，未隨枚乘東歸，母子居於梁（今河南商丘）。枚皋不通經術，詼諧如同東方朔，好賦頌而不拘禮節，所以難以陞官，爲郎而已。其作可讀者多達百二十篇，漢書藝文志有著録。生平事跡附於漢書枚乘傳後。傳中録有平樂館賦、立皇子禖祝、衛皇后立時戒終之賦等三篇。又其荒誕不經之作尚有數十篇。

〔二〕淹遲，緩慢。

〔三〕累句，病句。

〔四〕檄，文告，以木簡爲書，内容多爲徵召或聲討，還有緊急命令，封上插有鳥羽，以示警戒。

〔五〕廊廟，指殿廊和太廟，是群臣入宫必經和聚會的地方。此指宫院，一般多泛稱朝廷。

〔六〕高文典策，即詔書和誥命等官方文書。

卷第四

嵩真自算死期

安定嵩真〔一〕、玄菟曹元理〔二〕並明算術〔三〕，皆成帝時人。真嘗自算其年壽七十三，「真，綏和元年正月二十五日晡時死〔四〕」，書其壁以記之。至二十四日晡時，死。其妻曰：「見真算時，長下一算〔五〕，欲以告之，慮脱有旨〔六〕，故不敢言，今果校一日〔七〕。」真又曰：「北邙青隴上孤檟之西四丈所〔八〕，鑿之入七尺，吾欲葬此地。」及真死，依言往掘，得古時空槨〔九〕，即以葬焉。

【注釋】

〔一〕安定，郡名，治所高平（今寧夏固原），轄境在今寧夏回族自治區中衛南及甘肅臨界部分地區。嵩真，人名，生平無考。津逮秘書本、學津討原本及太平廣記均引作「皇甫嵩真」。東漢末年有安定朝那人皇甫嵩，字義真，應與此無涉，三書所引恐有誤。古代有嵩姓，是帝嚳次妃有娀氏之後。

〔二〕玄菟，郡名，治所高句麗，在今遼寧新賓東南蘇水南。轄地以遼東爲主，另包括吉林和朝鮮咸鏡道部分地區。曹元理，人名，生平無考。

〔三〕算術，推算料知之術。

〔四〕綏和，漢成帝年號，起公元前八年，止公元前七年，僅二年。晡時，即申時，下午三點至五點。

〔五〕算，算籌，以竹爲之，乃計算用具，也用於投壺。禮投壺曰：「算，長尺二寸。」長下一算，即多算了一籌。

〔六〕脱，或許。有旨，有别的想法。「有」或作「真」，那末本句的意思則是怕不合嵩真的意圖。

〔七〕校一日，相差一日。兩兩相對謂之校，比較差異也。

〔八〕櫝，樹名，即山楸，與松柏一樣，常植於墓地或作椁木。

〔九〕槨，即椁，是外棺，内可套入内棺以葬死者。

曹元理算陳廣漢資産

元理嘗從其友人陳廣漢〔一〕，廣漢曰：「吾有二囷米〔二〕，忘其石數〔三〕，子爲計之。」元理以食餉十餘轉〔四〕，曰：「東囷七百四十九石二升七合〔五〕。」又十餘轉，曰：「西囷六百九十七石八斗〔六〕。」遂大署囷門〔七〕。後出米，西囷六百九十七石七斗九升，中有一鼠，大堪一升，東囷不差圭合〔八〕。元理後歲復過廣漢，廣漢以米數告之，元理以手擊牀曰：「遂不知鼠之殊米〔九〕，不如剥面皮矣〔一〇〕！」廣漢爲之取酒，鹿脯數片，元理復算，曰：「藷蔗二十五區〔一一〕，應收一千五百三十六枚。蹲鴟三十七畝〔一二〕，應收六百七十三石。千牛産二百犢，萬鷄將五萬鶵〔一三〕。」羊豕鵝鴨，皆道其數，果蓏肴蔌〔一四〕，悉知其所，乃曰：「此資業之廣，何供饋之偏邪〔一五〕？」廣漢慚，曰：「有倉卒客〔一六〕，無倉卒主人。」元理曰：「俎上蒸豘一頭〔一七〕，厨中荔枝一柈〔一八〕，皆可爲設。」廣漢再拜謝罪，自入取之，盡日爲歡。其術後傳南季〔一九〕，南季傳項瑫〔二〇〕，瑫傳子陸〔二一〕，皆得其分數〔二二〕，而失玄妙焉。

【注釋】

〔一〕陳廣漢，人名，生平無考。

〔二〕囷，專指圓形糧倉。

〔三〕石，古代重量單位。漢時一百二十斤爲一石。

〔四〕食筯，餐具之一，今稱筷子。

〔五〕升、合均爲重量單位。漢時十合爲一升。

〔六〕斗，亦重量單位。漢時十升爲一斗。

〔七〕署，題寫。

〔八〕圭，重量單位。劉向説苑辨物篇曰：「十六黍爲一豆（即圭），六豆爲一銖，二十四銖爲一兩，十六兩爲一斤，三十斤爲一鈞，四鈞重一石。千二百黍爲一龠，十龠爲一合，十合爲一升，十升爲一斗，十斗爲一石。」續漢律曆志上注引説苑與此異。即「十粟重一圭，十圭重一銖」，又「十斗爲一斛」。按御覽卷八三〇引作「十粟重一豆，六豆重一銖」。向宗魯説苑校證曰：「漢志注引應劭曰：『十黍爲一絫，十絫爲一銖。』則銖重一百黍。此文十六黍爲圭，六圭爲一銖，則銖重九十六黍。」劉向是西漢時人，又曾繫統整理宫中典籍，所言更近漢制。惟「十斗爲一石」之「石」，當係「斛」之誤。

〔九〕殊米，死於食米。

〔一〇〕剥面皮，形容羞愧至極，無顏見人，不如剥去面皮算了。

〔一一〕藷蔗，即甘蔗。文選張衡南都賦注引漢書音義曰：「藷蔗，甘柘也。」

〔一二〕蹲鴟，像蹲着的猫頭鷹一樣的大芋頭。史記貨殖列傳正義曰：「蹲鴟，芋也。」華陽國志云：汶山郡安上縣有大芋，如蹲鴟也。」

〔一三〕將，攜帶，此作生養解。鶵，小鷄。

〔一四〕果蓏，瓜果類植物果實。漢書食貨志顔師古注曰：「應劭曰：『木實曰果，草實曰蓏。』張晏曰：『有核曰果，無核曰蓏。』臣瓚曰：『案，木上曰果，地上曰蓏也。』」肴，指魚、肉類食品。蔌，古代蔬菜的總稱，爾雅郭璞注曰：「蔌者，菜茹之總名。」

〔一五〕供饋，食品的供奉。偏，指食品稀少。

〔一六〕「食」本作「蒼」，下同，古通用，但依衆本及常用例改作「倉」。

〔一七〕俎，砧板。豘，即小猪。漢時人講究吃乳猪，其選擇原則是選幼不選壯，選壯不選老。據長沙馬王堆漢墓出土肉畜標本分析，幼猪以出生三個月至半年間爲多，是時尚佳品。

〔一八〕柈，同盤。

〔一九〕南季，人名，生平無考。

〔二〇〕項瑫，人名，生平無考。

〔二一〕陸，項陸，人名，項瑫之子，生平無考。

〔二二〕分數，即推算的方法。

因獻命子名

衛將軍青生子〔一〕，或有獻騧馬者〔二〕，乃命其子曰騧，字叔馬。其後改爲登〔三〕，字叔昇。

【注釋】

〔一〕衛將軍，即衛青（？—前一〇六），字仲卿，河東平陽（今山西臨汾西南）人。漢武帝衛夫人同母之弟。父鄭季，與陽信長公主家僮衛媪私通，生青，冒姓衛氏。元光六年（前一二九），青拜爲車騎將軍，率軍擊匈奴。衛夫人立爲皇后，青愈加得到武帝寵信。以征匈奴屢立戰功，封長平侯，拜大將軍。其三子尚幼，也因青之戰功，均封爲侯。史、漢均有傳。衛青三子分别是衛伉、衛不疑、衛登。此「生子」，指第三子衛登。

〔二〕騧馬，説文曰：「騧，黄馬黑喙。」即黑嘴黄驃馬。

〔三〕衛登，元朔五年（前一二四）春，仍在繦褓中，即封爲發干侯，後坐酎金免。

哀帝爲董賢起大第

哀帝爲董賢起大第於北闕下〔一〕，重五殿，洞六門〔二〕，柱壁皆畫雲氣華蘤〔三〕，山靈水怪，或衣以綈錦，或飾以金玉。南門三重，署曰南中門、南上門、南更門〔四〕。東西各三門，隨方面題署，亦如之。樓閣臺榭，轉相連注〔五〕，山池玩好，窮盡雕麗。

【注釋】

〔一〕哀帝，即劉欣（前二六—前一），定陶恭王劉康之子，母丁姬。三歲繼任爲定陶王。綏和元年（前八），立爲皇太子。建平元年（前六）即帝位，在位六年。雖欲法則武、宣，屢誅大臣以防謀逆，嚴節法度以防淫奢，但却寵信佞臣，驕縱外戚，故漢室衰敗，無可避免。董賢（前二三—前一），西漢佞臣，字聖卿，雲陽（今陝西淳化西北）人。以儀貌獲哀帝好感，位至大司馬，封高安侯。父子兄弟獲賞賜無數，專擅朝政。哀帝死，王莽逼其自殺，抄没其家族資産凡四十三萬萬錢。事詳漢書佞幸傳。大第，大宅。

〔二〕漢書佞幸傳顔師古注曰：「重殿謂有前後殿，洞門謂門門相當也。皆僭天子之制度者也。」可知其大宅有五重殿宇，六座兩兩相對之門。

〔三〕華藹，美麗的花。

〔四〕南更門，抱經堂本作「南便門」。秦漢圖記本黄丕烈校作「南夏門」，恐非。

〔五〕連注，連接貫通。

平津侯開館延士

平津侯自以布衣爲宰相〔一〕，乃開東閤〔二〕，營客館，以招天下之士。其一曰欽賢館，以待大賢；次曰翹材館〔三〕，以待大才；次曰接士館，以待國士〔四〕。其有德任毗贊〔五〕、佐理陰陽者〔六〕，處欽賢之館。其有才堪九列、將軍、二千石者〔七〕，居翹材之館。其有一介之善〔八〕、一方之藝，居接士之館。而躬自菲薄〔九〕，所得俸禄，以奉待之〔一〇〕。

【注釋】

〔一〕平津侯，即公孫弘，武帝元朔初，封平津侯。丞相封侯自公孫弘始，以後成爲故事，均依例行事。

〔二〕東閤，除抱經堂本外，餘本作「閣」，漢書本傳亦作「東閣」。盧文弨注曰：「爾雅曰：『小閨謂之閤。』顏師古注漢書云：『小門也。東向開之，避當庭門而引賓客，以別於掾史官屬也。』舊本作『閣』，訛。漢書俗本亦有訛者，皆不可從。」閤、閣混用，由來已久，但此仍當以作「閤」爲是。

〔三〕翹材，才高超衆。

〔四〕國士，才堪擔當一方之任的人士。

〔五〕毗贊，輔佐。

〔六〕佐理陰陽，尚書周官曰：「立太師、太傅、太保。兹惟三公，論道經邦，燮理陰陽，官不必備，惟其人。」春秋繁露曰：「故四時之行，父子之道也；天地之志，君臣之義也；陰陽之理，聖人之法也。」又曰：「天地之常，一陰一陽。陽者天之德也，陰者天之刑也。跡陰陽終歲之行，以觀天之所親而任。」古者，只有能順天之道、調和陰陽之人，才能安定天下，使百姓康樂，所以認爲具有這種德才的人，才能勝任三公之職。

〔七〕九烈，即九列，亦稱九卿。古代建官法天，論衡紀妖篇曰：「天官百二十，與地之王者無以異也。地之王者，官屬備具，法象天官，禀取制度。」春秋説云：「立三臺以爲三公，北斗九星是爲九卿，二十七大夫，内宿部衛之列，八十一紀以爲之士，凡百二十官焉。」白虎通封公侯篇曰：「一公置三卿，故九卿也。天道莫不成於三：天有三光，日月星；地有三形，高下平；人有三尊，君父師。故一公三卿佐之，一卿三大夫佐之，一大夫三元士佐之。天有三光，然後能徧照，各自有三法，物成於三，有始、有中、有終，明天道而終之也。」漢官，三公居首，其次九卿。九卿一般指太常、光禄勳、衛尉、太僕、廷尉、大鴻臚、宗正、大司農、少府等九種官員。其俸禄均爲中二千石。然而實際上除上述九卿之外，仍有稱卿者。如執金吾，漢書毋將隆傳，隆爲執金吾，哀帝詔書明言「隆位九卿」。又如大長秋、將作大匠亦然，且均爲中二千石。甚至三輔主吏也在九卿之列，如汲黯曾任「主爵中尉（後改稱右扶風），列位九卿」。鄭莊「至九卿爲右内史（後改稱京兆尹）」。張敞、王尊均任過京兆尹，漢書本傳均稱「備位九卿」。可見所謂「九卿」是泛稱，凡中央政府中的部門主吏及三輔主吏均可列入「九卿」之列。漢書百官公卿表稱「諸卿」更爲合理。將軍，蔡質漢官典職儀式選用曰：「漢興，置大將軍、驃騎，位次丞相；車騎、衛將軍、左右前後，皆金紫，位次上卿。典京師兵衛，四夷屯警。」秩皆二千石。於此主要指郡國守相。

〔八〕一介，一點。

〔九〕躬自菲薄，對自己花費極爲節省。

〔一〇〕漢書公孫弘傳曰：「弘身食一肉，脱粟飯，故人賓客仰衣食，俸禄皆以給之，家無所餘。」

閩越獻蜜鷴

閩越王獻高帝石蜜五斛〔一〕，蜜燭二百枚〔二〕，白鷴、黑鷴各一只〔三〕。高帝大悦，厚報遣其使。

【注釋】

〔一〕閩越，百越之一支，乃越王勾踐的後裔。秦併天下，置閩中郡。秦末叛秦，曾助劉邦滅項羽，故漢五年（前二〇二），立其首領無諸爲閩越王，王閩中故地，即今福建省，都東冶（今福州）。其後閩越自以爲所處地勢險要，甲卒又不下數十萬，於是有割據傾向。武帝時，幾經征戰，至元封元年（前一一〇），才平定閩越國，將其併入會稽郡中。石蜜，野蜂於高山巖穴中所釀之蜜，色青赤，味微酸，故又稱崖蜜或巖蜜。

〔二〕蜜燭，用蜂巢提煉的蜂蠟做成的蠟燭。

〔三〕鷴，一種名貴的觀賞鳥，形似山鷄，色有黑白之分。白鷴又名銀雉，背上羽毛白中帶有黑紋，尾長四五尺，嘴及爪爲紅色。黑鷴較爲罕見。

滕公葬地

滕公駕至東都門[一]，馬鳴，跼不肯前[二]，以足跑地久之[三]。滕公使士卒掘馬所跑地，入三尺所，得石槨。滕公以燭照之，有銘焉。乃以水洗寫其文[四]，文字皆古異，左右莫能知。以問叔孫通[五]，通曰：「科斗書也[六]。」以今文寫之[七]，曰：「佳城鬱鬱[八]，三千年見白日，吁嗟滕公居此室。」滕公曰：「嗟呼，天也！吾死其即安此乎？」死遂葬焉[九]。

【注釋】

〔一〕東都門，三輔黄圖卷一曰：「長安城東出北頭第一門曰宣平門，民間所謂東都門。」

〔二〕跼，曲足，猶豫不前。

〔三〕跑，用足刨地。

〔四〕洗寫，冲洗、冲刷。

〔五〕叔孫通，薛（今山東滕縣南）人。秦博士，博學通禮儀。秦末，先投靠項羽，後歸附劉邦。

漢初禮儀定於其手，位至太子太傅。史、漢均有傳。其所著漢禮儀制度，輯佚書甚多，分見於清王謨漢魏遺書鈔、孫星衍平津館叢書、龍鳳鑣知服齋叢書、鮑廷爵後知不足齋叢書、王仁俊玉函山房輯佚書續編等書中，其中以孫輯最佳。

〔六〕科斗書，一稱蝌蚪文，古代書體之一，因其字頭粗尾細，狀似蝌蚪而得名。

〔七〕今文，即漢代隸書。

〔八〕佳城，墓地的别稱，典出於此。鬱鬱，幽深静謐的樣子。

〔九〕博物志卷七曰：「漢滕公薨，求葬東都門外。公卿送喪，駟馬不行，跼地悲鳴，跑蹄下地得石，有銘曰：『佳城鬱鬱，三千年見白日，吁嗟滕公居此室。』遂葬焉。」與此異。

韓嫣好彈

韓嫣好彈〔一〕，常以金爲丸，所失者日有十餘。長安爲之語曰：「苦饑寒，逐金丸。」京師兒童，每聞嫣出彈，輒隨之，望丸之所落，輒拾焉。

【注釋】

〔一〕韓嫣，字王孫，弓高侯韓穨當之孫。漢武帝爲膠東王時，韓嫣與武帝一起學書。嫣善騎射，武帝登基，欲伐匈奴，韓嫣深得寵信，官至上大夫。嫣恃寵，常與武帝共卧起，入永巷以姦聞，太后得知，下詔賜死，武帝亦不得救。事見漢書佞幸傳。好彈，喜歡打彈弓。韓嫣常以金子作彈丸。

司馬良史

司馬遷發憤作史記百三十篇〔一〕，先達稱爲良史之才〔二〕。其以伯夷居列傳之首，以爲善而無報也〔三〕；爲項羽本紀，以踞高位者非關有德也〔四〕。及其序屈原、賈誼〔五〕，辭旨抑揚，悲而不傷，亦近代之偉才。

【注釋】

〔一〕司馬遷（前一四五—前八六？），字子長，左馮翊夏陽（今陝西韓城芝川鎮）人。他繼承其父司馬談的遺志，出任太史令。與公孫卿、壺遂共同完成太初曆的修訂，更重要的是撰成中國歷史上第一部紀傳體通史史記。司馬遷創本紀、世家、書、表、列傳五體，全書上起五帝，下迄漢武帝末年，記述了三千餘年的歷史。其「網羅天下放失舊聞」，考信擇善，當書則書，秉正不阿，疑則存疑，或缺略不論，是一部正史中不可多得的信史。司馬遷也因此成爲中國最著名的史學家和文學家之一，至今仍發揮着重要的影響。事詳史記太史公自序和漢書司馬遷傳。

〔二〕先達，前輩名士，此指劉向、揚雄等人。漢書司馬遷傳曰：「自劉向、揚雄博極群書，皆稱遷有良史之材，服其善序事理，辨而不華，質而不俚，其文直，其事核，不虚美，不隱惡，故謂之實録。」

〔三〕伯夷，商末孤竹君之長子，與弟叔齊互相讓位，並一起放棄君位繼承權而投靠了周人。武王伐紂，他們叩馬而諫，企圖阻止戰争。武王滅商後，他們隱居到首陽山，不食周粟而餓死。司馬遷以爲二人以義爲先，求仁得仁，故列爲列傳之首。又史記伯夷列傳曰：「或曰：『天道無親，常與善人。』若伯夷、叔齊，可謂善人者非邪？積仁絜行如此而餓死！且七十子之徒，仲尼獨薦顔淵爲好學。然回也屢空，糟糠不厭，而卒蚤夭。天之報施善人，其何如哉？」此段即「以爲善而無報也」。

〔四〕本紀以序帝王，項羽在滅秦後，雖號稱西楚霸王，分封諸王，但並未稱帝，建立新的王朝，本不符入紀原則，然而司馬遷以爲畢竟一度「政由羽出」，「位雖不終，近古以來未嘗有也」，很同情他的遭遇，而特立本紀。深一層的理由則是，劉邦曾對其稱臣，漢朝並非直接從秦朝那裏奪得政權，而是從項羽手中取得天下，所以從王朝更替角度講，爲項羽立紀也是順理成章的。又史記項羽本紀曰：「羽背關懷楚，放逐義帝而自立，怨王侯叛己，難矣。自矜功伐，奮其私智而不師古，謂霸王之業，欲以力征經營天下，五年卒亡其國，身死東城，尚不覺寤而不自責，過矣。乃引『天亡我，非用兵之罪也』，豈不謬哉！」此所謂「踞高位者非關有德也」。

〔五〕屈原（約前三四〇—約前二七八），名平，字原，戰國時楚國的貴族。曾任楚懷王的三閭大夫。後遭讒言，被流放到沅、湘一帶。秦滅楚，憤而投汨羅江自盡。屈原是古代著名的愛國詩人，並獨創騷體，代表作有離騷、九歌。賈誼（前二〇〇—前一六八），雒陽（今河南人。漢初著名政論家和文學家。年少時，即通諸子百家之書。文帝召其爲博士，遷太中大夫。因改革政制，得罪了周勃、灌嬰等勳貴重臣，被貶爲長沙王太傅，再改任梁王太傅。不料梁王墮馬而死，而滿腔抱負更難以實現，於是抑鬱而死，年僅三十三歲。其著有新書五十八篇，亦稱賈子，其中以過秦論最爲著名，今存五十六篇。又著賦七篇，著名的有弔屈原賦、鵩鳥賦、旱雲賦等。史記屈原賈生列傳之「太史公曰」：「余讀離騷、天問、招魂、哀郢，悲其志。適長沙，觀屈原所自沈淵，未嘗不垂涕，想見其爲人。及見賈生弔之，又怪屈原以彼其材，遊諸侯，何國不容，而自令若是。讀鵩鳥賦，同死生，輕去就，又爽然自失矣。」此即所謂「辭旨抑揚，悲而不傷」也。

忘憂館七賦

梁孝王遊於忘憂之館〔一〕，集諸遊士，各使爲賦。

枚乘爲柳賦

枚乘爲柳賦〔二〕，其辭曰：「忘憂之館，垂條之木，枝逶遲而含紫〔三〕，葉萋萋而吐緑〔四〕。出入風雲，去來羽族〔五〕。既上下而好音，亦黄衣而絳足〔六〕。蜩螗厲響〔七〕，蜘蛛吐絲。階草漠漠〔八〕，白日遲遲〔九〕。于嗟細柳，流亂輕絲〔一〇〕。君王淵穆其度〔一一〕，御群英而翫之〔一二〕。小臣瞽聵〔一三〕，與此陳詞〔一四〕。于嗟樂兮！於是罇盈縹玉之酒〔一五〕，爵獻金漿之醪〔一六〕。梁人作藷蔗酒，名金漿。庶羞千族〔一七〕，盈滿六庖〔一八〕。弱絲清管〔一九〕，與風霜而共雕〔二〇〕。鎗鍠啾唧〔二一〕，蕭條寂寥。儁乂英旄〔二二〕，列襟聯袍〔二三〕。小臣莫效於鴻毛〔二四〕，空銜鮮而嗽醪〔二五〕。雖復河清海竭，終無增景於邊撩〔二六〕。」

【注釋】

〔一〕忘憂之館，當建於曜華宫中，詳見本書卷二梁孝王好營宫室苑囿。

〔二〕漢書枚乘傳曰：「復遊梁，梁客皆善屬辭賦，乘尤高。」

〔三〕逶遲，曲曲彎彎的樣子。「含」原作「舍」，據野竹齋本、秦漢圖記本、萬曆本、抱經堂本等改。

〔四〕萋萋，繁茂的樣子。

〔五〕羽族，指鳥類。

〔六〕上下而好音，即鳥群上下飛翔，叫聲悦耳。詩邶風燕燕曰：「燕燕于飛，上下其音。」黄衣，指黄鸝。

〔七〕蜩螗，即蟬。

〔八〕漠漠，茂密成片。

〔九〕遲遲，緩慢移動。

〔一〇〕輕絲，指柳絲。

〔一一〕淵穆，深沉而莊重之美。度，風度、氣度。

〔一二〕御，率領。群英，衆賓客。翫，賞玩。

〔一三〕瞽聵，目盲耳聾，古代往往是臣子對君上或幕賓對主人的自謙之辭。

〔一四〕與，參預。

〔一五〕縹玉，色澤清白而帶微黄的酒。

〔一六〕金漿之醪，一種黄色果酒。注作「藷蔗酒」，即甘蔗酒。而「梁人」之「梁」，是指南朝梁，非漢代之梁國。這是書經後人整理的證據之一。

〔一七〕庶羞，衆多精美的佳肴。千族，千種。

〔一八〕六庖，指梁孝王的膳房，菜包括葷素，以供王宫及高級幕僚之需。

〔一九〕絲，絃樂器，如琴瑟等；管，管樂器，如笛笙等。弱、輕，均指樂聲輕妙悠揚，既助興宴會，又不擾清談。

〔二〇〕與風霜而共雕，樂聲隨園内自然風勢而起伏。

〔二一〕鎗鍠，指金屬類打擊樂器如鐘鉦等。啾唧，樂聲與園中鳥鳴相呼應。

〔二二〕儁乂，德義才俊；英旄，英挺傑士。

〔二三〕指上述傑出人士即依附梁王的衆遊士聚集在一起，比肩而立。

〔二四〕鴻毛，形容微不足道，自謙之辭。

〔二五〕銜鮮，食佳肴；嗽醪，飲美酒。

〔二六〕增景，增光；邊撩，指柳稍。仍爲自謙之句。

路喬如爲鶴賦

路喬如爲鶴賦〔一〕，其辭曰：「白鳥朱冠，鼓翼池干〔二〕。舉脩距而躍躍〔三〕，奮皓翅之㩳㩳〔四〕。宛脩頸而顧步〔五〕，啄沙磧而相懽〔六〕。豈忘赤霄之上〔七〕，忽池籞而盤桓〔八〕。飲清流而不舉，食稻粱而未安〔九〕。故知野禽野性，未脱籠樊〔一〇〕，賴吾王之廣愛，雖禽鳥兮抱恩。方騰驤而鳴舞〔一一〕，憑朱檻而爲歡〔一二〕。」

【注釋】

〔一〕路喬如，人名，梁孝王賓客，生平無考。

〔二〕干，岸。原誤作「于」，逕改。

〔三〕脩距，脩長的爪子。

〔四〕㩳㩳，快速飛動的樣子。

〔五〕宛，彎曲。顧步，舉目四顧而邁步。

〔六〕懽，即讙，鳴叫聲。

〔七〕赤霄，紅日當空之天際。

〔八〕池籞，宮中池苑，因係禁地，所以稱籞。

〔九〕「梁」，原誤作「粱」，逕改。

〔一〇〕籠樊，即樊籠，爲協韻而倒置。

〔一一〕騰驤，如天馬般飛馳。張衡西京賦曰：「負筍業而餘怒，乃奮翅而騰驤。」

〔一二〕朱檻，紅色的鳥籠欄干。此指鳥籠。

公孫詭爲文鹿賦

公孫詭爲文鹿賦〔一〕，其詞曰：「麀鹿濯濯〔二〕，來我槐庭〔三〕。食我槐葉，懷我德聲〔四〕。質如緗褥〔五〕，文如素綦〔六〕。呦呦相召，小雅之詩〔七〕。歎丘山之比歲〔八〕，逢梁王於一時。」

【注釋】

〔一〕公孫詭，齊（今山東）人。梁孝王門客，以足智多謀聞名，官梁國中尉，號公孫將軍，後因立太子事，與梁孝王、羊勝等策畫謀殺當朝重臣爰盎及議士十餘人。事情敗露，雖匿於梁王宮中而不得解，終於自殺。事詳漢書文三王傳。

〔二〕麀鹿，母鹿。濯濯，肥壯之貌。語出詩大雅靈臺。「麀」，原誤作「塵」，據野竹齋等諸本改。

〔三〕槐庭，種有槐樹的庭院。舊時宫中種槐樹，此當指王宫。

〔四〕德聲，即德音。詩谷風朱熹注曰：「德音，美譽。」

〔五〕緗，鵝黄色；褥，絲褥子。形容鹿的毛色淡黄而細密如絲褥子。

〔六〕文，紋色。素綦，白色的玉飾。

〔七〕小雅之詩，詩經小雅鹿鳴曰：「呦呦鹿鳴，食野之蘋。我有嘉賓，鼓瑟吹笙。」共三章，乃「燕群臣嘉賓」之詩。此亦作於隨梁孝王遊宴之時。

〔八〕丘山，隱居之地。比歲，連年。

鄒陽爲酒賦

鄒陽爲酒賦〔一〕，其詞曰：「清者爲酒，濁者爲醴〔二〕；清者聖明，濁者頑騃〔三〕。皆麴湑丘之麥〔四〕，釀野田之米。倉風莫預〔五〕，方金未啓。嗟同物而異味，歎殊才而共侍。流光醳醳〔六〕，甘滋泥泥〔七〕。醪釀既成〔八〕，綠瓷既啓。且筐且漉〔九〕，載篘載齊〔一〇〕。庶民以爲歡，君子以爲禮。其品類，則沙洛淥酃〔一一〕，程鄉若下〔一二〕，高公之清〔一三〕，關中白薄〔一四〕，青渚縈停〔一五〕。凝醳醇酎〔一六〕，千日一醒〔一七〕。哲王臨國〔一八〕，綽矣多暇〔一九〕。召皤皤之臣〔二〇〕，聚肅肅之賓〔二一〕。安廣坐，列雕屏，綃綺爲席，犀璩爲鎮〔二二〕。曳長裙，飛廣袖，奮長纓。英偉之士，莞爾而即之〔二三〕。君王憑玉几，倚玉屏，舉手一勞，四座之士，皆若哺粱肉焉〔二四〕。乃縱酒作倡〔二五〕，傾盌覆觴。右曰宫申〔二六〕，旁亦徵揚〔二七〕。樂只之深〔二八〕，不吴不狂〔二九〕。於是錫名餌〔三〇〕，祛夕醉，遣朝酲〔三一〕。吾君壽億萬歲，常與日月争光。」

【注釋】

〔一〕鄒陽，亦齊人。係梁孝王門客，擅長辭賦，有謀略，但自負而不苟合，曾遭羊勝等忌恨，一度下梁王獄中，經自辨免死，且拜爲上客。羊勝等違法死，鄒陽却於景帝時官至弘農都尉。漢書有傳。

〔二〕醴，帶糟的濁米酒，微甜。

〔三〕清者聖明，濁者頑騃，以酒分聖賢頑愚，典出於此。頑騃，愚蠢之人。

〔四〕麴，酒麯。此作釀造解。湒丘，即可耕種的土地。

〔五〕倉風，向新陽校注曰：「倉風，即蒼風。詩經王風黍離『悠悠蒼天』，經典釋文：『蒼，本亦作倉。』爾雅釋天謂『春爲蒼天』，則『蒼風』乃指春風。與下句『金』指秋對舉，二句合言酒釀造過程，與卷一八月飲酎所述正合。」又言本句之意乃指不使東風（春風）透入酒甕，酒才不會酸敗。酒密封三年，酒色才能似麻油芳香濃烈，這就是「方金未啓」的涵意。

〔六〕醳醳，酒色清亮純净。

〔七〕泥泥，酒味醇厚。

〔八〕醪釀，經釀製的酒。

〔九〕筐，竹製的酒的過濾器。於此作過濾解。漉，過濾去掉糟粕。

〔一〇〕箐，即蒻，或作「茜」，一種青茅草。詩經小雅伐木孔疏曰：「釃酒者，或用筐，或用草，於今猶然。」其本意也是過濾掉渣滓。齊，分量，此亦作澄清解。

〔一一〕沙洛，酒名。向新陽校注曰：「疑即『桑落』之音轉。宋伯仁酒小史有『關中桑落酒』，與『西京金漿醪』、『梁孝王縹玉酒』、『長安新豐市酒』、『漢時挏馬酒』，同列爲漢代酒名。」渌酃，酒名。洛陽金谷園出土一陶甕，上有「酃醁」二字。陳直洛陽漢墓群陶器文字通釋曰：「酃醁，酃爲醽字别體。廣韻：『醽醁，美酒。』集韻：『醽，湘東美酒。』蓋此酒出於湖南衡陽縣之醽湖，因醽湖水緑，故名醽緑，加『酉』則變爲醽醁。抱朴子嘉循篇：『寒泉旨於醽醁。』文選潘岳笙賦：『傾縹瓷以酌醽。』據文獻，晉人始注重此酒，據本題字，則醽醁之酒，在漢時中原已盛行。」又盛弘之荆州記曰：「渌水出豫章康樂縣，其間烏程鄉有酒官，取水爲酒，極甘美。與湘東酃湖酒，年嘗獻之，世稱醽渌酒。」則恐又當作兩種酒解。

〔一二〕程鄉，鄉名，在廣東梅縣，産美酒。漢時馬援之孫、馬廖之子馬遵即封程鄉侯。初學記卷二六引作「烏程」，向新陽校注、成林全譯據以改，恐非。烏程，依上注，當係醁酒産地。若下，山陰若耶溪水所釀之酒，係米酒。

〔一三〕高公之清，即「會稽稻米清」中之精品。高公，生平不詳。

〔一四〕關中，今陝西渭水兩岸，東起潼關，西至寶鷄，即古函谷關至大散關之間，號稱「八百里秦川」。白薄，酒名。

〔一五〕青渚縈停，喻酒色似溪邊之水清澈晶瑩。

〔一六〕凝醳，濃酒。

〔一七〕千日一醒，博物志曰：「昔劉玄石於中山酒家酤酒，酒家與千日酒，忘言其節度。歸至家當醉，而家人不知，以爲死也，權葬之。酒家計千日滿，乃憶玄石前來酤酒，醉向醒耳，往視之，云玄石亡來三年，已葬。於是開棺，醉始醒，俗云：『玄石飲酒，一醉千日。』」

〔一八〕哲王，賢明的君王，指梁孝王。

〔一九〕綽矣，悠遊之貌。暇，閑暇。

〔二〇〕皤皤，白髮蒼蒼之貌。

〔二一〕肅肅，恭謹貌。

〔二二〕璩，一種玉名。

〔二三〕莞爾，微笑貌。

〔二四〕「粱」，原誤作「梁」，逕改。

〔二五〕倡，倡樂。或作唱歌解。即或指倡人奏樂歌舞，或指參與宴會之人邊飲酒邊唱和。此處恐當以倡人作樂近是。

〔二六〕宫申，樂聲往復不斷。宫，五聲音階之一。宫、商、角、徵、羽代表五音。

〔二七〕徵，五音之一。漢書律曆志曰：「宫，中也，居中央，暢四方，唱始施生，爲四聲綱也。徵，祉也，物盛大而緐祉也。」

〔二八〕只，語氣詞。典出詩經小雅南山有臺之「樂只君子，邦家之基」、「樂只君子，德音不已」。

〔二九〕「不吴」，典出詩經周頌、魯頌。吴，譁也；不吴，即不喧嘩。此二字原脱，據抱經堂本補。

〔三〇〕錫，賞賜。

〔三一〕祛，除去。酲，急就篇顔師古注曰：「病酒曰酲。」即醉酒。急就篇原文曰：「鐘磬鞀簫鼙鼓鳴，五音揔會歌謳聲，倡優俳咲觀倚庭，侍酒行觴宿昔酲。」所言與此賦所叙正相吻合。

公孫乘爲月賦

公孫乘爲月賦〔一〕，其詞曰：「月出皦兮〔二〕，君子之光。鵾鷄舞於蘭渚〔三〕，蟋蟀鳴於西堂。君有禮樂，我有衣裳〔四〕。猗嗟明月〔五〕，當心而出。隱員巖而似鉤〔六〕，蔽脩堞而分鏡〔七〕。既少進以增輝，遂臨庭而高映。炎日匪明〔八〕，皓璧非淨〔九〕。躔度運行〔一○〕，陰陽以正。文林辯囿〔一一〕，小臣不佞。」

【注釋】

〔一〕公孫乘，人名，生平無考。

〔二〕皦，同皎，即月光。典出詩經陳風月出。

〔三〕鶤鷄，鳥名，黄白色羽毛，似鶴。蘭渚，長有蘭草的沙洲。

〔四〕衣裳，春秋穀梁傳莊公二十七年曰：「桓會不致，安之也。桓盟不日，信之也。信其信，仁其仁，衣裳之會十有一，未嘗有歃血之盟也，信厚也。」此言齊桓公因管仲之力，九會諸侯，確立霸主地位。衣裳之會即指盟主與同盟者之會。公孫乘用此典，喻指梁孝王與賓客門士之會，也是因梁孝王既仁且信所致。

〔五〕猗嗟，感歎辭。

〔六〕員巖，圓形的高山。

〔七〕脩堞，城牆上長長的堞牆，形似犬牙交錯。分鏡，圓如銅鏡的明月，因參差不齊的城堞的遮蔽而變得支離破碎。

〔八〕匪，非也。

〔九〕皓璧，白玉。

〔一〇〕躔，度也，日月星辰在空中運行的軌跡。

〔一一〕文林辯囿，形容文士和辯士像樹林和淵藪般聚集。

羊勝爲屏風賦

羊勝爲屏風賦〔一〕，其辭曰：「屏風鞈匝〔二〕，蔽我君王。重葩累繡〔三〕，沓璧連璋〔四〕。飾以文錦，映以流黄〔五〕。畫以古列〔六〕，顒顒昂昂〔七〕。藩后宜之〔八〕，壽考無疆。」

【注釋】

〔一〕羊勝，亦齊人。與公孫詭等收買刺客謀殺爰盎等大臣，後畏罪自殺。

〔二〕鞈匝，像胸甲一樣圍繞起來。

〔三〕重葩，層層叠叠的花朵。累繡，上述花朵圖案均繡在置放於屏風上的絲囊上。

〔四〕沓璧連璋，屏風上嵌有許多玉飾件。

〔五〕流黄，文錦的底色是褐黄色。

〔六〕古列，前代的聖賢列士、列女。漢代宮中畫功臣成風，漢書趙充國傳曰：「初，充國以功德與霍光等，列畫未央宮。」又蘇武傳曰：「漢宣帝甘露三年，單于始入朝，上思股肱之美，乃圖畫其人於麒麟閣，法其形貌，署其官爵姓名。」而有的則畫在屏風之上，漢光武帝時，就在屏風上命人畫列女圖。

〔七〕顒顒，莊重恭順的樣子；昂昂，意氣風發的樣子。典出詩經大雅卷阿：「顒顒卬卬，如圭如璋。」

〔八〕藩后，古代諸侯屏護王室如藩屏，此指梁孝王。

鄒陽代韓安國作几賦

韓安國作几賦〔一〕，不成，鄒陽代作，其辭曰：「高樹凌雲，蟠紆煩冤〔二〕，旁生附枝。王爾、公輸之徒〔三〕，荷斧斤，援葛藟〔四〕，攀喬枝，上不測之絕頂，伐之以歸。眇者督直〔五〕，聾者磨礱〔六〕。齊貢金斧，楚入名工，乃成斯几。離奇彷佛，似龍盤馬迴，鳳去鸞歸。君王憑之，聖德日躋。」

鄒陽、安國罰酒三升，賜枚乘、路喬如絹，人五匹。

【注釋】

〔一〕韓安國（？—前一二七），字長孺，梁國成安（今河南臨汝東南）人。初事梁孝王，任中大夫。因曾力拒吴楚七國之亂，又妥善處理公孫詭、羊勝事件，深得武帝信任，後官至御史大夫，一度行丞相事。衛青等貴顯後，安國漸遭排斥，悶悶不樂而死。漢書有專傳。

〔二〕蟠紆，盤曲屈折。煩寃，本指風勢迴轉，此喻樹枝彎曲婉轉之狀。

〔三〕王爾，春秋時巧匠。公輸，公輸般，魯國巧匠，又稱魯班。

〔四〕藟，藤類植物。

〔五〕眇者，一目盲者。此指斜木。

〔六〕礱，即磨。

五子拜侯進王

梁孝王入朝，與上爲家人之宴〔一〕，乃問王諸子，王頓首謝曰〔二〕：「有五男。」即拜爲列侯〔三〕，賜與衣裳器服〔四〕。王薨，又分梁國爲五，進五侯皆爲王〔五〕。

【注釋】

〔一〕梁孝王是漢景帝的親弟弟，也是竇太后的愛子，所以常受到特殊的禮遇。漢書文三王傳曰：「孝王入朝，景帝使使持乘輿駟，迎梁王於關下。既朝，上疏，因留。以太后故，入則侍帝同輦，出則同車遊獵上林中。梁之侍中、郎、謁者著引籍出入天子殿門，與漢宦官亡異。」

〔二〕頓首，古跪拜禮之一，一般施於地位相同或平輩之間。跪拜時頭須觸地，旋即陞起。漢時，頓首則多用於君臣、上下之間，臣子上表必言頓首。獨斷曰：「表者不需頭，上言臣某言，下言臣某誠惶誠恐、頓首頓首、死罪死罪。左方下附曰某官臣某甲上。」梁孝王此「頓首謝」，兩者兼而有之。

〔三〕列侯，獨斷曰：「漢制：皇子封爲王者，其實古諸侯也。周末諸侯或稱王，而漢天子自以皇帝爲稱，故以王號加之，總名諸侯王。子弟封爲侯者，謂之諸侯；群臣異姓有功封者，謂之徹侯，後避武帝諱改曰通侯。法律家皆曰列侯。」又按漢書諸侯王表及王子侯表，孝王五子僅二子曾封爲列侯，即長子劉買封乘氏侯，事在景帝中元五年（前一四五）；次子劉明同年封桓邑侯。與此所載異。

〔四〕衣裳器服，與列侯相應的禮服及車馬旗飾。續漢輿服志曰：「公、列侯安車，朱班輪，倚鹿較，伏熊軾，皁繒蓋，黑轓，右騑。」又曰：「（諸車之文）公、列侯倚鹿伏熊，黑轓，朱班輪，鹿文飛軨，九斿降龍。」「（諸馬之文）王、公、列侯鏤錫文髦，朱鑣朱鹿，朱文，絳扇汗，青翅鷰尾。」又曰：「天子、三公、九卿、特進侯、侍祠侯，祀天地明堂，皆冠旒冕，衣裳玄上纁下。

乘輿備文，日月星辰十二章，三公、諸侯用山龍九章，九卿以下用華蟲七章，皆備五采，大佩，赤舄絇履，以承大祭。」所服冕旒，「三公諸侯七旒，青玉爲珠」。組綬皆陳留襄邑所獻之織成錦織成。

〔五〕漢書諸侯王表曰：「孝景後元年（前一四三），（梁）恭王買嗣。」又曰：「孝景中六年（前一四四）五月丙戌，（濟川）王明以孝王子桓邑侯立。」又曰：「五月丙戌，（濟東）王彭離以孝王子立。」又曰：「五月丙戌，（山陽）哀王定以孝王子立。」又曰：「五月丙戌，（濟陰）哀王不識以孝王子立。」而漢書文三王傳則曰：「梁孝王子五人爲王。太子買爲梁共王，次子明爲濟川王，彭離爲濟東王，定爲山陽王，不識爲濟陰王，皆以孝景中六年同日立。」略有異。

河間王客館

河間王德築日華宮〔一〕，置客館二十餘區，以待學士。自奉養不踰賓客〔二〕。

【注釋】

〔一〕河間王德，即河間獻王劉德，漢景帝之子，栗姬所生。修學好古，得獻書多，與漢宮室所藏大體相當，山東諸儒多依從之。詳見漢書景十三王傳。日華宮，在魯國國都魯縣（今山東曲阜）。

〔二〕踰，超過。三輔黃圖卷三所引「奉養」下有「甚薄」二字。

年少未可冠婚

梁孝王子賈從朝〔一〕，年幼，竇太后欲强冠婚之〔二〕。上謂王曰：「兒堪冠矣〔三〕。」王頓首謝曰：「臣聞禮二十而冠〔四〕，冠而字〔五〕，字以表德〔六〕。自非顯才高行，安可强冠之哉？」帝曰：「兒堪冠矣〔七〕。」餘日，帝又曰：「兒堪室矣〔八〕。」王頓首謝曰：「臣聞禮三十壯有室〔九〕。兒年蒙悼〔一〇〕，未有人父之端〔一一〕，安可强室之哉？」帝曰：「兒堪室矣〔一二〕。」餘日，賈朝至闕而遺其舄〔一三〕，帝曰：「兒真幼矣。」白太后未可冠婚之。

【注釋】

〔一〕賈，史記、漢書均作「買」，此恐形近而訛。從朝，隨父入朝。

〔二〕竇太后，漢景帝之母，清河觀津（今河北武邑東南）人。觀津縣時屬信都國。竇太后好黄老，景帝及竇氏宗族均不得不讀黄老之術。她在太后位長達五十一年，於武帝建元六年（前一三五）去世。此後儒學才真正成爲官方獨尊之學派。冠，古時男子二十行成年禮，始束髮戴冠。

〔三〕「冠」原作「棄」，據秦漢圖記本、萬曆本、抱經堂本改。學津討原本、津逮秘書本、古今逸史本作「弁」，亦非。

〔四〕禮，指禮記。禮記曲禮上曰：「二十曰弱，冠。」然而説苑脩文篇曰：「冠禮，十九見正而冠，古之通禮也。」此段文字不見於今本儀禮士冠禮。又説苑建本篇曰：「周召公年十九，見正而冠，冠則可以爲方伯諸侯矣。」荀子大略篇亦云：「天子諸侯子十九而冠，冠而聽治，其教至也。」據此可知天子諸侯之子與士略有不同。「見正」爲何？向宗魯引韓詩外傳云：「十九見志，請賓冠之。」此云「見正」，彼云「見志」，斯見正爲見其志趣已正之明證。這正是建本篇中吴起答魏文侯之「智不明何以見正」的真實含義。

〔五〕禮記曲禮上曰：「男子二十，冠而字。」古人有名必有字，字與名相表裏。本人呼己名，表示自謙；呼人稱其字，表示尊敬，乃成人之道。

〔六〕字以表德，白虎通曰：「人所以有字何？所以冠德成功，敬成人也。」

〔七〕盧文弨以爲此句爲衍文，故抱經堂本删之。

〔八〕堪室，可以娶妻生子。鄭玄曰：「有室，有妻也。妻稱室。」

〔九〕禮記曲禮上曰：「三十曰壯，有室。」

〔一〇〕蒙悼，蒙昧無知，未有識見，謂年幼無知。

〔一一〕端，起始。人父之端，身爲人父的起碼條件，即知曉承擔家庭的責任與義務。

〔一二〕此句盧文弨亦删之。

〔一三〕闒，門檻。舄，乃履下有木底者。木底與履底大略相同，實心，用於需久立的禮儀場合，或走濕地所用，即急就篇顔師古注所謂「複其下使乾腊也」。

勁超高屏

江都王勁捷〔一〕，能超七尺屏風〔二〕。

【注釋】

〔一〕江都王，即劉非（？—前一二八），漢景帝之子。景帝前元二年（前一五五）封汝南王，以勇武著稱。以平定吴楚七國之亂功，徙封江都王。事詳漢書景十三王傳。

〔二〕超，跨越。漢一尺相當於今二十三釐米至二十三點六釐米之間，此七尺約一米六多一些。

元后天璽

元后在家〔一〕，嘗有白燕銜白石，大如指〔二〕，墜后績筐中。后取之，石自剖爲二，其中有文曰「母天地」。后乃合之，遂復還合，乃寶録焉〔三〕。後爲皇后，常并置璽笥中〔四〕，謂爲天璽也。

【注釋】

〔一〕元后，即漢元帝皇后王政君，成帝生母，王莽姑母。平帝即位時，年幼，王莽專權，終於代漢建立新朝。元后被逼交出傳國璽，並被封爲「新室文母太皇太后」，心中怨恨，始建國五年（一三）死。事詳漢書元后傳。

〔二〕「指」，抱經堂本作「卵」。

〔三〕寶録，特别珍藏之。

〔四〕璽笥，放置璽印的盒子。

玉虎子

漢朝以玉爲虎子〔一〕，以爲便器，使侍中執之〔二〕，行幸以從〔三〕。

【注釋】

〔一〕虎子，小便器，器形做成虎狀。漢代出土文物尚未發現玉虎子，但出土晉代青釉虎子較多。

〔二〕侍中，官名，係加官，起源於周代，定名於秦朝，至漢武帝時達於極盛。侍中即侍奉皇帝於官禁之中，無正式員數，所以漢官解詁曰：「當侍從左右，無員，常侍中。」由於侍中是皇帝最爲信任的人，又常在左右，所以構成也極爲複雜。漢舊儀曰：「侍中，無員。或列侯、將軍、衛尉、光禄大夫、侍郎爲之。得舉非法，白請及出省户休沐，往來過直事。」侍中入則「分掌乘輿服物，下至褻器虎子之屬」，出則「參乘、佩璽、抱劍」。至東漢時才成爲實職的二千石吏，形成侍中寺。從史、漢中可知，侍中有外戚，如衛青、霍光、史高、史丹等；有文學侍從，如嚴助、朱買臣等；有功臣子弟，如張安世、金日磾等；有儒臣，如劉歆、蔡茂等；有佞臣，如董賢、淳于長等。

〔三〕行幸，皇帝出行稱行幸。

武都紫泥

中書以武都紫泥爲璽室〔一〕，加綠綈其上。

【注釋】

〔一〕中書，官名。漢舊儀曰：「漢置中書官，領尚書事，中書謁者令一人。成帝建始四年（前二九）罷中書官，以中書爲中謁者令。」又曰：「中書掌詔誥答表，皆機密之事。」正因爲中書掌帝王詔誥，所以必管璽印，選擇封泥也是分内的事。武都，郡名，治所在武都縣，即今甘肅西和縣東南、武都市北偏東。該地所産紫泥做泥封最佳。漢舊儀曰：「以皇帝行璽爲凡雜，以皇帝之璽賜諸侯王書；以皇帝行璽發兵；其徵大臣，以天子行璽；策拜外國事，以天子之璽；事天地鬼神，以天子信璽。皆以武都紫泥封，青布囊，白素裏，兩端無縫，尺一板中約署。」泥封，猶如當今郵袋上的鉛封。璽室，置放璽印的匣子。

文固陽射雉

茂陵文固陽〔一〕，本瑯琊人〔二〕，善馴野雉爲媒〔三〕，用以射雉。每以三春之月〔四〕，爲茅障以自翳，用觟矢以射之〔五〕，日連百數。茂陵輕薄者化之〔六〕，皆以雜寶錯廁翳障〔七〕，以青州蘆葦爲弩矢〔八〕，輕騎妖服，追隨於道路，以爲歡娛也。陽死，其子亦善其事。董司馬好之〔九〕，以爲上客。

【注釋】

〔一〕文固陽，人名，生平無考。

〔二〕瑯琊，郡名，治所東武，即今山東諸城。

〔三〕媒，誘餌。

〔四〕古代春天依農曆分孟春（一月）、仲春（二月）、季春（三月），合稱三春。

〔五〕觟矢，用母羊角作箭頭的箭。

〔六〕輕薄者，遊手好閑、舉止放蕩的紈袴子弟或地痞流氓。化之，受其影響。

〔七〕錯蒯，交錯鑲嵌。

〔八〕青州，漢十三刺史部之一，轄平原、千乘、濟南、齊、北海、東萊六郡及膠東國。即今山東半島北部，東起榮成，西至德州、平原，北至渤海，南至濟南、臨朐、安丘、高密。

〔九〕董司馬，即董賢，曾任大司馬。

鷹犬起名

茂陵少年李亨〔一〕，好馳駿狗〔二〕，逐狡獸，或以鷹鷂逐雉兔，皆爲之佳名。狗則有脩毫、釐睫、白望、青曹之名，鷹則有青翅、黄眸、青冥、金距之屬，鷂則有從風鷂、孤飛鷂。楊萬年有猛犬〔三〕，名青駮，買之百金。

【注釋】

〔一〕李亨，人名，生平無考。

〔二〕駿狗，大型獵狗。

〔三〕楊萬年，人名，生平無考。

長鳴鷄

成帝時，交阯、越嶲獻長鳴鷄〔一〕，伺鷄晨〔二〕，即下漏驗之〔三〕，晷刻無差〔四〕。鷄長鳴則一食頃不絶〔五〕，長距善鬬〔六〕。

【注釋】

〔一〕交阯，郡名。武帝元鼎六年（前一一一）置。治所羸𨻻，在今越南民主共和國之河内。轄境包括南定以北的越南北方地區。後又立交阯刺史部，轄交阯、九真、日南、合浦、桂林、蒼梧、南海諸郡，即今越南順化以北，中國廣西及廣東大部地區。越嶲，郡名，治所邛都，即今四川西昌。轄地包括今四川西昌地區，渡口市及雲南楚雄和麗江地區。

〔二〕伺，等候。鷄晨，公鷄報曉。原誤作「晨鷄」，據稗海本、津逮秘書本改。

〔三〕漏，漏壺，古代計時用器。説文曰：「漏，以銅受水，刻節，晝夜百刻。」

〔四〕晷刻，以日影測時刻的儀器。其形製爲石盤，中置一銅針，盤上有刻印，與今鐘表盤相似。此晷置於室外，北高南低向陽斜置，按銅針所示日影在刻度上的位置判定時間。

〔五〕鷄長鳴，原誤作「長鳴鷄」，據稗海本、古今逸史本、漢魏叢書本、津逮秘書本、抱經堂本、學津討原本改。

〔六〕距，鷄爪。

博昌陸博術

許博昌〔一〕，安陵人也，善陸博〔二〕。竇嬰好之〔三〕，常與居處。其術曰：「方畔揭道張，張畔揭道方，張究屈玄高，高玄屈究張〔四〕。」又曰：「張道揭畔方，方畔揭道張，張究屈玄高，高玄屈究張。」三輔兒童皆誦之。法用六箸〔五〕，或謂之究，以竹爲之，長六分。或用二箸〔六〕。博昌又作大博經一篇〔七〕，今世傳之〔八〕。

【注釋】

〔一〕許博昌，人名，生平無考。

〔二〕陸博，即六博，古代一種十分流行的博戲。據説首創於烏冑，所以説文曰：「古者烏冑作簙（即博）。」但史記殷本紀言帝武乙「爲偶人，謂之天神，與之博」，則可知至遲此博戲形成於商代。出土實物最早的是戰國時期的，湖北荆州雨臺山楚墓即出土兩件博具。上世紀五十年代以後，秦漢墓中多次出土實物、模型器或畫像。其中包括投箸的博、投煢的博和格五三種。投箸的博，以投六箸的博爲主，故稱六博，亦稱大博。此博典型出土文物舉以下五例：一、湖北雲夢睡虎地十一號秦墓出土一博具，由木局、骨棋子、竹箸三部分組成。博局呈近方形，長三十二釐米，寬二十九釐米，高二釐米，局面陰刻曲道紋，有方框和四個圓點。棋子十二顆，髹黑漆，其中六顆長方形，長一點四、寬一、高二點四釐米；另六顆爲方形，邊長一點四、高二點四釐米。博箸六根，用半邊細竹管填以金屬粉製成，長二十三點五釐米。又十三號秦墓所出，局稍大，一側刻有凹槽，槽中置竹箸六根，骨棋子六顆。棋子一大五小，大的髹紅漆，小的髹黑漆，箸亦爲半邊細長竹管，但兩邊各置銅絲一根，中間填金屬粉，長爲十九點五釐米。又湖北江陵鳳凰山八號漢墓有局一件，木胎，漆已剥落，方形，長二十一點八、寬二十一點一、高一點九釐米。箸六根，長二十三點七釐米，直徑零點九釐米，髹黑漆，竹管有填充物。棋子十二顆，六白六黑，骨質，長方形體，盛在一個圓漆奩内。另有博席、博橐，已朽。又湖南長沙馬王堆三號漢墓中出土一方形漆盒，中置博局，木製，髹黑漆，上有象牙條嵌成方框，十二個曲道和四個飛鳥圖案。六白六黑的大象牙棋子十二顆，灰色小象牙棋子二十顆。算四十二根，長的十二根。象牙削一件，象牙割刀一件，木煢（骰）一件，爲球形十八面體。每面均陰刻篆體文字，其中一面刻有「驕」字，相對的一面刻有「𡟯」字，其餘各面爲一至六數字。又江蘇邗江姚莊一〇一號西漢墓出土一漆木博局。局上置有一束漆木杆，當爲箸，也稱箭。最特别的是有一漆博枰。其周邊漆得光滑明亮，中間部分却粗糙乾澀，因爲它是供投箸用的，這樣可以避免投箸時，箸經常滑落。博戲方法久已失傳，博具出土雖多，却是死的，無法告訴我們具體下法。但依據文獻，參照畫像和博具，大致可以明瞭下述情況：六博博法是先置局，二人向局而坐（也有四人對局的，每方一人專管投箸，一人行棋）。局上置棋十二顆，人各六顆。局旁邊置投枰，供投箸用，但也可以不設，而在席上擲箸。行棋則以投箸所示結果，依道而行。在行棋時必出現争道情況，極易引起争執，甚至引發命案。如文帝時，吴太子入朝，輕驕，與皇太子（即後來的景帝）博，争道不恭。皇太子一怒之下，引博具擊殺吴太子。吴王於是稱疾不朝，也成爲以後吴王叛變的一大原因。投箸是博戲的關鍵，關乎勝敗，所以班固弈旨曰：「夫博懸於投，不專在行，優者有不遇，劣者有僥幸。」然而根據出土博具可知，六博分二種，即有六子大小一樣，另有六子五小一大的。一大五小之棋，一大棋叫「梟棋」，五小棋叫「散棋」。戰國策楚策載，唐且見春申君曰：「夫梟之所以能爲者，以散棋佐之也，夫一梟不能勝五散明矣。」其關係如同象棋中帥將與相、仕、卒及車馬砲的相輔相成關係一樣。這種博戲以殺梟爲勝，象棋以殺將帥爲勝，即源於此。而六子一致的棋，下到一定程度時，一子也可以變爲梟棋，那就要將該棋子竪起來放。所以洪興祖楚辭補注引古博經曰：「棋行到處，即竪之，名爲驕棋。」驕棋即梟棋。有關博戲的考證，傅舉有論秦漢時期的博具、博戲兼及博局紋鏡一文足資參考，文見中國歷史暨文物考古研究一書。

〔三〕竇嬰（？—前一三一），字王孫，觀津（今河北武邑東南）人。竇太后從兄之子。景帝時爲大將軍，武帝時拜丞相，封魏其侯。竇太后死後失勢，因與丞相田蚡争權失敗，棄市渭城。不久，田蚡也得怪病而死。史、漢均有傳。

〔四〕口訣所言，已不可考。

〔五〕六箸，竹製，中有填充物，多爲金屬粉，有加銅絲的，長短則與博局大小成正比。

〔六〕二箸，薛孝通譜曰：「烏曹作博，其所由來尚矣，雙箭以象日月之照臨，十二棋以象十二辰之躔。」箭即箸，雙箭即二箸，與此正合。又漢書王莽傳曰：「平原女子遲昭平能説博經以八投。」服虔注曰：「博奕經，以八箭投之。」則漢代博戲種類玩法頗多，惜下法失傳。

〔七〕大博經，即六博游戲的理論經典，今已失傳。

〔八〕「之」字原脱，據抱經堂本補。

假名以戰

高祖與項羽戰於垓下〔一〕，孔將軍居左，費將軍居右〔二〕，皆假爲名。

【注釋】

〔一〕垓下，在今安徽靈璧縣東南。

〔二〕孔將軍、費將軍，皆假託之名，虚張聲勢，以迷惑項羽。

東方生善嘯

東方生善嘯〔一〕，每曼聲長嘯〔二〕，輒塵落帽〔三〕。

【注釋】

〔一〕東方生，即東方朔，「生」乃尊稱。嘯，口哨聲。

〔二〕曼聲，長而婉轉之聲。

〔三〕抱經堂本此句作「輒塵落瓦飛」，增改過甚。

俳戲皆稱古掾曹

京兆有古生者〔一〕，學縱横、揣磨、弄矢、摇丸、樗蒲之術〔二〕，爲都掾史四十餘年，善詆謾〔三〕。二千石隨以諧謔，皆握其權要，而得其歡心。趙廣漢爲京兆尹〔四〕，下車而黜之〔五〕，終于家。京師至今俳戲皆稱古掾曹〔六〕。

【注釋】

〔一〕古生，古姓有術之士，生平無考。

〔二〕縱横，指講合縱連横之術的縱横家，其術以審時度勢、縱横捭闔、隨機應變説動人主。揣磨，縱横家的一種手段，也是一種處世的哲學，以揣測他人心理而行事。論衡答佞篇曰：「（張）儀、（蘇）秦排難之人也，處擾攘之世，行揣摩之術。」即指此。弄矢，一種雜技，以拋箭矢不令着地爲勝。播丸，也是一種雜技，將丸陸續拋出，邊接邊拋，以多者爲勝。樗蒲，古代博戲，以擲骰子決勝負。藝文類聚卷七四引博物志曰：「樗蒲者，老子作之用卜，今人擲之爲戲。」又御覽卷七二六引博物志作「老子入西戎，造樗蒲。樗蒲，五木也」。

〔三〕詆謾，荒誕不經，詼諧戲謔。掾史，爲主吏的一般屬吏，三公九卿乃至地方郡縣的屬吏均可稱掾史，或掾屬。古生爲京兆尹屬吏，漢代三輔翊衛都城，其長官地位高於一般郡國，掾史也較他郡尤異，故此「掾史」上冠以「都」字。

〔四〕趙廣漢（？—前六五），字子都，涿郡蠡吾（今河北博野西南）人。宣帝時任京兆尹，執法嚴明，不畏强禦，以此冒犯貴戚大臣，遂被殺。漢書有傳。

〔五〕下車，即到任。黜，罷除，即免去職務。

〔六〕俳戲，滑稽戲。

婁敬衣旃見高祖

婁敬始因虞將軍請見高祖〔一〕，衣旃衣〔二〕，披羊裘。虞將軍脱其身上衣服以衣之，敬曰：「敬本衣帛，則衣帛見。敬本衣旃，則衣旃見。今捨旃褐，假鮮華，是矯常也。」不敢脱羊裘，而衣旃以見高祖。

【注釋】

〔一〕婁敬，齊人。車夫出身，以勸説高祖離開洛陽、定都長安而聞名，並因此被賜姓劉氏，稱劉敬。史、漢有傳。虞將軍，亦齊人，事跡不詳。

〔二〕旃衣，粗毛線織成的短上衣。

卷第五

顧翱孝母

會稽人顧翱〔一〕，少失父，事母至孝。母好食雕胡飯〔二〕，常帥子女躬自採擷。還家，導水鑿川，自種供養，每有嬴儲〔三〕。家亦近太湖，湖中後自生雕胡，無復餘草，蟲鳥不敢至焉，遂得以爲養，郡縣表其閭舍〔四〕。

【注釋】

〔一〕顧翱，人名，生平無考。

〔二〕雕胡，即菰米。

〔三〕嬴儲，盈餘。

〔四〕表，標榜，漢代常在里門張榜表彰善行。閭，説文曰：「閭，周禮『五家爲比，五比爲閭』。

閭，侶也，二十五家相群侶也。」

單鵠寡鳧之弄

齊人劉道强〔一〕，善彈琴，能作單鵠寡鳧之弄〔二〕。聽者皆悲，不能自攝。

【注釋】

〔一〕劉道强，人名，生平無考。

〔二〕單鵠寡鳧，古琴曲曲名。樂府詩集卷五七琴曲歌辭叙引琴論作「齊人劉道强能作單鳧寡鶴之弄」。又曰：「弄者，情性和暢，寬泰之名也。」此琴曲很可能是抒發喪偶之悲情的。

趙后寶琴

趙后有寶琴〔一〕，曰「鳳凰」，皆以金玉隱起爲龍鳳螭鸞〔二〕、古賢列女之象〔三〕。亦善爲歸風送遠之操〔四〕。

【注釋】

〔一〕趙后，即趙飛燕。

〔二〕隱起，隱約呈現。螭，無角之龍。

〔三〕列女，有才德操守的女子。漢時列女與後世主要講堅守貞操爲主的「烈女」有很大的不同。後漢書有列女傳，其叙曰：「若夫賢妃助國君之政，哲婦隆家人之道，高士弘清淳之風，貞女亮明白之節，則其徽美未殊也，而世典咸漏焉。故自中興以來，綜其成事，述爲列女篇。」傳中就包括有曾三次嫁人的才女蔡文姬。

〔四〕歸風送遠，古琴曲曲名。亦見樂府詩集卷五七琴曲歌辭叙。趙后外傳曰：「帝於太液池作千人舟，號合宫之舟。池中起爲瀛洲廣榭，高四十丈。帝御流波文縠無縫衫，后衣南越所貢雲英紫裙、碧瓊輕綃。廣榭上，后歌舞歸風送遠之曲，帝以文犀簪擊玉甌，令后所愛侍郎馮無方吹笙，以倚后歌。」操，樂府詩集引琴論曰：「憂愁而作，命之曰操，言窮則獨善其身而不失其操也。」

鄒長倩贈遺有道

公孫弘以元光五年爲國士所推〔一〕，上爲賢良〔二〕。國人鄒長倩以其家貧〔三〕，少有資致，乃解衣裳以衣之，釋所着冠履以與之，又贈以芻一束、素絲一襚、撲滿一枚〔四〕，書題遺之曰：「夫人無幽顯〔五〕，道在則爲尊。雖生芻之賤也，不能脱落君子〔六〕，故贈君生芻一束。詩人所謂『生芻一束，其人如玉』〔七〕。五絲爲纁〔八〕，倍纁爲升，倍升爲絨，倍絨爲紀，倍紀爲緵，倍緵爲襚〔九〕。此自少之多，自微至著也。類士之立功勳〔一〇〕，效名節，亦復如之，勿以小善不足脩而不爲也。故贈君素絲一襚。撲滿者，以土爲器，以蓄錢具〔一一〕，其有入竅而無出竅，滿則撲之。土，粗物也。錢，重貨也。入而不出，積而不散，故撲之。士有聚斂而不能散者〔一二〕，將有撲滿之敗，可不誡歟？故贈君撲滿一枚。猗嗟盛歟！山川阻脩，加以風露。次卿足下〔一三〕，勉作功名。竊在下風〔一四〕，以俟嘉譽。」弘答爛敗不存〔一五〕。

【注釋】

〔一〕元光，漢武帝年號。元光五年，即公元前一三〇年。王楙野客叢書以爲「五年」係「元年」之誤。按史記平津侯列傳、漢書公孫弘傳均作「元光五年」，與西京雜記同。王楙以爲武帝在位舉賢良文學僅兩次，即建元元年（前一四〇）和元光元年。然漢書董仲舒傳曰：「武帝即位，舉賢良文學之士前後百數。」又嚴助傳曰：「是時（武帝時）征伐四夷，并置邊郡，軍旅數發，内改制度，朝廷多事，屢舉賢良文學之士。」漢舉賢良，初指推薦才幹出衆、德高望重之士，又常與方正連稱，始於文帝前元二年（前一七八）。賢良與文學相連並科，則重在文學，即指選熟通經學之士，也就是飽學儒生。其徵召始於文帝前元十五年（前一六五），唯於漢書晁錯傳中，「詔有司舉賢良文學士」一見。鹽鐵論論儒篇明確指出「文學祖述仲尼」。然而竇太后不喜儒學，文景時期，舉賢良文學可謂曇花一現。漢武帝即位之初，曾重用趙綰、王臧等文學之士爲公卿，以改革禮儀制度，受到竇太后的干預，結果以趙綰、王臧自殺而告失敗。竇太后死後，武帝推行「罷黜百家，表彰六經」政策，舉賢良文學才掀起高潮，所以它絕非武帝五十餘年執政中的偶發之舉。據漢書武帝紀，元光元年冬十一月，初令郡國舉孝廉各一人，此與弘之舉無涉。而五月則「詔賢良」，於是「董仲舒、公孫弘等出焉」。又漢書郊祀志曰：「六年，竇太后崩。其明年（即元光元年），徵文學之士。」則本紀所言「詔賢良」即徵賢良文學之士。如此，則公孫弘可能應徵於元光元年，但也可以作董、公孫二人陸續出山解。因而嚴可均全漢文僅將董仲舒對策定於元光元年，仍置公孫弘對策於元光五年。又公孫弘傳載武帝詔書中「子大夫修先聖之術」一語，恰與武帝紀元光五年徵「習先聖之術者」相符，所以仍不可輕易否定五年舉賢良之事。且以年齡推斷，僅供參考而已，三書同載，不可輕廢。國士，依西漢察舉之法，當指地方主吏，只有他們有資格推薦人才。具體地講，此國士應是菑川國相。

〔二〕賢良，漢代察舉制中的一科，始於漢文帝二年，時文帝下詔「舉賢良方正能直言極諫者，以匡朕之不逮」。但這僅是察舉的開始，既非主體，也非常制。武帝建元元年，詔二千石、諸侯相以上中央及地方高級官員舉賢良方正直言極諫之士，並排斥除儒學以外的如「申、商、韓非、蘇秦、張儀」，正式奠定了漢代以儒取士的察舉制度。漢代察舉分常科與特科。常科指歲舉之科，主要有舉孝廉察茂才。特科因需要而設，没有嚴格的固定時間規定。其中又分二類，即時常徵召的賢良方正、賢良文學，以及不常徵召的明經、明法、至孝、有道、敦厚、尤異、治劇、勇猛知兵法、明陰陽災異等等。賢良於武帝以後專指飽學儒生。

〔三〕國，菑川國，都劇城，在今山東壽光。鄒長倩，人名，生平無考。

〔四〕芻，草也。襚，古代絲的一種計算單位。撲滿，漢代流行的陶製儲錢罐，裝滿後可打破取用，故稱撲滿。

〔五〕幽，幽隱，在野；顯，貴顯，在朝。

〔六〕脱落，輕視慢待。

〔七〕典出詩經小雅白駒。此句本意是告誡賢者，出行駐停，主人招待雖簡單，也定要欣然接受，因爲他的品德如白玉般無瑕。此引伸爲不能因賢者貧賤在野而不去敬重他。後漢書徐穉傳曰：「及（郭）林宗有母憂，稺往弔之，置生芻一束於廬前而去。衆怪，不知其故。林宗曰：『此必南州高士徐孺子也。詩不云乎，「生芻一束，其人如玉」。吾無德以堪之。』」郭泰之言，與鄒長倩用意同。

〔八〕 繦，古代絲最小的計算單位。盧文弨曰：「六書故：『繦，尼攝切。』案以下所云，唯緵爲八十縷，與古合。古亦以八十縷爲升，今則云十絲；與紈、紀、繸之名，他書多未經見。埤雅全載之。」

〔九〕 繦、升、紈、紀、緵、繸，均爲古代絲的計算單位。在漢代爲習俗語，説文還有另外的説法，其文曰：「綺絲數謂之絩，緯絲十縷爲綹。」相關用語在三國時仍沿用。三國志杜夔傳注引馬鈞傳云：「鈞爲博士，居貧，仍思綾機之變，而世人知其巧。舊綾機五十綜者五十躡，六十綜者六十躡，先生患其喪功費日，乃皆易以十二躡。」躡通繦。

〔一〇〕 「類」字原本無，據秦漢圖記本、萬曆本補。

〔一一〕 盧文弨注以爲「具」當與「其」連讀，應是「其具」，故糾其倒置之誤。或「具」係衍文，亦未可知。

〔一二〕 聚斂，搜刮錢財。散，布施。

〔一三〕 次卿，疑公孫弘之字，不見本傳。

〔一四〕下風，自謙之辭，以下位自處。

〔一五〕公孫弘之答辭已隨簡之朽爛而不可知。

甘泉鹵簿

漢朝輿駕祠甘泉汾陰〔一〕，備千乘萬騎，太僕執轡，大將軍陪乘，名爲大駕〔二〕。

司馬車駕四〔三〕，中道〔四〕。

辟惡車駕四〔五〕，中道。

記道車駕四〔六〕，中道。

靖室車駕四〔七〕，中道。

象車，鼓吹十三人〔八〕，中道。

式道候二人〔九〕，駕一。左右一人。

長安都尉四人〔一〇〕，騎。左右各二人。

長安亭長十人〔一一〕，駕。左右各五人。

長安令車駕三〔一二〕，中道。

京兆掾史三人〔一三〕，駕一。三分。

京兆尹車駕四〔一四〕，中道。

司隸部京兆從事、都部從事、別駕一車〔一五〕。三分。

司隸校尉駕四〔一六〕，中道。

廷尉駕四〔一七〕，中道。

太僕、宗正引從事〔一八〕，駕四。左右。

太常、光禄、衛尉〔一九〕，駕四。三分。

太尉外部都督令史、賊曹屬、倉曹屬、户曹屬、東曹掾、西曹掾〔二〇〕，駕一。左右各三。

太尉駕四〔二一〕，中道。

太尉舍人、祭酒〔二二〕，駕一。左右。

司徒列從〔二三〕，如太尉王公，騎。令史、持戟吏亦各八人〔二四〕，鼓吹一部〔二五〕。

中護軍騎〔二六〕，中道。左右各三行，戟楯、弓矢、鼓吹各一部。

步兵校尉、長水校尉〔二七〕，駕一。左右。

隊百匹〔二八〕。左右。

騎隊十〔二九〕。左右各五。

前軍將軍〔三〇〕。左右各二行，戟楯、刀楯、鼓吹各一部，七人。

射聲、翊軍校尉，駕三〔三一〕。左右二行，戟楯、刀楯、鼓吹各一部，七人。

驍騎將軍、游擊將軍，駕三〔三二〕。左右二行，戟楯、刀楯、鼓吹各一部，七人。

黄門前部鼓吹〔三三〕。左右各一部，十三人，駕四。

前黄麾騎〔三四〕，中道。

自此分爲八校〔三五〕。左四，右四。

護駕御史〔三六〕，騎。左右。

御史中丞駕一〔三七〕，中道。

謁者僕射駕四〔三八〕。

武剛車駕四〔三九〕，中道。

九斿車駕四〔四〇〕，中道。

雲罕車駕四〔四一〕，中道。

皮軒車駕四〔四二〕，中道。

闟戟車駕四〔四三〕，中道。

鸞旗車駕四〔四四〕，中道。

建華車駕四〔四五〕，中道。

虎賁中郎將車駕二〔四六〕，中道。

護駕尚書郎三人〔四七〕，騎。三分。

護駕尚書三〔四八〕，中道。

相風烏車駕四〔四九〕，中道。

自此分爲十二校。左右各六。

殿中御史騎〔五〇〕。左右。

典兵中郎騎〔五一〕，中道。

高華〔五二〕，中道。

罼罕〔五三〕。左右。

節十六〔五四〕。左八、右八。

御馬〔五五〕。三分。

華蓋〔五六〕，中道。

自此分爲十六校。左八、右八。

剛鼓〔五七〕，中道，金根車〔五八〕。

自此分爲二十校，滿道。

左衛、右衛將軍。

華蓋。自此後麋爛不存〔五九〕。

【注釋】

〔一〕漢朝輿駕，指西漢時天子乘輿之制。蔡邕獨斷曰：「上車馬衣服器械百物曰乘輿。」是皇帝出行時所備儀仗器物的總稱。但因出行目的的不同，其配備和名稱也有區别。故獨斷曰：「天子出，車駕次第謂之鹵簿。有大駕，有小駕，有法駕。大駕則公卿奉引，大將軍參乘，太僕御，屬車八十一乘，備千乘萬騎。」西漢諸帝，特别是漢武帝，極爲注重祠甘泉泰一和河東汾陰后土。前者郊天，後者祠地。前者在甘泉宫，在今陝西淳化西北甘泉山。後者在今山西萬榮縣西南，以武帝時出西周寶鼎而聞名。漢舊儀曰：「漢法：三歲一祭天於雲陽宮甘泉壇，以冬至日祭天，天神下。三歲一祭地於河東汾陰后土宮，以夏至日祭地，地神出。」又曰：「皇帝祭天，居雲陽宮，齋百日，上甘泉通天臺，高三十丈，以候天神之下，見如流火。舞女僮三百人皆年八歲。天神下壇所，舉烽火。皇帝就竹宮中，不至壇所。甘泉臺去長安三百里，望見長安城，皇帝所以祭天之圜丘也。」又曰：「祭地河東汾陰后土宮，宮曲入河，古之祭地，澤中方丘也。禮儀如祭天，名曰汾葵，一曰葵丘也。」凡天子親往祭祀，動用大駕。因武帝晚年常住甘泉，汾陰所出寶鼎也移祀於甘泉，所以大駕也常被稱作「甘泉鹵簿」。蔡邕獨斷曰：「在長安時，出祠天於甘泉備之，百官有其儀注，名曰甘泉鹵簿。中興以來，希用之。」續漢輿服志亦曰：「西都行祠天郊，甘泉備之，官有其注，名曰甘泉鹵簿。」其注引蔡邕表志曰：「國家舊章，而幽僻藏蔽，莫之得見。」正由於東漢希用，其制蔡邕已不得而詳，蔡邕及以後所記，多言東漢之制，甚或雜有晉制。西京雜記所載，正是甘泉鹵簿，彌足珍貴。如參酌獨斷、漢舊儀、漢官解詁、三輔黃圖、漢官儀、續漢輿服志、晉書輿服志等典籍，甘泉大駕鹵簿大略可知。故定本節之名爲「甘泉鹵簿」。

〔二〕據前注引獨斷之文及本節下文，「太僕執轡」上當脱「公卿奉引」四字。太僕，官名，漢九卿之一，掌輿馬。大將軍，漢時雖係武職，名義上僅次丞相，却因往往由皇親國戚爲之，位高權重，實際上主持或左右朝政，如霍光、王鳳、王莽均是典型例證。

〔三〕司馬車，三輔黄圖卷二曰：「漢未央、長樂、甘泉宮，四面皆有公車。」漢書百官公卿表曰：「長樂、建章、甘泉衛尉皆掌其宮，職略同，不常置。」據此，則甘泉衛尉亦當有公車司馬令之官屬，非常置而已。又漢官儀曰：「公車司馬令，周官也，秩六百石，冠一梁，掌殿司馬門，夜徼宮中，天下上事及闕下，凡所徵召皆總領之。」則此司馬車當屬公車司馬令之車。又晉書輿服志曰：「司南車，一名指南車，駕四馬，其下制如樓，三級，四角金龍銜羽葆，刻木爲仙人，衣羽衣，立車上，車雖回運，而手常南指。大駕出行，爲先啓之乘。」晉承漢制，雖有變化，但大體一致，故此「司馬車」或當作「指南車」、「司南車」，亦未可知。又古今注亦曰大駕有指南車。

〔四〕中道，天子大駕分左、中、右三行，行中間的爲中道。

〔五〕辟惡車，古今注曰：「辟惡車，秦制也。桃弓葦矢，所以祓除不祥。」或曰太僕執弓矢，誤，太僕御天子車也。

〔六〕記道車，古今注曰：「大章車，所以識道里也，起於西京，亦曰記里車。車上爲二層，皆有木人，行一里，下層擊鼓，行十里，上層擊鐲。尚方故事，有作車法。」所以此記道車即記里車。

西京，西漢也。晉時稱大章車。

〔七〕靖室車，即靜室令之車。漢官儀曰：「靜室令，式道候，秦官也。靜宫令，車駕出，在前驅，靜清所徼車逆日，以示重慎也。式道左右凡三，惟車駕出，迎式道持麾王宫，行之乃閉。」漢書百官公卿表執金吾屬官惟見「式道左右中候」，不見靜室令。三輔黄圖卷六曰：「靜室，天子出入警蹕。舊典：行幸所至，必遣靜室令，先按行清净殿中，以虞非常。」又古今注曰：「警蹕所以戒行徒也。周禮蹕而不警。秦制出警入蹕，謂出軍者皆警戒，入國者皆蹕止也。至漢朝，梁孝王稱警稱蹕，降天子一等焉。」可見「靖室」當作「靜室」。晉書輿服志亦作「靜室」。

〔八〕象車，用馴服的大象所駕之車。據韓非子所言，此始於黄帝。後世明確用象車，當在漢朝。晉書輿服志曰：「象車，漢鹵簿最在前。」鼓吹，即黄門鼓吹。漢官儀曰：「黄門鼓吹百四十五人。」乃少府屬官黄門令或樂府令所轄。鼓吹本係軍樂，後亦用於饗宴、出巡。古今注曰：「短簫鐃歌，軍樂也。黄帝使岐伯所以建武揚盛德，風勸戰士也。周禮所謂『王大捷則令凱樂，軍大捷則令凱歌』者也。漢樂有黄門鼓吹，天子所以宴樂群臣也。短簫鐃歌，鼓吹之一章，亦以賜有功諸侯。」

〔九〕式道候，詳見前注，但當有左、中、右三候，此恐脱一人。

〔一〇〕長安都尉，即京輔都尉，京兆尹所轄，爲武職。因京兆尹府在長安，故稱長安都尉。武帝元鼎四年（前一一三），置三輔都尉、都尉丞各一人，職雖同郡都尉，但因處於京畿，因而地位略高，秩比二千石。在護衛京師及皇帝出行時，也屬執金吾管轄。又三輔黄圖曰：「三輔郡皆有都尉，如諸郡。京輔都尉治華陰，左輔都尉治高陵，右輔都尉治郿。」

〔一一〕亭長，秦漢時十里一亭，亭設亭長。漢平帝時，天下有亭二萬九千六百三十五。亭長由縣令或縣長任命，主要職責爲「禁盗賊」，即維護地方治安。皇帝出巡或地方長官出行，要隨行護送。所以續漢輿服志曰：「長安、雒陽令及王國都縣加前後兵車，亭長，設右騑，駕兩。」此亭長當指長安城亭長。

〔一二〕長安令，長安縣縣令。漢時户口萬人以上縣稱令，萬人以下縣稱長。其職責續漢百官志曰：「皆掌治民，顯善勸義，禁姦罰惡，理訟平賊，恤民時務，秋冬集課，上計於所屬郡國。」

〔一三〕京兆掾史三人，京兆屬三輔之首，其所屬一般掾史，也較他郡地位高，薪俸亦高。如卒史，他郡百石，三輔爲二百石；他郡只能用本郡人，三輔則可用外郡人；有功也可直接上報尚書遷補，無須再經察舉例選。

〔一四〕京兆尹，本名内史，周官，秦因之，掌京師。漢景帝前元二年（前一五五）分置左右内史。武帝太初元年（前一〇四），右内史更名京兆尹。既是轄區名稱，也是長官名稱。轄長安以東至華陰。

〔一五〕司隸部，即司隸校尉部。漢官儀曰：「司隸校尉部河南、河内、右扶風、左馮翊、京兆、河東、弘農七郡於河南洛陽。」此雖是東漢制度，實際是沿襲西漢之制。其不同的是，東漢部洛陽，有固定的治所；西漢初無固定治所，傍依京師，巡行郡國而已。據居延漢簡釋文卷一所載，「刺史治所，且斷冬獄」，可推斷至遲於昭帝時已是刺史治所。據漢書地理志：「至武帝攘却胡、越，開地斥境，南置交阯，北置朔方之州，兼徐、梁、幽、并夏周之制，改雍曰涼，改梁曰益，凡十三部，置刺史」。具體的説，西漢十三州爲揚州、荆州、豫州、青州、兖州、涼州、幽州、冀州、并州、益州、交阯、朔方和唯一不設刺史而設司隸校尉的司隸校尉部。司隸校尉的主要屬吏是從事，續漢百官志曰：「從事史十二人。本注曰：都官從事，主察舉百官犯法者。功曹從事，主州選署及衆事。别駕從事，校尉行部則奉引，録衆事。簿曹從事，主財穀簿書。其有軍事，則置兵曹從事，主兵事。其餘部郡國從事，每郡國各一人，主督促文書，察舉非法，皆州自辟除，故通爲百石云。」故文中京兆從事，即校尉於京兆尹所置的從事。都部從事，即都官從事，「部」或係「官」之誤。别駕乃省稱，全稱是别駕從事。如果細究，從事還有從事掾和從事史之分。漢書趙皇后傳曰：「司隸解光奏言：『……臣遣從事掾業、史望，驗問知狀者。』」顔師古注曰：「業者掾之名，望者史之名也，皆不言其姓。」可見西漢時從事掾比從事史地位高一些。東漢時才通稱從事史，省稱從事。漢官儀曰：「元帝時，丞相于定國條州大小，爲設吏員，治中、别駕、諸部從事，秩皆百石，同諸郡從事。」與百官志大致相同。而漢書王尊傳注引漢舊儀曰：「刺史得擇所部二千石卒史與從事。」可知刺史可以從所部郡國屬吏中爲自己選用手下。這也包括更低一級的屬吏假佐，續漢百官志曰：「假佐二十五人。」又曰：「以郡吏補，歲滿一更。」假佐爲斗食小吏，有主簿、門亭長、門功曹書佐、孝經師、律令師及簿曹書佐之類。

〔一六〕司隸校尉，漢官名。漢書百官公卿表云，武帝征和四年（前八九）始置。初爲臨時督捕之官，專用來調查「巫蠱」一案，以查明江充誣太子埋木偶詛咒武帝，引發太子殺江充，起兵造反，兵敗自殺一事。此後雖罷其兵，但仍督察三輔、三河及弘農七郡，漸成定制。司隸校尉主要職責是督察百官，以舉不法。通典卷三二曰：「司隸校尉無所不糾，惟不察三公。」此言非是，漢書王尊傳即言司隸校尉王尊劾奏丞相匡衡、御史大夫張譚「阿諛曲從，附下罔上」，漢書匡衡傳亦載司隸校尉張駿劾丞相匡衡「專地盜土以自益」。所以漢官儀曰：「司隸校尉糾皇太子、三公以下，及旁州郡國，無所不統。陛下見諸卿，皆獨席。」其官僅六百石，便於皇帝掌控，但授權甚重，足任皇帝鷹犬。

〔一七〕廷尉，本爲秦官，漢沿用之，爲九卿之一，景帝中元六年（前一四四）及哀帝元壽二年（前一〕一度改爲大理，但其餘時間均名廷尉，是漢代職掌刑獄的最高級别的司法官。

〔一八〕宗正，秦官，漢九卿之一，是管理皇族和外戚事務的大臣。正由於其工作性質，漢代宗正非劉氏宗親不得出任。故通典曰：「西漢皆以皇族爲之，不以他族。」

〔一九〕太常，秦稱奉常，漢景帝中元六年改爲太常，九卿之一。其主要職責在於「掌禮儀祭祀」，其中以宗廟禮儀爲主。漢官儀曰：「欲令國家盛大，社稷常存，故稱太常，以列侯爲之，重宗廟也。」此外兼管爲博士選拔弟子，督導教育，並從中擇出「秀才異等」以補吏員。又漢官儀曰：「太常駕四馬，主簿前車八乘，有鈴下、侍閤、辟車、騎吏、伍伯等員。」唐六典引俱作「鹵簿篇」，可補此文。光禄，即光禄勳，秦稱郎中令，漢九卿之一。續漢百官志曰：「本注曰：掌宿衛宫殿門户，典謁署郎更直執戟，宿衛門户，考其德行而進退之。郊祀之事，掌三獻。」看來其主要職責是護衛宫内安全。然其屬官有光禄大夫、太中大夫、中散大夫、諫議大夫、議郎等，則主要是「掌顧問應對，無常事，唯詔令所使」。凡諸國嗣之喪，則光禄大夫掌弔」。而所轄謁者臺，則是天子出，率謁者奉引，主殿上時節威儀及掌賓贊受事，及上章報問等。衛尉，漢九卿之一，率衛士，主宫内宿衛。漢官解詁曰：「衛尉主宫闕之内，衛士於垣下爲廬，各有員部。居宫中者，皆施籍於門，案其姓名。若有醫巫、僦人當入者，本官長吏爲封啓傳，審其印信，然後内之。人未定，又有籍，皆復有符。符用木，長二寸，以當所屬兩字爲鐵印，亦太卿炙符。當出入者，案籍畢，復齒符，乃引内之也。其有官位得出入者，令執御者官，傳呼前後以相通。從昏至晨，分部行夜，夜有行者，輒前曰：『誰？誰？』若此不解，終歲更始，所以重慎宿衛也。」漢官儀曰：「衛尉駕四馬，主簿前車八乘，有鈴下、侍閣、辟車、騎吏等員。」又曰：「鴻臚駕四馬，主簿。」亦見唐六典，「主簿」下有脱文，當與前引同。故疑此鹵簿「衛尉」下脱「鴻臚」二字。

〔三〇〕太尉，秦官，掌武事。然而自漢初此職即時設時廢。如劉邦二年（前二〇五），以盧綰爲太尉，五年罷太尉官。十一年（前一九六）又以周勃爲太尉，不久即省。孝惠六年（前一八九）又置，周勃爲太尉。文帝前元三年（前一七七），此職併入丞相。景帝前元三年（前一五四），以周亞夫爲太尉，前元七年（前一五〇），又罷太尉官，以周亞夫爲丞相。武帝建元元年（前一四〇），又復太尉官，以田蚡爲太尉。二年即罷。此後改稱大司馬，或冠以將軍，或不冠，或不置官屬，或置官屬，秩比丞相。西漢太尉可謂屈指可數。他往往是皇帝優寵有功大臣的一種待遇，明言掌武事，又無發兵實權，相對穩定的丞相而言，可有可無。至東漢，列三公之首，地位有較大改變，重點在録尚書事，官屬也較西漢爲多。都督，此官始於曹魏文帝，是中央或地方的軍事首長，顯非漢制，後人比附魏晉之制雜入。令史，東漢時有閣下令史、記室令史、門令史、令史，主要作書記，典文書，是較低級的文吏。賊曹屬，主盜賊事；倉曹屬，主倉穀事；户曹屬，主民户、祠祀和農桑；東曹掾，主二千石長史遷除及軍吏；西曹掾，主府吏署用。後二掾爲比四百石吏，前諸屬均爲比三百石吏。諸曹掾是否沿襲西漢之制不詳，録此僅供參考。

〔三一〕西漢歷任太尉有盧綰、周勃、灌嬰、周亞夫、田蚡五人。見史記漢興以來將相名臣年表。可參閱萬斯同漢將相大臣年表，其斷年或有可商榷之處。

〔三二〕太尉舍人，太尉左右親近吏員之通稱。祭酒，常以所選第一科德行高妙、志節清白的儒士擔任，如丞相府有西曹南閤祭酒。又有博士祭酒，漢舊儀曰：「選有道之人習學者祭酒。」又漢官儀曰：「太常差選有聰明威重一人爲祭酒，總領綱紀也。」又曰：「漢置博士祭酒一人，秩六百石。」但無論漢書百官公卿表，還是續漢書百官志，均不言太尉屬官有祭酒一職，唯見晉書輿服志，或此係晉制。

〔三三〕司徒，漢三公之一。本即丞相，漢哀帝元壽二年（前一）改爲大司徒，御史大夫改爲大司空。東漢時丞相、太尉（西漢晚期稱大司馬）、御史大夫改稱司徒、太尉、司空，去「大」字。此言司徒，非西漢常制。列從，衆屬吏。

〔三四〕持戟吏，即儀仗吏員，手持大戟扈從警衛。

〔三五〕鼓吹一部，屬司徒府所轄之軍樂隊。

〔二六〕中護軍，秦有護軍都尉，據漢書百官公卿表，武帝時屬大司馬，成帝時居大司馬府比司直，哀帝時更名司寇，平帝時更名護軍。此言中護軍，則係值勤宫禁的武官。按漢書陳平傳曰：「平自初從，至天下定後，常以護軍中尉從擊臧荼、陳豨、黥布。」又漢書趙充國傳曰：「昭帝時，武都氐人反，充國以大將軍護軍都尉將兵擊定之。」則漢初護軍爲護軍中尉，在皇帝身邊。西漢中期稱護軍都尉，隸屬大將軍府。晉書輿服志作「中道，駕駟」，與漢制有異。

〔二七〕步兵校尉，漢武官，八校尉之一。漢書百官公卿表曰：「掌上林苑門屯兵。」長水校尉，亦漢八校尉之一，掌「長水宣曲胡騎」，顔師古注曰：「長水，胡名也。宣曲，觀名，胡騎之屯於宣曲者。」宣曲，漢離宫之一，位於上林苑昆明池西，今長安區斗門鎮一帶。西安高窑村出土上林銅鑒等二十二器，中有一鼎，銘文曰：「上林宣曲宫初元三年受東郡白馬宣房觀鼎。」三輔黄圖亦載有宣曲宫，則顔注作「宣曲觀」，誤。

〔二八〕隊，古軍隊編制，百人爲隊。見左傳襄公十年注。

〔二九〕騎隊，騎兵隊。晉書輿服志曰：「騎隊，五在左，五在右，隊各五十匹，命中督二人分領左右。」可備參證。

〔三〇〕前軍將軍，漢官名，周末初置，秦因之，漢不常置，漢書百官公卿表曰：「（將軍）或有前後，或有左右，皆掌兵及四夷。」前將軍即其一。

〔三一〕射聲校尉，漢八校尉之一，「掌待詔射聲士」，即率善射之士，弓箭隊也。翊軍校尉，西晉武官。晉書武帝紀曰：「（太康元年）六月丁丑，初置翊軍校尉官。」則又證明此鹵簿雜入晉制。「駕三」，晉書輿服志作「并駕一」，此記恐誤。

〔三二〕驍騎將軍，漢雜號將軍之一。漢官儀曰：「驍騎，漢官也。武帝以李廣爲之。後世祖建武九年始改屯騎。」漢書李廣傳曰：「後漢誘單于以馬邑城，使大軍伏馬邑傍，而廣爲驍騎將軍。」游擊將軍亦然，漢初陳豨爲此將軍，見漢書高惠高后文功臣表，文曰：「前元年從起宛朐，至霸上，爲游擊將軍。」又各色雜號將軍可參閱西漢會要卷三二職官二。「駕三」，晉書輿服志作「并駕一」。

〔三三〕黄門，漢官，乃少府屬官。黄門係宫中禁門，因門闥爲黄色而命名。因其「職任親近，以供天子，百物在焉」，所以職掌甚雜，如有養馬，即有黄門馬監；有畫工，故有黄門畫工；有倡優，即有黄門倡監，凡有一藝一德之士，都可在黄門待詔，以候選用，所以有「待詔黄門」之説。本文所言前部鼓吹，當係黄門令所轄。其訓練則與少府屬吏樂府令有關。又據漢書李延年傳，武帝曾特意安排李延年爲協律都尉，佩二千石印綬。這臨時設立的皇親之職，應與黄門令、樂府令職責相輔相成。

〔三四〕黄麾，古今注曰：「麾，所以指麾，（周）武王執白旄以麾是也。乘輿以黄，諸公以朱，刺史二千石以纁。」可知黄麾是漢魏六朝時皇帝專用儀仗中的黄色旌旗。騎，執黄麾的騎士。

〔三五〕校，漢書衛青傳顔師古注曰：「校者，營壘之稱，故謂軍之一部爲一校。」

〔三六〕護駕御史，續漢書輿服志曰：「每出，太僕奉駕上鹵簿，中常侍、小黄門副；尚書主者，郎令史副；侍御史，蘭臺令史副。皆執注，以督整車騎，謂之護駕。」所言雖是東漢之制，然侍御史隨大駕出，即爲護駕御史。漢官儀曰：「侍御史在左駕馬，詢問不法者。」據百官公卿表所載，侍御史與蘭臺令史均爲御史中丞屬吏。

〔三七〕御史中丞，漢官，爲御史大夫下屬主吏。漢書百官公卿表曰：「（御史大夫）有兩丞，秩千石。一曰中丞，在殿中蘭臺，掌圖籍秘書，外督部刺史，内領侍御史員十五人，受公卿奏事，舉劾按章。」御史中丞位雖低，但司職監察，權限極大，因此至東漢初，御史中丞取代御史大夫地位，與司隸校尉、尚書令，於朝會時，設專席獨坐，故號「三獨坐」。又與尚書令、謁者分掌憲臺、中臺和外臺，位略次於尚書令。

〔三八〕謁者僕射，光禄勳屬官，本爲秦官，漢因之。續漢百官志曰：「謁者僕射一人，比千石。本注曰：爲謁者臺率，主謁者，天子出，奉引。古重習武，有主射以督録之，故曰僕射。」因主謁者臺，常隨侍皇帝，所以蔡質漢儀曰：「見尚書令，對揖無敬。謁者見，執板拜之。」按晉書輿服志，大駕御史中丞在後，謁者僕射在前，與漢制有所不同。

〔三九〕武剛車，續漢輿服志曰：「吴孫兵法云：『有巾有蓋，謂之武剛車。』武剛車者，爲先驅。」

〔四〇〕九斿車，續漢輿服志：「前驅有九斿、雲罕、鳳凰、闟戟、皮軒、鸞旗，皆大夫載。」又獨斷曰：「前驅有九斿、雲罕、闟戟、皮軒、鸞旗車，皆大夫載。」大體相同且可信。劉昭注曰：「徐廣曰：『斿車有九乘。』前史不記形也。武王克紂，百夫荷罕旗以先驅。東京賦曰：『雲罕九斿。』薛綜曰：『旌旗名。』」所謂「前史」，指漢書也。又漢官儀曰：「甘泉鹵簿有道車九乘，斿車九乘，在輿前。」又漢書五行志注引應劭曰：「斿，旌旗之旒，隨風動摇也。」則九斿車，一作懸有九旒的旌旗的車，一作懸有帶旒旌旗的車九乘。此大駕恐當以前者爲是。

〔四一〕雲罕車，一作雲罕車，爲前驅，旌旗名「雲罕」。

〔四二〕皮軒車，續漢輿服志劉昭注引胡廣曰：「皮軒，以虎皮爲軒。」軒，車幡也，以虎皮爲之。

〔四三〕闟戟，續漢志劉昭注曰：「薛綜曰：『闟之言函也，取四戟函車邊。』」

〔四四〕鸞旗車，漢書賈捐之傳顏注曰：「鸞旗，編以羽毛，列繫橦旁，載於車上，大駕出，則陳於道而先行。」又續漢輿服志曰：「鸞旗者，編羽旄，列繫橦旁。民或謂之鷄翹，非也。」獨斷所言，與此大略相同，唯劉昭注引胡廣曰：「鸞旗，以銅作鸞鳥車衡上。」

〔四五〕建華車，晉書輿服志曰：「建華車駕四，凡二乘，行則分居左右。」通典稱其爲「晉制」，「自後無聞」。此又係鈔撮者雜入晉制的明證。

〔四六〕虎賁中郎將，郎中令即光禄勳的屬官。本作期門郎，漢武帝建元三年（前一三八）初置，「比郎，無員，多至千人，有僕射，秩比千石。平帝元始元年（公元一），更名虎賁郎，置中郎將，秩比二千石」。說詳漢書百官公卿表。武帝時，「武騎及待詔隴西、北地良家子能騎射者，期諸殿門，故有『期門』之號」。期門郎簡稱「期門」，或稱「期門武士」，其職責是「執兵送從」，保護皇帝安全，有時也應詔出征或出使。虎賁，續漢百官志劉昭注曰：「虎賁舊作『虎奔』，言如虎之奔也。王莽以古有勇士孟賁，故名焉。孔安國曰『若虎賁獸』，言其甚猛。」

〔四七〕尚書郎，漢官儀曰：「尚書郎四人，一人主匈奴單于營部，一人主羌夷吏民，一人主天下户口土田墾作，一人主錢帛貢獻委輸。」此所言是漢尚書臺形成之初的情況。所以晉書職官志曰：「尚書郎，西漢舊置四人，以分掌尚書。」尚書郎秩四百石，或稱尚書郎中，或稱侍郎。故漢官儀曰：「尚書郎初上詣臺，稱守尚書郎，滿歲稱尚書郎中，三年稱侍郎。」尚書本爲秦官，屬少府，但其機構設於禁中，是溝通皇帝與丞相的一個重要環節，即「掌通章奏」。漢承秦制，到武帝時，爲加强中央集權，注重對尚書的利用，常用宦官任尚書，即形成中書。司馬遷就當過中書令，但地位也像司馬遷報任安書所言，不過「掃除之隸」而已。至元帝時，石顯爲中書令，統轄尚書，事無巨細，「因顯白決」，成爲皇帝制衡三公的重要力量和依靠力量。漢成帝正式使尚書臺成爲獨立機構，即建始四年（前二九）「初置尚書員五人」。其中一人爲尚書僕射，主尚書臺事；另四人分爲四曹，「常侍曹尚書主公卿事，二千石曹尚書主郡國二千石事，民曹尚書主凡吏民上書事，客曹尚書主外國夷狄事」。可見尚書臺已成爲皇帝與中央、地方政府聯繫的核心孔道，爲尚書臺成爲東漢至唐「無所不統」的地位奠定了基礎。

〔四八〕尚書的權力有一個逐步遞增的過程，但終兩漢，秩不過千石，並一直隸屬少府，所以出現下官坐大的尷尬局面。爲了平衡各方面關係，所以常常委任朝中親信大臣或領尚書事，如霍光以大司馬大將軍領尚書事；或平尚書事，如張敞爲太中大夫，與光禄大夫于定國一起平尚書事；或視尚書事，如薛宣即加寵特進視尚書事。

〔四九〕相風烏車，三輔黄圖卷五引郭延生述征記曰：「長安宮南有靈臺，高十五仞，上有渾儀，張衡所製。又有相風銅烏，遇風乃動。一曰：長安靈臺，上有相風銅烏，千里風至，此烏乃動。又有銅表，高八尺，長一丈三尺，廣尺二寸，題云太初四年造。」其言靈臺有渾天儀，大謬。張衡乃東漢人，造渾天儀於漢順帝陽嘉四年（一三五），帝都在洛陽，與長安靈臺無涉。然而銅烏測風向，則可信。本車就是裝有測風向的銅烏的車。

〔五〇〕殿中御史，即給事殿中的侍御史，員十五人，由御史中丞領録。因分工不同，有不同的名稱，如多半選明法律令者擔任的是治書侍御史，有掌符璽的則稱符璽御史，於皇帝身邊隨侍治理大獄的則稱繡衣御史等等。

〔五一〕典兵中郎，即五官中郎，掌入守門户，出充車騎。歸五官中郎將統轄，上屬光禄勳。「典」，原誤作「興」，據抱經堂本改。晉書輿服志亦作「典兵中郎」。

〔五二〕高華，晉書輿服志作「高蓋」，車名。此作「華」，恐誤。又高門望族稱高華，乃魏晉南北朝的習俗，與漢無涉，且魏晉大駕鹵簿也從未言有高門參乘。

〔五三〕罼罕，晉書輿服志作「左罼右罕」，均指天子旗仗。

〔五四〕節，應劭曰：「節所以爲信，以竹爲之，長八尺，以旄牛尾爲眊三重。」又釋名曰：「節者，號令賞罰之節也。」漢代使者常持節出使，作爲代表國家的信物。漢書蘇武傳曰：「蘇武使匈奴，單于乃徙武北海上，武仗節牧羊，卧起操持，節毛盡落。」又張騫傳曰：「張騫使月氏，匈奴得之，留騫十餘歲，然騫持漢節不失。」本文所稱之節，乃天子儀仗之一，是皇帝出行的標誌。

〔五五〕御馬，導駕之御馬，自漢有之，爲儀仗之馬。

〔五六〕華蓋，華麗的車蓋，如傘狀。

〔五七〕剛鼓，天子儀仗之一，置於天子所乘金根車前以立威。晉書輿服志作「揘鼓」。

〔五八〕金根車，秦始皇所用乘輿車，因塗金根之色而得名。漢承秦制，御爲乘輿。據續漢輿服志載，其「輪皆朱班重牙，貳轂兩轄，金薄繆龍，爲輿倚較，文虎伏軾，龍首銜軛，左右吉陽筩，鸞雀立衡，樻文畫輈，羽蓋華蚤，建大旂，十有二斿，畫日月昇龍，駕六馬，象鑣鏤錫，金鍐方釳，插翟尾，朱兼樊纓，赤罽易茸，金就十有二，左纛以氂牛尾爲之，在左騑馬軛上，大如斗，是爲德車」。

〔五九〕文有殘缺，據晉書輿服志，下當有衆多隨從車輛，並以豹尾車殿後，以盡鹵簿。

董仲舒答鮑敞問京師雨雹

元光元年七月〔一〕，京師雨雹〔二〕。鮑敞問董仲舒曰〔三〕：「雹何物也？何氣而生之？」仲舒曰：「陰氣脅陽氣〔四〕。天地之氣，陰陽相半，和氣周迴〔五〕，朝夕不息。陽德用事〔六〕，則和氣皆陽，建巳之月是也〔七〕，故謂之正陽之月。陰德用事〔八〕，則和氣皆陰，建亥之月是也〔九〕，故謂之正陰之月。十月陰雖用事，而陰不孤立，此月純陰，疑於無陽〔一〇〕，故謂之陽月，詩人所謂『日月陽止』者也〔一一〕。四月陽雖用事，而陽不獨存，此月純陽，疑於無陰，故亦謂之陰月。自十月已後，陽氣始生於地下，漸冉流散〔一二〕，故言息也〔一三〕；陰氣轉收，故言消也。日夜滋生，遂至四月，純陽用事。自四月已後，陰氣始生於天上，漸冉流散，故言息也；陽氣轉收，故言消也。日夜滋生，遂至十月，純陰用事。二月、八月，陰陽正等，無多少也〔一四〕。以此推移，無有差慝〔一五〕。運動抑揚，更相動薄〔一六〕，則熏蒿歊蒸〔一七〕，而風雨雲霧雷電雪雹生焉。氣上薄爲雨，下薄爲霧。風其噫也〔一八〕，雲其氣也，雷其相擊之聲也，電其相擊之光也。二氣之初蒸也，若有若無，若實若虛，若方若圓。攢聚相合，其體稍重，故雨乘虛而墜。風多則合速，故雨大而疏。風少則合遲，故雨細而密。其寒月則雨凝於上，體尚輕微，而因風相襲，故成雪焉。寒有高下，上暖下寒，則上合爲大雨，下凝爲冰霰雪是也〔一九〕。雹，霰之流也〔二〇〕，陰氣暴上，雨則凝結成雹焉。太平之世，則風不鳴條〔二一〕，開甲散萌而已〔二二〕；雨不破塊〔二三〕，潤葉津莖而已〔二四〕；雷不驚人，號令啓發而已〔二五〕；電不眩目，宣示光耀而已〔二六〕；霧不塞望，浸淫被泊而已〔二七〕；雪不封條，凌殄毒害而已〔二八〕。雲則五色而爲慶〔二九〕，三色而成矞〔三〇〕；霧則結味而成甘，結潤而成膏〔三一〕。此聖人之在上，則陰陽和，風雨時也〔三二〕。政多紕繆，則陰陽不調。風發屋〔三三〕，雨溢河，雪至牛目〔三四〕，雹殺驢馬〔三五〕，此皆陰陽相蕩〔三六〕，而爲祲沴之妖也〔三七〕。」敞曰：「四月無陰，十月無陽，何以明陰不孤立，陽不獨存邪？」仲舒曰：「陰陽雖異，而所資一氣也。陽用事，此則氣爲陽；陰用事，此則氣爲陰。陰陽之時雖異，而二體常存。猶如一鼎之水，而未加火，純陰也；加火極熱，純陽也。純陽則無陰，息火水寒，則更陰矣；純陰則無陽，加火水熱，則更陽矣。然則建巳之月爲純陽，不容都無復陰也〔三八〕，但是陽家用事，陽氣之極耳。薺麥枯〔三九〕，由陰殺也。建亥之月爲純陰，不容都無復陽也，但是陰家用事，陰氣之極耳。薺麥始生，由陽昇也。其著者，葶藶死於盛夏〔四〇〕，欵冬華於嚴寒〔四一〕，水極陰而有温泉，火至陽而有凉焰。故知陰不得無陽，陽不容都無陰也。」敞曰：「冬雨必暖〔四二〕，夏雨必凉，何也？」曰：「冬氣多寒，陽氣自上躋〔四三〕，故人得其暖，而上蒸成雪矣。夏氣多暖，陰氣自下昇，故人得其凉，而上蒸成雨矣。」敞曰：「雨既陰陽相蒸，四月純陽，十月純陰，斯則無二氣相薄，則不雨乎？」曰：「然則純陽純陰，雖在四月十月，但月中之一日耳。」敞曰：「月中何日？」曰：「純陽用事，未夏至一日；純陰用事，未冬至一日。

朔旦〔四四〕、夏至、冬至，其正氣也。」敞曰：「然則未至一日，其不雨乎？」曰：「然。頗有之，則妖也。和氣之中，自生災沴，能使陰陽改節，暖凉失度。」敞曰：「災沴之氣，其常存邪？」曰：「無也，時生耳。猶乎人四支五臟，中也有時，及其病也，四支五臟皆病也。」敞遷延負牆〔四五〕，俛揖而退〔四六〕。

【注釋】

〔一〕元光，漢武帝年號。元光元年，即公元前一三四年。此事正史不載。古文苑「七月」作「二月」。

〔二〕雨雹，下起冰雹。史漢不書此事，或其尚未成災。董仲舒以治春秋公羊學而聞名，學士往往師尊之。漢儒者任職後，也講學不輟，董仲舒也不例外。鮑敞之問，是他向董仲舒求教於講堂之上。

〔三〕鮑敞，人名，生平無考。

〔四〕漢書五行志曰：「盛陽雨水，温暖而湯熱，陰氣脅之不相入，則轉而爲雹。」

〔五〕周廻，循環往復。

〔六〕陽德，指陽氣。

〔七〕建巳之月，即夏曆四月。古以十二地支記月，以夏曆十一月建子，四月即建巳。

〔八〕陰德，指陰氣。

〔九〕建亥之月，即夏曆十月。

〔一〇〕疑於，近乎於。

〔一一〕典出詩經小雅杕杜，其文曰：「日月陽止，女心傷止。」

〔一二〕漸冉，漸漸。

〔一三〕息，滋生，發育。

〔一四〕二月、八月，正值春分、秋分，陰陽相等，所以無多少或强弱之分。

〔一五〕差慝，即差錯。

〔一六〕更相動薄，互相推動，交互作用。

〔一七〕熏蒿歊蒸，氣之蒸騰流散的樣子。

〔一八〕噫，與嘘同義。是氣在胸中壅塞後，突然吐出，通暢成風。

〔一九〕霰，雪珠。漢書五行志曰：「霰者，陽脅陰也。」

〔二〇〕流，流變也。埤雅曰：「陽散陰爲霰，陰包陽爲雹。」

〔二一〕風不鳴條，是漢代流行的俗語。典出桓寬鹽鐵論水旱篇：「當此之時，雨不破塊，風不鳴條，旬而一雨，雨必以夜。」即風未摇動樹枝，因此也未引發出嘯音。

〔二二〕開甲，破殼。散萌，種子長出芽來。

〔二三〕雨不破塊，形容雨細如絲，不破壞土塊的形狀。

〔二四〕潤、津，均是慢慢浸潤之意。

〔二五〕春雷乍起，促發萬物生長。

〔二六〕宣示，顯現。

〔二七〕浸淫被泊，也是逐漸滲透潤澤之意。

〔二八〕淩殄，消滅。

〔二九〕慶，即慶雲，祥慶喜瑞的雲氣。瑞應圖曰：「景雲者，太平之氣也，一曰慶雲。非氣非煙，五色氛氳，謂之慶雲。」

〔三〇〕矞，即矞雲，也是祥雲，外赤内青之雲氣。

〔三一〕膏，滋潤的甘霖。

〔三二〕時，及時，風雨依規律而至。

〔三三〕發屋，掀翻屋頂。

〔三四〕雪至牛目，雪封閉了牛的眼睛。

〔三五〕「雹」，古今逸史本作「電」。

〔三六〕相蕩，排斥、衝擊。

〔三七〕祲沴之妖，左傳昭公十五年曰：「吾見赤黑之祲，非祭祥，喪氛也。」杜預注：「祲，妖氛也。」漢書谷永傳顏師古注曰：「沴，災氣也。」

〔三八〕不容，不應當。

〔三九〕薺，薺菜。古稱靡草，禮記月令曰：「靡草死，麥秋至。」鄭注曰：「舊説云：靡草，薺，亭歷之屬。」時值孟夏之月。麦，廣雅曰：「麦，菜藻也。」「麦」，抱經堂本、古今逸史本、學津討原本及古文苑均作「麥」，野竹齋本則作「麦」，當是。下文「薺麦始生」之「麦」，原誤作「麥」，逕改。

〔四〇〕淮南子曰：「薺冬生而夏死。」

〔四一〕欵冬，菊科，冬季開花，花蕾可入藥。

〔四二〕「雨」，抱經堂本作「雪」。

〔四三〕躋，昇也。

〔四四〕朔旦，夏曆每月的第一天。

〔四五〕禮記文王世子曰：「大司成論説在東序。凡侍坐於大司成者，遠近間三席，可以問，終則負牆。」即大司成講説時，學子可以提問的人，則在三席範圍之内就坐並提問，大司成答畢，學子即退到後邊，靠牆而坐。看來鮑敞是爲京師雨雹之事，專門向董仲舒求教的，在得到令他信服的回答後，依禮退到牆邊上，表示敬意。

〔四六〕俛揖，低下頭行拱手禮。

郭舍人投壺

武帝時，郭舍人善投壺〔一〕，以竹爲矢，不用棘也〔二〕。古之投壺，取中而不求還，故實小豆〔三〕，惡其矢躍而出也。郭舍人則激矢令還〔四〕，一矢百餘反，謂之爲驍〔五〕。言如博之豎棋於輩中〔六〕，爲驍傑也。每爲武帝投壺，輒賜金帛。

【注釋】

〔一〕郭舍人，武帝時的宫中倡優。救武帝乳母之命者即此人，而非本書前所言之東方朔。其事載史記滑稽列傳褚先生的補傳，然而傳未言及其善投壺事。投壺，是先秦時期開始流行的一種禮制，也是一種游戲。貴族聚會，君臣宴飲，常於席間設壺，廣口大腹，頸部細長，一般中置豆子，空隙不大。如投矢過猛，矢會觸豆後彈出。投壺中多者爲勝。比賽中常指定司射一人，以裁決勝負。河南濟源泗澗溝西漢墓中，曾出土一緑釉投壺，高二十六點六釐米。南陽漢畫像石概述一文，也指出漢畫像中有投壺場面，壺中有投入的兩矢，旁有五人，其中二人正在投壺，每人手中有三矢，手執一矢作投擲狀。壺側有酒樽，樽上有一勺。一般投中多者爲勝，負者則要罰酒，所以畫中還有罰醉酒者被人攙出（文見文物一九七七年第六期）。

〔二〕棘，酸棗樹枝，木質堅硬，古人用來製矢，用於投壺。

〔三〕抱經堂本「小豆」下補「於中」二字。既有「實」字，不補亦可，故仍其舊。

〔四〕激矢，使矢中壺裏後彈起來。

〔五〕驍，本意勇猛，此作傑出超群解。

〔六〕六博戲中，各六子時，有一子到一定時候可轉爲梟棋，此子必竪起來，以區别於他子。事詳前注引洪興祖楚辭補注之古博經。盧文弨改「竪」爲「豎」、「輩」爲「掌」，皆不明棋理，望文生義而誤改。

象牙簟

武帝以象牙爲簟〔一〕，賜李夫人〔二〕。

【注釋】

〔一〕箄，席子，以竹爲之，武帝改用象牙。

〔二〕「李」，原誤作「季」，逕改。

賈誼鵩鳥賦

賈誼在長沙〔一〕，鵩鳥集其承塵〔二〕。長沙俗以鵩鳥至人家，主人死。誼作鵩鳥賦〔三〕，齊死生，等榮辱，以遣憂累焉〔四〕。

【注釋】

〔一〕在長沙，賈誼因得罪周勃等勳貴，文帝被迫將他貶爲長沙王太傅。詳見卷四注。

〔二〕鵩鳥，鳥名，又名山鴞，形似貓頭鷹，古人以爲是不祥鳥。故賈誼鵩鳥賦序即曰「鵩似鴞，不祥鳥也」。承塵，室内置於牀上或榻上的物件。釋名曰：「承塵施於上，以承塵土也。」承塵多由木板製成，四邊綴有流蘇以作裝飾，大小則隨牀榻之大小而定。後漢書雷義傳曰：郡功曹雷義嘗濟人於死罪，罪者奉金二斤以答謝他，雷義堅辭不受。金主趁其不在之時，偷偷將金子扔到承塵之上。雷義一直到修繕房屋時才發覺，因金主已死，便將金子上交給官府。可見承塵絶非純由幔帳做成。

〔三〕賈誼改革受挫，又不習慣長沙卑濕的環境，總認爲自己命不長久，此時恰又遇到鵩鳥臨門，心中鬱悶而作此賦，以自我調節。

〔四〕史記屈原賈生列傳所載鵩鳥賦中云：「不以生故自寶兮，養空而浮；德人無累兮，知命不憂。」其意爲體道之人，但養空性而心若浮舟。上德之人，心中無物累，是得道之士也。

金石感偏

李廣與兄弟共獵於冥山之北〔一〕，見卧虎焉。射之，一矢即斃。斷其髑髏以爲枕〔二〕，示服猛也〔三〕。鑄銅象其形爲溲器〔四〕，示厭辱之也。他日，復獵於冥山之陽，又見卧虎，射之，没矢飲羽〔五〕。進而視之，乃石也，其形類虎。退而更射〔六〕，鏃破簳折而石不傷〔七〕。余嘗以問揚子雲〔八〕，子雲曰：「至誠則金石爲開〔九〕。」余應之曰：「昔人有遊東海者，既而風惡，船漂不能制，船隨風浪，莫知所之。一日一夜，得至一孤洲，共侣歡然〔一〇〕。下石植纜〔一一〕，登洲煮食。食未熟而洲没，在船者斫斷其纜，船復飄蕩。向者孤洲乃大魚〔一二〕，怒掉揚鬣〔一三〕，吸波吐浪而去，疾如風雲。在洲死者十餘人。又余所知陳縞〔一四〕，質木人也〔一五〕。入終南山採薪，還晚，趨舍未至，見張丞相墓前石馬〔一六〕，謂爲鹿也，即以斧撾之，斧缺柯折，石馬不傷。此二者亦至誠也，卒有沉溺缺斧之事，何金石之所感偏乎？」子雲無以應余。

【注釋】

〔一〕李廣（？—前一一九），西漢名將，隴西成紀（今甘肅天水）人。與匈奴交戰七十餘，屢立戰功，匈奴畏服，號其爲飛將軍。與衛青、霍去病有隙。元狩四年（前一一九）伐匈奴，因失道遭追究，以恥對刀筆吏而自殺。事詳史記李將軍傳及漢書李廣傳。兄弟，李廣唯有從弟李蔡，官至丞相，封樂安侯。廣死第二年，坐侵孝景園壖地，下獄自殺。冥山，又名石城山、固城山，在今河南信陽東南。史漢傳中僅載於右北平任太守時，廣曾出獵，射草中石没鏃，不聞冥山射虎，疑此記有誤。

〔二〕髑髏，虎之頭骨。風俗通義曰：「虎者，陽物，百獸之長也，能執搏挫鋭，噬食鬼魅。今人卒得惡遇，燒虎皮飲之，繫其爪，亦能辟惡，此其驗也。」又事物紀原云後漢貴戚梁冀曾以玉做虎枕。可見以虎皮爲飲，身繫虎爪，枕虎枕，都是漢人避邪之俗。

〔三〕示服猛，表示降服猛獸。

〔四〕溲器，小便器。其器即名虎子，漢魏六朝時期，多爲瓷製。

〔五〕没矢飲羽，形容力大弓强，使箭没入石中，唯留箭尾於外。

〔六〕「更射」原誤倒，據抱經堂本乙正。

〔七〕簳，竹製箭杆。

〔八〕揚子雲，即揚雄。

〔九〕劉向新序曰：「昔者楚熊渠子夜行，見寢石，以爲伏虎，關弓射之，滅矢飲羽。下視，知石也。却復射之，矢摧無跡。熊渠子見其誠心而金石爲之開，況人心乎？」此所述與李廣大體相同，或同爲傳言亦未可知。此劉歆所言與其父相左，恐當非其撰西京雜記之一證。

〔一〇〕共侶，同行的伙伴。

〔一一〕下石，抛下石錨。江蘇贛榆徐阜村出土有漢石錨一隻。

〔一二〕向者，先前。大魚，或係鯨魚之屬。

〔一三〕怒掉，奮力調頭。揚鬣，擺動魚鰭。

〔一四〕陳縞，人名，生平無考。

〔一五〕質木人，心性木訥的憨人。

〔一六〕張丞相，向新陽以爲是指張蒼。因西漢只有兩個張丞相，另一個張禹，成帝時爲相，墓在平陵肥牛亭，即今咸陽西北，渭水北岸，不可能在終南山。張蒼的葬地有可能在終南山。愚以爲張蒼雖封北平侯，封地在今河北滿城北，按例當葬於彼。但漢時吏二千石以上，特别是重臣，往往徙居陵縣。張蒼爲漢文帝的丞相，極可能徙居霸陵，即今西安霸橋毛西村一帶，並陪葬於霸陵。此地處終南山北麓，大體可信。

卷第六

文木賦

魯恭王得文木一枚〔一〕，伐以爲器，意甚玩之〔二〕。中山王爲賦曰〔三〕：「麗木離披〔四〕，生彼高崖。拂天河而布葉〔五〕，横日路而擢枝〔六〕。幼雛羸㲉〔七〕，單雄寡雌，紛紜翔集，嘈嗷鳴啼。載重雪而梢勁風〔八〕，將等歲於二儀〔九〕。巧匠不識，王子見知。乃命班爾〔一〇〕，載斧伐斯。隱若天崩，豁如地裂〔一一〕。華葉分披，條枝摧折。既剥既刊〔一二〕，見其文章。或如龍盤虎踞，復似鸞集鳳翔。青緺紫綬，環璧珪璋〔一三〕。重山累嶂，連波叠浪。奔電屯雲，薄霧濃雰〔一四〕。麡宗驥旅〔一五〕，鷄族雉群。蠋繡鴦錦〔一六〕，蓮藻芰文〔一七〕。色比金而有裕，質參玉而無分〔一八〕。裁爲用器，曲直舒卷，脩竹映池，高松植巘〔一九〕。制爲樂器，婉轉縪紆。鳳將九子，龍導五駒〔二〇〕。製爲屏風，鬱茀穹隆〔二一〕。製爲杖几，極麗窮美。製爲枕案，文章璀璨，彪炳涣汗〔二二〕。製爲盤盂，采玩踟蹰〔二三〕。猗歟君子，其樂只且〔二四〕！」恭王大悦，顧盼而笑，賜駿馬二匹。

【注釋】

〔一〕文木，古今注曰：「翳木，出交州林邑，色黑而有文，亦謂之文木。」又左思吴都賦劉淵林注曰：「文，文木也。材密緻無理，色黑如水牛角，日南有之。」可見是一種産於越南的高級烏木。

〔二〕玩，欣賞。

〔三〕中山王，劉勝也，魯恭王之弟。好「聽音樂，御聲色」，不聞善爲賦。漢書有傳。

〔四〕離披，散亂狀。

〔五〕天河，即銀河。

〔六〕日路，太陽運行的軌跡。「擢枝」，原作「摧枚」，據抱經堂本、秦漢圖記本、萬曆本、津逮秘書本、學津討原本等改。古文苑亦作「擢枝」。

〔七〕鷇，待哺的幼鳥。

〔八〕「梢」，原作「稍」，據抱經堂本、古今逸史本改。古文苑亦作「梢」。

〔九〕二儀，即天與地。

〔一〇〕班，魯班；爾，王爾。以喻所用工匠均爲巧匠。

〔一一〕隱、豁，俱爲象聲辭，以喻文木被伐倒時所發出的巨大而怪異的聲音。

〔一二〕剥，剥去樹皮；刊，砍斫樹枝。

〔一三〕此句形容文木的紋理，如綬帶般青紫，如珪璋般似玉之細膩。

〔一四〕雺，也是霧氣。

〔一五〕麚，雄鹿。

〔一六〕蠋，蛾之幼蟲，形似蠶。

〔一七〕芰，菱也。「或如」以下均是形容文木紋理的形狀與特色。

〔一八〕參，等同。

〔一九〕巘，重巒叠嶂。

〔二〇〕古文苑章樵注曰：「伶倫製十二籥，以應鳳鳴，丘仲截竹吹之，象水中龍吟。『將子』、『導駒』，言聲音煩雜，自然清亮。」按風俗通義曰：「謹按尚書：舜作簫韶九成，鳳凰來儀。」又曰：「（笛）武帝時丘仲所作也。馬融笛賦曰：『近世雙笛從羌起，羌人伐竹未及已。龍鳴水中不見已，截竹吹之音相似。』」則漢代已用鳳鳴比喻簫聲，龍吟比喻笛聲。

〔二一〕鬱岪，山高峻險拔之貌。穹隆，曲折狀。

〔二〕渙汗，形容文章有號令既出不可更改的氣勢，於此則比喻木質紋理精彩而富有感染力。

〔三〕踟躕，以喻悠然自得的樣子。

〔四〕只且，句末語氣辭。

廣川王發古冢

廣川王去疾〔一〕，好聚無賴少年，遊獵畢弋無度〔二〕，國内冢藏〔三〕，一皆發掘。余所知爰猛〔四〕，說其大父爲廣川王中尉〔五〕，每諫王不聽，病免歸家。說王所發掘冢墓不可勝數，其奇異者百數焉。爲余說十許事，今記之如左。

【注釋】

〔一〕廣川王去疾，爲漢武帝之兄即廣川惠王劉越之孫。漢書景十三王傳作「去」。漢代取名，爲了祈福免災，常以去病、棄疾、無忌、毋傷、不害命名，極少見只名「去」的，疑漢書本傳誤脱「疾」字。該王好俠士，仰慕成慶，常著短衣，挎長劍。爲人暴虐，以酷刑殺其姬妾衆多。後事發自殺。掘冢之事，本傳弗載。

〔二〕畢，捕獵禽獸所用的長柄網子；弋，指以繩繫於箭尾而射的獵法。

〔三〕國，指廣川國，都信都，在今河北冀縣。冢藏，墓及墓中陪葬品。

〔四〕所知，所結交的朋友。爰猛，人名，生平無考。

〔五〕大父，即祖父。中尉，此爲諸侯王國的最高軍事長官，掌封國内的治安和王宫宿衛。

魏襄王冢

魏襄王冢〔一〕，皆以文石爲槨，高八尺許，廣狹容四十人。以手捫槨，滑液如新。中有石牀、石屏風，宛然周正〔二〕。不見棺柩明器蹤跡〔三〕，但牀上有玉唾壺一枚、銅劍二枚。金玉雜具，皆如新物，王取服之。

【注釋】

〔一〕魏襄王，戰國時魏國的國君，魏惠王之子，公元前三一八年即位，在位二十二年，公元前二九六年去世。在與秦、楚之交鋒中，屢屢敗北，河西之地盡歸於秦。晚年，被迫以張儀爲魏相。事詳史記魏世家，並可參閲戰國策。

〔二〕周正，完整。

〔三〕明器，即冥器，隨葬器物之總稱。

哀王冢

哀王冢〔一〕，以鐵灌其上，穿鑿三日乃開。有黄氣如霧，觸人鼻目，皆辛苦不可入。以兵守之，七日乃歇。初至一户，無扃鑰〔二〕。石牀方四尺，牀上有石几，左右各三石人立侍，皆武冠帶劍。復入一户，石扉有關鑰〔三〕，叩開，見棺柩，黑光照人。刀斫不入，燒鋸截之，乃漆雜兕革爲棺〔四〕，厚數寸，累積十餘重，力不能開，乃止。復入一户，亦石扉，開鑰得石牀，方七尺。石屏風、銅帳鐏一具〔五〕，或在牀上，或在地下，似是帳麋朽，而銅鐏墮落。牀上石枕一枚，塵埃朏朏〔六〕，甚高，似是衣服〔七〕。牀左右石婦人各二十，悉皆立侍，或有執巾櫛鏡鑷之象〔八〕，或有執盤奉食之形。無餘異物，但有鐵鏡數百枚。

【注釋】

〔一〕哀王，魏哀王，襄王之子，在位二十三年。事詳史記魏世家。

〔二〕扃鑰，門栓和門鎖。

〔三〕關，即門内的横木栓。

〔四〕兕革，犀牛皮。

〔五〕鎝，即鈎。

〔六〕朏朏，塵土積得很厚的樣子。

〔七〕衣服，古代常以墓主生前所服的衣服作陪葬。這裏所言，乃成摞的衣服風化後的樣子。所以塵土很厚，實際上是衣物炭化後的狀況。

〔八〕巾櫛鏡鑷，即毛巾、梳子、銅鏡、鑷子等洗漱、沐浴和化妝的用品。

魏王子且渠冢

魏王子且渠冢〔一〕，甚淺狹，無棺柩，但有石牀，廣六尺，長一丈，石屏風，牀下悉是雲母。牀上兩屍，一男一女，皆年三十許，俱東首，裸卧無衣衾〔二〕，肌膚顏色如生人，鬢髮齒爪亦如生人〔三〕。王畏懼之，不敢侵近，還，擁閉如舊焉。

【注釋】

〔一〕且渠，人名，生平無考。

〔二〕衾，覆蓋屍體的單被。

〔三〕「爪」或作「牙」。

袁盎冢

袁盎冢〔一〕，以瓦爲棺槨，器物都無，唯有銅鏡一枚。

【注釋】

〔一〕袁盎（？—前一四八），字絲，楚人。漢文帝時，初任郎中，剛正敢直諫，名重朝廷。歷任齊國、吴國、楚國國相。因阻止景帝立梁王爲嗣，被梁王派刺客於安陵郭門外殺死。事詳史漢本傳。又漢書作「爰盎」。

晉靈公冢

晉靈公冢〔一〕，甚瑰壯，四角皆以石爲玃犬捧燭〔二〕，石人男女四十餘，皆立侍，棺器無復形兆〔三〕，屍猶不壞，孔竅中皆有金玉〔四〕。其餘器物皆朽爛不可別，唯玉蟾蜍一枚，大如拳，腹空，容五合水，光潤如新，王取以盛書滴〔五〕。

【注釋】

〔一〕晉靈公，名夷皋，春秋時晉文公之孫，晉襄公之子。公元前六二〇年即位，公元前六〇七年去世。在位時無道，常登臺，以彈丸射人爲樂。因迫使重臣趙盾出逃，引發趙氏集團不滿，遂被趙穿襲殺於桃園。事詳史記晉世家。

〔二〕玃，大猿。爾雅釋獸曰：「玃父，善顧。」據此，則「犬」字恐係「父」字之誤。

〔三〕形兆，蹤跡。

〔四〕古葬制，七竅俱用玉或金填塞，以求靈魂安好，以祈屍身完好。

〔五〕書滴，磨墨之水。盛書滴，即以此玉蟾蜍盛放研墨汁所用之水。

幽王冢

幽王冢〔一〕，甚高壯，羨門即開〔二〕，皆是石堊〔三〕，撥除丈餘深，乃得雲母，深尺餘，見百餘屍，縱横相枕藉，皆不朽，唯一男子，餘皆女子，或坐或卧，亦猶有立者，衣服形色不異生人。

【注釋】

〔一〕幽王，秦以前，爲幽王者有周幽王、楚幽王，均不可能葬於廣川國境内。晉末有晉幽公，公元前四三七年在位，前四一九年幽公「淫婦人，夜竊出邑中，盗殺幽公。魏文侯以兵誅晉亂，立幽公子止，是爲烈公」，則幽公好淫，與此墓中多婦人正相合。疑「幽王」係「幽公」之誤。其生平見史記晉世家。

〔二〕羡門，墓道門。

〔三〕石堊，石膏泥。

欒書冢

欒書冢〔一〕，棺柩明器，朽爛無餘。有一白狐，見人驚走，左右遂擊之〔二〕，不能得，傷其左脚。其夕〔三〕，王夢一丈夫，鬚眉盡白，來謂王曰：「何故傷吾左脚？」乃以杖叩王左脚。王覺，脚腫痛生瘡，至死不差〔四〕。

【注釋】

〔一〕欒書（？—前五七三），即欒武子，春秋時晉國著名大夫。晉厲公時，掌晉國大政。厲公無道，欲誅欒書，於是欒書囚殺厲公，立晉悼公爲君。然而至晉平公八年，欒氏被族滅。事詳史記晉世家及左傳。又畿輔通志曰：「欒書墓在欒城縣西北五里。」

〔二〕「遂」，抱經堂本作「逐」。

〔三〕「其」，原作「有」，據衆本改。

〔四〕差，即瘥，瘥愈的意思。

太液池五舟

太液池中有鳴鶴舟、容與舟〔一〕、清曠舟、採菱舟〔二〕、越女舟。

【注釋】

〔一〕容與，安逸自得狀。

〔二〕採菱，三輔黄圖卷四引廟記曰：「有採蓮女鳴鶴之舟。」疑此恐當作「採蓮」爲是。

孤樹池

太液池西有一池，名孤樹池。池中有洲，洲上煔樹一株〔一〕，六十餘圍，望之重重如蓋，故取爲名。

【注釋】

〔一〕煔樹，即杉樹。

昆明池中船

昆明池中有戈船、樓船各數百艘〔一〕。樓船上建樓櫓〔二〕，戈船上建戈矛，四角悉垂幡旄〔三〕，旍葆麾蓋〔四〕，照灼涯涘〔五〕。余少時猶憶見之。

【注釋】

〔一〕戈船，漢書武帝紀注引臣瓚曰：「伍子胥書有戈船，以載干戈，因謂之戈船也。」即配備有可刺可鉤的戟的戰船。樓船，漢書武帝紀注引應劭曰：「作大船，上施樓也。」

〔二〕櫓，即廬。釋名曰：「其上屋曰廬，像廬舍也。其上重屋曰飛廬，在上，故曰飛也。」樓櫓，即建有飛廬的船。釋名又曰：「五百斛以上還有小屋，曰斥候，以視敵進退也。」「五百斛」指船的重量。

〔三〕旄，一切經音義引通俗文曰：「毛飾曰旄。」幡旄，各色旗幟也。

〔四〕旍，同旌，旗也。葆，車蓋，上飾有五色羽毛。

〔五〕涯涘，水邊。

玳瑁牀

韓嫣以玳瑁爲牀[一]。

【注釋】

〔一〕玳瑁，似海龜的一種爬行類動物。背有深褐色和黄色相間的甲片，可作裝飾品，也可入藥。

漢太史公

漢承周史官[一]，至武帝置太史公[二]。太史公司馬談[三]，世爲太史；子遷，年十三，使乘傳行天下[四]，求古諸侯史記，續孔氏古文[五]，序世事，作傳百三十卷，五十萬字[六]。談死，子遷以世官復爲太史公，位在丞相下[七]。天下上計，先上太史公，副上丞相。太史公序事如古春秋法，司馬氏本古周史佚後也[八]。作景帝本紀，極言其短及武帝之過，帝怒而削去之[九]。後坐舉李陵，陵降匈奴，下遷蠶室。有怨言，下獄死〔一〇〕。宣帝以其官爲令〔一一〕，行太史公文書事而已，不復用其子孫。

【注釋】

〔一〕史記太史公自序曰：「其在周，程伯休甫其後也。當周宣王時，失其守而爲司馬氏。司馬氏世典周史。惠、襄之間，司馬氏去周適晉。晉中軍隨會奔秦，而司馬氏入少梁。」在適晉時，司馬氏開始散入各國，在秦者爲司馬錯。錯孫靳，曾爲白起手下。靳孫昌，爲秦主鐵官。昌生無擇，無擇生喜，喜生談，爲漢太史令。所以漢設太史令，源出周之太史，故言「漢承周史官」。

〔二〕太史公，實名太史令。秦時屬奉常所轄，漢改奉常爲太常，臣瓚曰太史令秩千石。所言爲西漢之制，東漢則爲六百石吏。其職責是「掌天時星曆。凡歲將終，奏新年曆。凡國祭祀、喪、娶之事，掌奏良日及時節禁忌。凡國有瑞應、災異，掌記之」。事詳續漢書百官志。又史記索隱曰：「案茂陵書，談以太史丞爲太史令，則『公』者，遷所著書尊其父云『公』也。」「而如淳引衛宏儀注稱『位在丞相上』，謬矣。案百官表又無其官。且修史之官，國家別有著撰，則令郡縣所上圖書皆先上之，而後人不曉，誤以爲在丞相上耳。」史記正義則引虞喜志林云：「古者主天官者皆上公，自周至漢，其職轉卑，然朝會坐位猶居公上。尊天之道，其官屬仍以舊名尊而稱也。」然司馬遷報任安書曰：「僕之先人非有剖符丹書之功，文史星曆近乎卜祝之間，因主上所戲弄，倡優畜之，流俗之所輕也。」又曰：「鄉者僕常處下大夫之列，陪外廷末議。」則漢時地位並不高，且傳文除司馬遷外，鮮有正式提談，遷爲「太史公」者，有也是尊稱，可見史記索隱之説近是。虞喜所言，純屬臆説。

〔三〕司馬談（？—前一一〇），夏陽（今陝西韓城）人，西漢史學家和思想家。史記一書始寫於其手，其論六家要旨是漢初總結諸子百家的重要著作。

〔四〕傳，傳舍，官辦的接待站。傳中有車，備官員往來使用。司馬遷行天下，全乘傳舍所備之車，謂之傳車，或乘傳。

〔五〕史記太史公自序曰：「先人有言：『自周公卒五百歲而有孔子，孔子卒後至於今五百歲，有能紹明世，正易傳，繼春秋，本詩書禮樂之際？』意在斯乎！意在斯乎！小子何敢讓焉。」先人，司馬談也。「繼春秋」，即此所謂「續孔氏古文」也。

〔六〕史記太史公自序曰：「罔羅天下放失舊聞，王跡所興，原始察終，見盛觀衰，論考之行事，略推三代，録秦漢，上記軒轅，下至於茲，著十二本紀，既科條之矣。並時異世，年差不明，作十表。禮樂損益，律曆改易，兵權山川鬼神，天人之際，承敝通變，作八書。二十八宿環北辰，三十輻共一轂，運行無窮，輔拂股肱之臣配焉，忠信行道，以奉主上，作三十世家。扶義俶儻，不令己失時，立功名於天下，作七十列傳。凡百三十篇，五十二萬六千五百字，爲太史公書。」

〔七〕此記與衛宏漢舊儀作「位在丞相上」不同，更近於事實。

〔八〕史佚，周史官。但與司馬氏有何血緣關係，似無考。

〔九〕漢舊儀曰：「司馬遷作景帝本紀，極言其短及武帝過，武帝怒而削去之。」與此記同，當是葛洪所本。又三國志魏書王肅傳曰：「（文）帝又問：『司馬遷以受刑之故，内懷隱切，著史記非貶孝武，令人切齒。』對曰：『司馬遷記事，不虚美，不隱惡，劉向、揚雄服其善叙事，有良史之才，謂之實録。漢武帝聞其述史記，取孝景及己本紀覽之，於是大怒，削而投之，於今此兩紀有録無書。』」當亦係王肅從衛宏之説而推衍之。余嘉錫太史公書亡篇考以爲此乃衛宏、王肅「不解十篇何以有録無書，尤以帝紀之重要而竟亡失，以爲必有其故，於是以其私意妄爲揣測而爲之辭」。詳見余嘉錫論學雜著一書。

〔一〇〕此段文字亦見漢舊儀及三國志魏書王肅傳。坐舉李陵事，詳見史記李將軍列傳、漢書司馬遷傳及報任安書。李陵，李廣之孫，武帝天漢二年（前九九）出擊匈奴，被圍，救兵不至，而降匈奴。司馬遷以爲陵非真降，而欲待機報效漢室。遷並未舉薦他爲將，僅替他辯解而已，可見此文多有不實。蠶室，即執行閹刑的場所，所以司馬遷於此受宫刑後，一度出任中書令，借以完成史記的撰作，最後終老而死，而非「下獄死」。

〔一一〕漢書百官公卿表、續漢百官志均不言宣帝改「公」爲「令」事，且百官公卿表僅言「宣帝黄龍元年（前四九）稍增（博士）員十二人」而已。漢舊儀及此記所言不確。

皇太子官

皇太子官稱家臣〔一〕，動作稱從〔二〕。

【注釋】

〔一〕家臣，百官公卿表太子有「家令丞」，注引張晏曰：「太子稱家，故曰家令。」可知家臣即太子吏員的通稱。或稱「家吏」，漢書武五子傳注引臣瓚曰：「家吏，是太子吏也。」

〔二〕漢舊儀曰：「皇太子稱家，動作稱從。」從，隨從之意，天子進稱「御」，太子進稱「從」。

馳象論秋胡

杜陵秋胡者〔一〕，能通尚書，善爲古隸字〔二〕，爲翟公所禮〔三〕，欲以兄女妻之。

或曰：「秋胡已經娶而失禮，妻遂溺死，不可妻也。」馳象曰〔四〕：「昔魯人秋胡，娶妻三月而遊宦三年，休〔五〕，還家，其婦採桑於郊，胡至郊而不識其妻也，見而悦之，乃遺重金一鎰〔六〕。妻曰：『妾有夫，遊宦不返，幽閨獨處，三年於兹，未有被辱如今日也〔七〕。』採不顧。胡慚而退，至家，問家人妻何在，曰：『行採桑於郊，未返。』既還，乃向所挑之婦也。夫妻並慚。妻赴沂水而死〔八〕。今之秋胡，非昔之秋胡也。昔魯有兩曾參，趙有兩毛遂〔九〕。南曾參殺人見捕，人以告北曾參母。野人毛遂墜井而死，客以告平原君〔一〇〕。平原君曰：『嗟乎，天喪予矣！』既而知野人毛遂，非平原君客也。豈得以昔日之秋胡失禮而絶婚今之秋胡哉？物固亦有似之而非者。玉之未理者爲璞，死鼠未腊者亦爲璞〔一一〕；月之旦爲朔，車之輈亦謂之朔〔一二〕，名齊實異，所宜辨也。」

【注釋】

〔一〕杜陵，漢宣帝陵邑。秋胡，人名。

〔二〕古隸，即隸書，流行於秦漢。今隸爲楷書，流行於三國。

〔三〕翟公，史記汲鄭列傳太史公贊曰：「下邽翟公有言，始翟公爲廷尉，賓客闐門；及廢，門外可設雀羅。翟公復爲廷尉，賓客欲往，翟公乃大署其門曰：『一死一生，乃知交情。一貧一富，乃知交態。一貴一賤，交情乃見。』」下邽，漢縣名，在今陝西渭南市東北。禮，禮遇。

〔四〕馳象，人名，生平無考。

〔五〕休，休假。

〔六〕鎰，古貨幣單位。秦制，黃金爲上幣，以鎰爲單位。一説一鎰重二十兩，説見戰國策齊策高誘注：「二十兩爲一金。」一説二十四兩爲一鎰，見文選左思吴都賦李善注，文曰：「金二十四兩爲鎰。」

〔七〕「如」，原作「于」，據萬曆本、秦漢圖記本、漢魏叢書本改。

〔八〕沂水，水名，源出山東沂源，經沂水、沂南、臨沂，過江蘇邳縣，入泗水。又此故事還見於劉向列女傳卷五魯秋潔婦，事有所出入。

〔九〕曾參，即曾子（前五〇五—前四三六），名參，字子輿，孔子弟子，以孝著稱。此本節所謂「北曾參」也。兩曾參事，見戰國策秦策二，其文曰：「昔者曾子處費，費人有與曾子同名族者而殺人，人告曾子母曰：『曾參殺人。』曾子之母曰：『吾子不殺人。』織自若。有頃焉，人又曰：『曾參殺人。』其母尚織自若也。頃之，一人又告之曰：『曾參殺人。』其母懼，投杼踰牆而走。」毛遂，則見史記平原君列傳，爲平原君門客，他自薦隨平原君使楚，説服楚王與趙合縱，被平原君尊爲上客。

〔一〇〕平原君（?—前二五一），即趙勝，趙國公子，養賓客多至數千人，號戰國「四公子」之一。曾爲趙惠文王及孝成王相。事見史記平原君列傳。

〔一一〕此二句典出戰國策秦策三，其文曰：「鄭人謂玉未理者璞，周人謂鼠未腊者樸。」腊，乾肉也。「樸」亦作「璞」。又本篇「腊」，原作「臘」，據津逮秘書本、古今逸史本、漢魏叢書本、抱經堂本改。

〔一二〕軥，車轅也。

附録一　版本序跋

晉葛洪西京雜記跋

洪家世有劉子駿漢書一百卷，無首尾題目，但以甲乙丙丁紀其卷數。先父傳之。歆欲撰漢書，編録漢事，未得締構而亡，故書無宗本，止雜記而已，失前後之次，無事類之辨。後好事者以意次第之，始甲終癸，爲十帙，帙十卷，合爲百卷。洪家具有其書，試以此記考校班固所作，殆是全取劉書，有小異同耳。并固所不取，不過二萬許言。今抄出爲二卷，名曰西京雜記，以裨漢書之闕。爾後洪家遭火，書籍都盡，此兩卷在洪巾箱中，常以自隨，故得猶在。劉歆所記，世人希有，縱復有者，多不備足。見其首尾參錯，前後倒亂，亦不知何書，罕能全録。恐年代稍久，歆所撰遂没，並洪家此書二卷不知出所，故序之云爾。

洪家復有漢武帝禁中起居注一卷，漢武故事二卷，世人希有之者。今并五卷爲一帙，庶免淪没焉。

明黄省曾西京雜記序

漢之西京，惟固書爲該練，非固之所能爾，亦其所資者贍也。仲尼約之寶書，馬遷鳩諸國史，因本而成，在古皆然也。暇得葛洪氏西京雜記讀之，云爲劉子駿所撰，以甲乙第次百卷。考比固作，殆是全取劉書，有小異同耳。洪又抄集固所不録者二萬許言，命曰西京雜記。予於是始知固之漢書，蓋根起於子駿也。乃遡憶其所不録之故，大約有四，則猥瑣可略，閑漫無歸，與夫杳昧而難憑、觸忌而須諱者也。其猥瑣者，則霍妻遺衍之類是也。其閑漫者，則上林異植之類是也。其杳昧者，則宣獄佩鏡、秦庫玉燈之類是也。而其觸忌者，則慶郎、趙后之類是也。凡若此者，披金置沙，法所删棄矣。至於乘輿大駕，儀在典章，鮑董問對，言關理奥，亦皆擯落而無採，宜書而不書者，何也？豈不幸存於雜記歟？但今所傳且失其半，又非洪之故簡矣。嗚呼，後代之儒，安得如子駿者，遐收彙集，以待班固者出歟？誠爲史家之一嘅也。

吴郡黄省曾撰。嘉靖十三年二月四日。

明孔天胤刻西京雜記序

西京雜記以記漢故事名。本叙謂是劉歆所編録，歆多聞博綜，故所述經奇。今關中固漢西京也，鴻人達士慕漢之盛，吊古登高，往往歎陵谷之變遷，傷文獻之闕絶。或得斷碑殘礎，片簡隻字，云是漢者，即欣睹健羨，如獲珙璧，方且亟爲表識，恐復湮滅，好古之信也。乃若此書所存，言宫室苑囿、輿服典章、高文奇技、瑰行偉才，以及幽鄙，而不涉淫怪，爛然如漢之所極觀，實盛稱長安之舊制矣。故未央、昆明、上林之記，詳於郡史；卿、雲辭賦之心，閎於本傳；文木等八賦，雅麗獨陳；雨雹對一篇，天人茂著。餘如此類，徧難悉數，然以之考古，豈不炯覽巨麗哉？緣其書罕傳，故關中稱多古圖籍，亦獨闕之。余携有舊本在巾笥中，會左史百川張公下車宣條，敦脩古藝憲之事，余因出其書商之，遂命工鋟梓，置省閣中，以存舊而廣傳，不知好古者視之果如何也？

嘉靖壬子夏四月上日河汾孔天胤識。

明柯茂竹西京雜記序

昔太史公約國語、戰國策諸籍作史記，然諸籍不以故弗傳。顧班史一成，而劉子駿漢書遂廢，獨葛稚川家有之，乃於班氏所不著録者掇爲西京雜記云。余讀之，耽其藻質而忘其假詭。東方朔之全乳哺，是諷諫之術也；齊賀之讓次卿，是微巧之坊也；司馬長卿之論賦，是文心之祕也；董生之對鮑敞，是天人之微也。若此類，班皆遺之。亡其病班乎？曰：史尚簡嚴，班史猶然繁也。誠嚴即遺，奚病？然則雜記非駢枝與？曰：雜記見班史之本也，美物者依其本，乃自昔貴之矣。

萬曆乙亥季秋序，甲申季秋書。

明郭子章合刻秦漢圖記叙

海陽令莆中柯堯叟刻西京雜記於邑署，會上令郡國各貢書籍實翰苑國學，子章以是刻并郡諸刊，上之岳伯華亭蔡公。公曰：「粤中故無此刻，若合三輔黄圖并刻，以備秦漢，固亦一奇也。」子章以語别駕梁君質夫，總付剞劂，名曰秦漢圖記。考之二書，皆未著作者。黄圖紀關中宫室苑囿，或謂出梁陳間，或謂出漢魏間，新安程泰之辨其有唐邑名，直以爲唐書。雜記載西漢遺事，或謂出劉子駿，或謂出葛稚川，而晁氏又謂吴均依託爲之，俱未可知。予比而卒業之，則有國者可以鏡已。王道繁侈，孰逾秦漢間。秦以阿房、長城，自屋其社。漢承秦習，未央壯麗，而曲爲之説，曰令後世無以加也。圖稱漢武金塗玉砌，茘宫蘭樹，安在其無加乎！記載事大都詳於武、成以下，而略於高、文。趙后、文君之醜穢，珠襦玉匣之雕靡，嵩真、元理之詭幻，蹴踘角抵之蕩恣，玉燈銅人之淫巧，上則漸侈漸弊，士則漸鄙漸漓，卒及於季，革而爲新。則此二書者，即二代之故實，萬世之龜鑑也。至於左、張籍之以麗賦，班、范資之以成史，其裨補文家，豈特若論衡之談助、博古之款識已邪？嗟呼！漢宮一瓦，五陵一卮，今士大夫得之，特以爲研，觴以爲壽，而況乎圖記所載者，皆盤之銘，户牖之箴也。以彼易此，是謂以摶黍换千金之璧，吾弗與矣。

萬曆乙酉仲秋廬陵郭子章撰。

明毛晉西京雜記跋

卷末記洪家有劉子駿書百卷，先公傳之云云。按所謂先公者，歆之于向也，而館閣書目以爲洪父傳之，非是。陳氏云「未必是洪作」，晁氏云「江左人以爲吴均依託爲之」，俱未可考。至若邇來坊刻作劉歆撰，抑可笑矣。據唐書藝文志亦只二卷，今六卷，後人所分也。余喜其記書真雜，一則一事，錯出别見，令閲者不厭其小碎重叠云。

湖南毛晉識。

清盧文弨新雕西京雜記緣起

乾隆丙午之歲，爲同年謝少宰東墅校梓荀子。既竣，計剞劂之直，尚賸給數金，思小書可以易訖工者，有向來所校西京雜記，因以授之。費尚不足，鍾山諸子從余遊者率資爲助，而工始完。始余所欲校梓者，以漢魏爲限斷。今此書或以爲晉葛洪著，或以爲梁吴均僞撰，而何梓爲？余則以此漢人所記無疑也。説苑、新序，其書皆在劉向前，向校而傳之，後人因名二書爲劉向著。今此書之果出於歆，别無可考，即當以葛洪之言爲據。洪非不能自著書者，何必假名於歆？書中稱「成帝好蹴踘，群臣以爲非至尊所宜，家君作彈棋以獻」，此歆謂向家君也。洪奈何以一小書之故，至不憚父人之父，求以取信於世也邪？若吴均者，亦通人，其著書甚多，皆見於梁書本傳。知其亦必不屑託名於劉歆，且其文即俊拔有古氣，要未可與漢西京埒，則其不出於均又明甚。隋書經籍志載此書於舊事篇，不著姓名；新、舊唐書始題葛洪，且入之地理類，似全未寓目也。夫冠以葛洪，以洪鈔而傳之，猶説苑、新序之稱劉向，固亦無害，其文則非洪所自撰。凡虚文可以僞爲，實事難以空造，如梁王之集遊事爲賦，廣川王之發冢藏所得，豈皆虚邪？至陳振孫疑向、歆父子不聞作史，此又不然。歷朝撰造，裒然成編，所云百卷，特前史官之舊，向傳之歆，歆欲編録而未成，其見於洪之序者如此，本不謂其父子皆嘗作史也。洪以爲本之劉歆，則吾亦從而劉歆之耳，又何疑焉？諸子樂於成美，且預校勘之勞，今具列姓名於左方。

胡平淵　汪國梁　張師式　張珠　朱本元　顧椿年　李槐　吴浚　李育芬　梁恩　汪本　史垂青　談承基　姚大慶　鄭佐庭　諶配道　李光第　程延齡　賈鳳池　朱振奇　侯雲錦　金紹鵬　端木炳　王嗣元　顧淞　吴啓豐　吴啓元　張均　梅冲　田又濤　汪兆虹　涂沅　周辰　陳兆麒　萬世清　黄廷森

餘貲即雕群書拾補。

清王謨西京雜記跋

右西京雜記六卷，隋唐志俱二卷，隋志不著撰人姓名，唐志稱葛洪撰。晁氏謂：「洪自序洪家有劉子駿漢書百卷，乃當時欲撰史録事而未得締思，雜記而已。後學者始甲乙之，終癸，爲十卷。以其書校班史，殆全取劉書。所餘二萬言，乃抄撮之，析二篇，以裨漢書之闕，猶存甲乙哀次。江左人或以爲吴均依託爲之。」陳氏則謂：「洪博聞深學，江左絶倫，著書幾五百卷，本傳俱載其目，不聞有此書，而向、歆父子，亦不聞嘗作史傳世，使班固有所因述，亦不應全没不著，殆有可疑，豈惟非向、歆所傳，亦未必洪之作也。」其以爲吴均作，蓋本段成式云庾信作詩，用西京雜記事，且追改曰此吴均語，恐不足用。王伯厚因此并斥其書淺俗，出於里巷，多妄説，抑又過矣。此書要領，略具黄序，故不具論。予尤愛其中小品古文，若司馬相如答盛覽書、鄒長倩遺公孫宏書、梁孝王賓客諸賦，及中山王文木賦，皆古雅絶倫，若盡棄而不採，尤可惜也。今故悉仍叢書原本卷目，略爲校勘云。

汝上王謨識。

王民順輯刻秦漢圖記本清馮雲唐跋

此書雜刻於漢魏叢書中，書序甚難。嘉慶元年偶於池陽街頭用百文錢購得此本，並西京雜記、城南游記共三本，紙墨古質可愛，忽憶劉雨化先生有云，奇書覩則忽得四壁之琴劍都生光彩。余得此本，真不□也。菊月中浣無能居士馮雲唐記。

此記古雅絶倫，然須細讀數十遍，參會以唐宋以來諸儒撰述，方知其味，非可漫爲耳食者道也。嘉慶甲戌菊月荆山無能居士馮雲唐偶記於蠟㡟山房之夜牕。

民國關中叢書本宋聯奎等跋

右西京雜記二卷，依湖北正覺樓叢刻本付印。此編隋書經籍志、新舊唐書藝文志、北宋崇文總目均作二卷，馬氏文獻通考載是書於經籍雜史門中，亦曰二卷，目下附注云「一作六卷」。是分此編爲六卷，當在南渡後。四庫全書總目提要據直齋書録，謂六卷之數爲宋人所分，殆未考北宋輯崇文總目時猶不爾也。正覺樓此本前有新雕西京雜記緣起，不言卷數，其目録則分卷上、卷下，并列甲卷至癸卷細目，一如葛洪序言，諒必有據。

緣起首述乾隆丙午之歲，爲同年謝少宰東墅校梓荀子，即竣，計剞劂之資，尚賸給數金，思小書可易訖工者，有向來所校西京雜記，因以授之，費尚不足，鍾山諸子從遊者資助完工。諸子即緣起後所列胡本淵等三十六人，而主校者未著姓名。所謂謝少宰者，名墉，乾嘉中官至侍郎，嘗授清仁宗讀東華録，仁宗手諭阮文達稱爲東墅者，即此謝少宰。家富儲藏，知其校本必精矣。四庫提要於斯編撰者，兼舉劉歆、葛洪姓名。此刻緣起則謂爲漢人所記無疑，且曰洪以爲本之劉歆，則吾亦從而劉歆之耳。顧沈欽韓氏謂雜記所稱大駕鹵簿雜入晉制，而是編中揚子雲常懷鉛握槧條，末有云輶軒所載，亦洪意也，明屬葛洪之言，與洪序云劉歆所記，世人希有，純以是編歸諸歆撰者，顯有不合。然則謂是書爲洪撰者，固有可疑，即指爲劉歆所著。而提要中舉漢文帝廣陵、淮南兩王及楊王孫、吴章、匡衡諸事，胥與漢書牴牾，夫豈可信！若以沈氏雜入晉制説斷之，或是魏晉間人所爲，差爲相近。至稱吴均著者，四庫提要早斥其别無他證，可勿論已。是編採摭繁富，取材不竭，詞人沿用，久成故實，不可遽廢。紀文達已有定論，他如刊刻此本者，孔天胤、黄省曾、王謨諸人，亦無不推其巨麗典奥。邇者陪都建設，考訂舊聞，將如春秋外傳，所謂問懿訓、咨固實者，毋亦於兹編或有資取證也歟？

民國二十三年二月校，長安宋聯奎、蒲城王健、江寧吴廷錫。

附録二　書目著録及提要

隋書經籍志

西京雜記二卷。史部舊事類。

舊唐書經籍志

西京雜記一卷，葛洪撰。史部列代故事類、地理類。

新唐書藝文志

葛洪西京雜記二卷。史部故事類、地理類。

崇文總目

西京雜記二卷，葛洪撰。史部傳記類。

（錢）繹按：玉海云：西京雜記二卷，崇文總目傳記類。舊唐志一卷，書録解題、宋志並六卷。通考亦云一作六卷。讀書志云：江左人皆以爲吴均依托爲之。陳詩庭云：今本六卷，或題劉歆撰，或題葛洪撰。

遂初堂書目　宋尤袤撰

西京雜記。史部雜傳類。

郡齋讀書志　宋晁公武撰

西京雜記二卷，晉葛洪撰。初序言洪家有劉子駿漢書百卷，乃當時欲撰史録事而未得締思，無前後之次，雜記而已。後學者始甲乙之，終癸，爲十卷。以其書校班史，殆全取劉書耳。所餘二萬許言，乃鈔撮之，析二篇，以裨漢書之闕，猶存甲乙哀次。江左人或以吴均依託爲之。

直齋書録解題

宋陳振孫撰

西京雜記六卷，晉句漏令丹陽葛洪稚川撰。其卷末言洪家有劉子駿書百卷，先父傳之。歆欲撰漢書，雜録漢事，未及而亡。試以此記考校班固所作，殆是全取劉書，少有異同耳。固所不取，不過二萬餘言，今鈔出爲二卷，以裨漢書之闕。所謂先父者，歆之於向也，而館閣書目以爲洪父傳之，非是。唐藝文志亦只二卷，今六卷者，後人分之也。按洪博聞深學，江左絶倫，所著書幾五百卷，本傳具載其目，不聞有此書，而向、歆父子亦不聞嘗作史傳於世，使班固有所因述，亦不應全没不著也。殆有可疑者，豈惟非向、歆所傳，亦未必洪之作也。

宋史藝文志

葛洪西京雜記六卷。史部傳記類

四庫全書總目提要

清紀昀總纂

西京雜記六卷，舊本題晉葛洪撰。洪有肘後備急方，已著録。黄伯思東觀餘論稱「此書中事，皆劉歆所説，葛稚川採之。其稱『余』者，皆歆本文」云云。今檢書後有洪跋，稱其家「有劉歆漢書一百卷。考校班固所作，殆是全取劉氏，有小異同，固所不取，不過二萬許言。今鈔出爲二卷，名曰西京雜記，以補漢書之闕」云云。伯思所説，蓋據其文。案隋書經籍志載此書爲二卷，不著撰人名氏。漢書匡衡傳顔師古注稱「今有西京雜記者，出於里巷」，亦不言作者爲何人。至段成式酉陽雜俎廣動植篇，始載葛稚川就上林令魚泉問草木名，今在此書第一卷中，張彦遠歷代名畫記載毛延壽畫王昭君事，亦引爲葛洪西京雜記，則指爲葛洪者，實起於唐。故舊唐書經籍志載此書，遂注曰：「晉葛洪撰。」然酉陽雜俎語資篇別載庾信作詩用西京雜記事，旋自追改曰：「此吴均語，恐不足用。」晁公武讀書志亦稱江左人或以爲吴均依託，蓋即據成式所載庾信語也。今考晉書葛洪傳，載洪所著有抱朴子、神仙、良吏、集異等傳，金匱要方，肘後備急方並諸雜文，共五百餘卷，並無西京雜記之名，則作洪撰者，自屬舛誤。特是向、歆父子作漢書，史無明文。而以此書所紀，與班書參校，又往往錯互不合。如漢書載文帝以代王即位，而此書乃云文帝爲太子。漢書載廣陵王胥、淮南王安並謀逆自殺，而此書乃云胥格猛獸，陷脰死，安與方士俱去。漢書楊王孫傳即以王孫爲名，而此書乃云名貴。似是故謬其事，以就洪跋中小有異同之文。又歆始終臣莽，而此書載吴章被誅事，乃云章後爲王莽所殺，尤不類歆語。又漢書匡衡傳「匡鼎來」句，服虔訓「鼎」爲「當」，應劭訓「鼎」爲「方」。此書亦載是語，而以「鼎」爲匡衡小名。使歆先有此説，服虔、應劭皆後漢人，不容不見，至葛洪乃傳，是以陳振孫等皆深以爲疑。然庾信指爲吴均，别無他證。段成式所述信語，亦未見於他書。流傳既久，未可遽更。今姑從原跋，兼題劉歆、葛洪姓名，以存其舊。其書諸志皆作二卷，今作六卷。據書録解題，蓋宋人所分，今亦仍之。其中所述，雖多爲小説家言，而摭採繁富，取材不竭。李善注文選，徐堅作初學記，已引其文，杜甫詩用事謹嚴，亦多採其語，詞人沿用數百年，久成故實，固有不可遽廢者焉。

絳雲樓書目

清錢謙益撰

西京雜記一册，二卷。

愛日精廬藏書志 清張金吾撰

西京雜記二卷，明活字本。晉丹陽葛洪字稚川集。

善本書室藏書志 清丁丙撰

西京雜記六卷，明萬曆陝西布政司刊本。丹陽葛洪稚川集。前有萬曆乙亥莆柯茂竹堯叟序：「昔太史公約國語、戰國策諸史籍作記，然諸籍不以故弗傳。顧班史一成，而劉子駿漢書遂廢，獨葛稚川家有之，乃於班氏所不録者，掇爲西京雜記。」并列嘉靖十三年黄省曾序云：「暇得葛洪氏西京雜記讀之，云爲劉子駿所撰，以甲乙第次百卷。又鈔班固所不録者二萬許言。」殆皆本於洪之後序爾。原本二卷，今作六卷，據書録解題，蓋宋人所分。此萬曆壬寅陝西布政司重刊，後盧氏抱經堂校定本直題漢劉歆撰，引書中稱「成帝好蹴踘，群臣以爲非至尊所宜，家君作彈棊以獻」，以歆謂向爲家君也爲證，洵讀書得間者矣。

抱經樓藏書志 清沈德壽撰

西京雜記二卷，抄本。晉丹陽葛洪稚川集。

皕宋樓藏書志 清陸心源撰

西京雜記二卷，舊抄本。晉丹陽葛洪稚川集。

孫氏祠堂書目 清孫星衍撰

西京雜記六卷，漢劉歆撰。一明程榮刊本，一明吴琯刊本，一抱經堂刊本。

藏園群書經眼録 傅增湘撰

西京雜記六卷，題晉葛洪撰。明嘉靖沈與文野竹齋刊本，十一行二十字。第六卷尾有「吴郡沈與

文野竹齋校勘翻雕」二行。（丁巳歲文德堂見）

西京雜記六卷，題晉葛洪撰。明嘉靖三十一年關中官署刊本，十一行二十字。前有嘉靖三十一年壬子孔天胤刊書序。據序，乃天胤以舊本付左使百川張公刻於關中官署者。此本爲天一閣佚出之書，余甲寅秋獲之南中。

西京雜記六卷，題晉葛洪撰。舊寫本，十行二十字。失名人以朱筆校過，謂據汲古閣鈔本。吳志忠復以稗海校一遍。（涵芬樓藏書。己未。）

四庫提要辨證

余嘉錫撰

隋志不著撰人名氏者，蓋以爲此係葛洪所鈔，非所自撰，故不題其名。唐人之指爲葛洪者，即據書後洪自序，非臆説也。顔師古不信其書，故以爲出於里巷耳。宋晁伯宇續談助卷一洞冥記後引張柬之之言云：「昔葛洪造漢武内傳、西京雜記，虞義造王子年拾遺録，王儉造漢武故事，並操觚鑿空，恣情迂誕。而學者耽閲，以廣聞見，亦各其志，庸何傷乎？」柬之此文，專爲辨僞而作，而確信爲葛洪所造。史通雜述篇曰：「國史之任，記事記言，視聽不該，必有遺逸。於是好奇之士補其所亡，若和嶠汲冢紀年、葛洪西京雜記，此之謂逸事者也。」是則指爲葛洪者，並不只於段成式、張彦遠。續談助，修四庫書時未見。書録解題卷七云：「案洪博聞深學，江左絶倫，所著書幾五百卷，本傳具載其目，不聞有此書，豈惟非向、歆所傳，亦未必洪之作也。」提要謂作洪撰者爲舛誤，蓋本於此。今考抱朴子外篇自叙云：「凡著内篇二十卷，外篇五十卷，碑、頌、詩、賦百卷，軍書、檄、移、章表、箋記三十卷，又撰俗所不列者爲神仙傳十卷，又撰高尚不仕者爲隱逸傳十卷，又鈔五經、七史、百家之言，兵事、方伎、短雜、奇要三百一十卷，别有目録。」晉書本傳亦云：「又鈔五經、史、漢、百家之言、方伎、雜事三百一十卷。」即用自叙之語。洪即嘗鈔百家及短雜、奇要之書，則此書據洪自稱，亦是從劉歆漢書中鈔出，安見不在三百一十卷之中？特因别有目録，自叙不載其篇名，本傳遂承之耳。且多至三百餘卷，其書當有數十種，既非切要，而必臚列不遺，史家亦無此體，未可遽執本傳所無，遂謂非洪所作也。册府元龜卷五百五十五曰：「葛洪選爲散騎常侍，領大著作，固辭不就。撰神仙傳十卷、西京雜記一卷。」元龜之例，止採經史諸子及歷代類書，不取異端小説。見玉海卷五十四。其言葛洪撰西京雜記，必别有本，可補本傳之闕矣。黄伯思東觀餘論卷下云：「此書中事，皆劉歆所記，葛稚川採之。其稱『余』者，皆歆本語。中有歆所記草木名，而段柯古作酉陽書，乃云『稚川就上林令虞淵得朝臣所上草木名』，非也。蓋段誤以歆自稱余爲稚川耳。又案晉史，葛未嘗至長安，而晉官但有華林令而無上林令，其非稚川，決也。柯古博洽，時罕儔，猶舛謬如此。」此所辨但謂書中稱「余」是劉歆而非葛洪耳，未嘗言其僞也。而姚際恒作古今僞書考引餘論之説，去其葛稚川採之劉歆之言及駁成式數語，斷章取義，以證非葛洪所作。見卷二。殆幾於不通文義，其舛謬又去成式下遠甚。今人顧實重考古今僞書考，於此條尚未能致辨。際恒僞書考負盛名，而其學實淺陋，大抵如此。程大昌演繁露卷十二云：「西京雜記所記制度，多班固所無，又其文氣嫵媚，不能古勁，疑即葛洪爲之。」黄伯思、程大昌二人，在南、北宋間考證頗爲不苟，均信爲葛洪所作，然則未可據晁、陳二家之語便斷其僞也。

案書録解題云：「向、歆父子，亦不聞其嘗作史傳於世。使班固有所因述，亦不應全没不著也。」提要本此而推衍之。余考文選潘安仁西征賦云：「長卿、淵、雲之文，子長、政、駿之史。」以政、駿與司馬子長並言，謂之爲史。似劉向父子曾續太史公書，然李善注只引漢書「向著疾讒、摘要、救危及世頌凡八篇，又著五行傳、列女傳、新序、説苑。歆著七略」，並不言别有史書。至史通正史篇云：「史記所書年止漢武，太初已後，闕而不録。其後劉向之子歆及諸好事者，若馮商、衛衡、揚雄、史岑、梁審、肆仁、晉馮、段肅、金丹、馮衍、韋融、蕭奮、劉恂等相次撰續，迄於哀、平間，猶名史記。」後漢書班彪傳云：「武帝時，司馬遷著史記，自太初以後，闕而不録。後好事者頗或綴集時事，然多鄙俗，不足以踵繼其書。」注云：「好事者，謂揚雄、劉歆、陽城衡、褚少孫、史孝山之徒也。」劉知幾與章懷所叙續史記之人，互有不同，而皆有劉歆。是唐人相傳，有此一説，然不知其所本。竊意向、歆縱嘗作史，亦不過如馮商之續太史公，成書數篇而已。商書見漢志，僅七篇。使如洪序所言，歆所作漢書已有一百卷，則馮衍爲後漢人，晉馮、殷肅注云：固集作段肅。並與班固同時，固傳載固奏記東平王蒼，嘗薦此二人。何以尚須續作？洪序云：「考校班固所作，殆是全取劉書。」此又必無之事。班固於太初以前，全取史記，又用其父班彪所作後傳數十篇，已不免因人成事。若又採劉歆漢書一百卷，則固殆無一字，何須潛精積思至二十餘年之久，永平中受詔至建初中乃成乎？若果如此，則當世何爲甚重其書，學者莫不諷誦，見本傳。至於專門受業，與五經相亞耶？見史通正史篇。史通採撰篇曰：「班固漢書，太初已後，又雜引劉氏新序、説苑、七略之辭，此並當代雅言，事無邪僻，故能取信一時，擅名千載。」然則漢書之採自劉氏父子者，僅新序、説苑、七略中記漢事者而已，與李善文選注正合，未嘗有所謂劉歆漢書也。且諸家續太史公書，雖迄哀、平，然是前後相繼，不出一人。至班彪所作後傳，亦是起於太初以後，未有彌綸一代者。漢書叙傳曰：「固以爲唐、虞、三代，世有典籍。漢紹堯運以建帝業，至於六世，史臣乃追述功德，私作本紀，編於百王之末，厠於秦、漢之間。太初以後，闕而不録。故探纂前記，綴輯所聞，以述漢書。起元高祖，終於孝平王莽之誅。」是漢書者，固所自名。斷代爲書，亦固所自創。今洪序乃謂劉歆所作，已名漢書，是並叙傳所言，亦出於劉歆之意，而固竊取之矣。此必無之事也。況文帝以代王即位，明見史記。此何等大事，豈有傳訛之理？劉歆博極群書，以漢人叙漢事，何至誤以文帝爲太子？見卷三。故葛洪序中所言劉歆漢書之事，必不可信，蓋依託古人以自取重耳。至其中間所叙之事，與漢書錯互不合，有不僅如提要所云者。明焦竑筆乘續集卷三云：「西京雜記是後人假託爲之。其言高帝爲太上皇思樂故豐，放寫豐之街巷屋舍，作之櫟陽，冀太上皇見之如豐然，故曰新豐。然史記漢十年，太上皇崩，諸侯來送葬，命酈邑曰新豐。是改酈邑爲新豐，在太上皇既葬之後，與雜記所言不同。」此事與史、漢顯相刺謬，不僅小有異同矣。然其事亦非葛洪所杜撰。文選卷三十鮑明遠數詩注引三輔舊事曰：「太上皇思慕鄉里，高祖徙豐、沛商人，立爲新豐也。」隋志地理類有三輔故事二卷，注云晉世撰。兩唐志故事類均有韋氏三輔舊事一卷。章宗源隋書經籍志考證卷六，據後漢書韋彪傳，帝數召彪入，問以三輔舊事禮儀風俗之語，以爲即彪所撰。雖不知然否，然自是東晉以前古書，故葛洪得鈔入雜記也。其他亦往往採自古書，初非全無所本者。抱朴子自叙中記其求書寫書之事甚悉。又云：「廣覽衆書，自正經諸史百家之言，下至短雜文章近萬卷。」晉書本傳亦言其「博聞深洽，江左絶倫」。所見既博，取材自多。此書蓋即鈔自百家短書，洪又以己意附會增益之，託言家藏劉歆漢史，聊作狡獪，以矜奇炫博耳。沈欽韓漢書疏證卷三十二云：「西京雜記，葛洪所序，其大駕鹵簿，雜入晉制，如枚、鄒諸賦，非閭巷所能造也。」孫詒讓札迻卷十一亦云：「西京雜記確爲稚川所假託。」二人皆博學深思者，而其言如此，其必有所見矣。……

案陶宗儀説郛卷二十五，據涵芬樓排印明鈔本。鈔有梁殷芸小説二十四條，而其中引西京雜記者四條，與今本大體皆合，惟字句互有長短。考梁書芸傳云：「大通三年卒，大通三年十月，改元中大通，芸蓋卒於十月以前。時年五十九。」而文學吴均傳云：「普通元年卒，時年五十二。」兩者相較，均雖比芸早死九年，而其年齒實止長於芸者二歲。二人仕同朝，同以博學知名，應無不相識者。使此書果出於吴均依託，芸豈不知，何至遽信爲古書，從而採入其著作中乎？是則段成式所叙庾信之語，固已不攻自破。況雜俎廣動植篇卷十六。採雜記中「余就上林令虞淵得朝臣所上草木名」一條，仍稱爲葛稚川，是庾信之説，成式已自不信，奈何後人遽執此單文孤證，信以爲實哉。李慈銘孟學齋日記乙集上云：「西京雜記，託名劉歆所撰，葛洪所録。論者謂實出梁吴均之手，其文字固不類西漢人。且序言班固漢書全出於此，洪采班書所未録者，得此六卷。案：原序實作二卷。然其中如趙飛燕女弟昭陽殿一段、傅介子一段，又皆班書所已録。稚川之言，固未可信。至謂出於吴均，則未必然。觀所載漢事，如殺趙隱王者爲東郭門外宮奴，惠帝後腰斬之，而吕后不知；元帝以王昭君故，殺畫工毛延壽、陳敞、劉白、龔寬、陽望、樊育等；高賀誚公孫弘……高祖爲太上皇作新豐，匠人吴寬所營；此事已爲焦竑所駁，李氏失考。匡衡勤學，穿壁引光，又從邑人大姓文不識家傭作讀之；成帝好蹴踘，家君原注：歆稱其父向。作彈棋以獻；王鳳以五月五日生；楊王孫名貴；平陵曹敞在吴章門下，好斥人過，後獨收葬章屍；郭威、楊子雲及向、歆父子論爾雅實出周公，所記張仲孝友之類，後人所足。霍將軍妻一産二子，疑兄弟先後；廣川王去疾好聚無賴少年，發掘冢墓諸條，皆必出於兩漢故老所傳，非六朝人所能憑空僞造。又如輿駕、飲酎、禳水、家臣諸制，尤足補漢儀之闕。其一二佚事，亦可考證漢書。如衛青生子命曰騧，後改爲登，登即封發干侯者；公孫弘著公孫子，言刑名事，今漢志有公孫弘十篇，此類皆是。黄俞邰序，稱其「乘輿大駕，儀在典章；鮑、董問對，言關理奥」者，誠不誣也。惟所載靡麗神怪之事，乃由後人添入，或出吴均所爲耳。其顯然乖誤者，如云霍光妻遺淳于衍蒲桃錦、散花綾、走珠等，爲起第宅，奴婢不可勝數。案漢書言衍毒許后，步見過顯相勞問，亦未敢重謝衍。且此時方有人上書告諸醫侍疾無狀，顯恐急，語光署衍勿論，豈有爲起第宅、厚相賂遺之理？又云廣陵王胥爲獸所傷，陷腦而死。案漢書武五子傳，胥以祝詛事發覺，自絞死。又云太史公遷作景帝本紀，極言其短及武帝之過，後坐舉李陵，下蠶室，有怨言，下獄死。案遷作史記，在遭李陵禍之後，史記、漢書俱有明文。漢書又言：遷被刑之後爲中書令，尊寵任職，故有報故人任安一書，而云下獄死，紕繆尤甚。若果出叔庠，吴均字。則史言均好學，將著史以自名，欲撰齊書，從梁武帝借齊起居注及群臣行狀，帝不許，使撰通史，起三皇，訖齊代，均草本紀世家已畢，惟列傳未就而卒。又注范曄後漢書九十卷，著齊春秋三十卷，廟記十卷，十二州記十六卷，錢唐先賢傳五卷。是叔庠固深於史學者，豈于史記、漢書轉未覆照，致斯舛誤乎？蓋由漢代裨官記載傳譌致然，故歷代引用皆不能廢。其趙飛燕女弟居昭陽殿一條云：「砌皆銅沓黄金塗。」正可證今本漢書趙后傳作「切皆銅沓冒黄金塗」，「冒」字爲涉注文而衍者也。」案李氏論書中紕繆之處，較提要尤詳。以其説考之，益可證所謂劉歆漢書之僞妄。其駁司馬遷未嘗下獄死，誠是。

然非雜記之誤，此乃衛宏漢書儀注之文，見太史公自序集解，平津館本漢舊儀無此條。葛洪鈔舊儀入雜記耳。其上文言武帝置太史公位在丞相上，雜記作「下」。亦舊儀之語。漢書司馬遷傳注及御覽職官部引，見平津館本補遺。可見雜記是雜采諸書，託之劉歆，又可見其記事多有所本，不皆杜撰也。至謂吴均深於史學，此書非其所作，亦爲有識。然又謂所載靡麗神怪之事，或出吴均所爲，則未免依違兩可。余今證以殷芸所引，張柬之所考，知其書決非六朝人所能憑空僞造。葛洪去漢不遠，又喜鈔短雜、奇要之書，故能弄此狡獪。蓋其書題爲葛洪者本不僞，而洪之依託劉歆則僞耳。近人根據葛洪後序，證今之漢書出於劉歆，此則因欲攻擊古文，不惜牽引僞書，其說蓋不足辯。

又案梁玉繩瞥記卷五云：「今所傳西京雜記二卷，或以爲葛洪撰，或以爲吴均僞撰。據洪序以爲本之劉歆，洪特鈔而傳之。案南史齊武諸子傳，蕭賁著西京雜記六十卷，豈別一書邪？王伯厚以爲賁依託，見困學紀聞十二。」余考困學紀聞云：「匡衡傳注云：『今有西京雜記，其書淺俗，出於里巷，多妄說。』段成式云：『庾信作詩，用西京雜記事，自追改，曰：此吴均語，恐不足用。』今案南史，蕭賁著西京雜記六十卷，然則依託爲書，不止吴均也。」詳王氏語意，蓋謂吴均之外，又有蕭賁亦爲此書，故曰依託爲書，不止吴均。未嘗謂今本題葛洪撰者，爲賁所依託。梁氏之言，非伯厚意。然古今書名相同者多矣，蕭賁雖生葛洪之後，彼自著一書，亦名西京雜記，既未題古人之名，則不得謂之依託，伯厚之說亦非也。翁元圻注云：「卷數多寡懸殊，當另是一書。」其說是矣。

盧文弨新雕西京雜記緣起見抱經堂本卷首。云：「隋書經籍志載此書於舊事篇，不著姓名。新、舊唐書始題葛洪，且入之地理類，似全未寓目也。夫冠以葛洪，以洪鈔而傳之，猶說苑、新序之稱劉向，固亦無害，其文則非洪所自撰。凡虚文可以僞爲，實事難以空造。如梁王之集遊士爲賦，廣川王之發冢藏所得，豈皆虚耶？」此說亦善。盧氏又謂：「書中稱成帝好蹴踘，群臣以爲非至尊所宜，家君作彈棋以獻。此歆稱向家君也，洪奈何以一小書之故，至不憚父人之父？」余謂此必七略中兵書略蹴踘新書條下之文，洪鈔入之耳。世說新語巧藝篇注引傅玄彈棋賦序曰：「漢成帝好蹴踘，劉向以謂勞人體，竭人力，非至尊所宜御，乃因其體作彈棋。」疑其亦本之於别録，否則葛洪剽竊傅玄耳。此書固非洪所自撰，然是雜鈔諸書，左右采獲，不專出於一家。如卷上云：「或問揚雄爲賦，雄曰：『讀千首賦，乃能爲之。』」此乃鈔桓譚新論之文。見北堂書鈔卷一百二、藝文類聚卷五十六、意林卷三引。以新論著於後漢，既託名劉歆，不欲引之，故不言桓譚問，而改爲或問。采掇之跡，顯然可見。盧氏必欲以葛洪之言爲據，信劉歆果有漢書一百卷，謂百卷特前史官之舊，歆欲編録而未成，是猶未免爲洪所愚矣。

附録三　引用書目

宋李昉等太平御覽，中華書局影宋本

近人余嘉錫余嘉錫論學雜著，中華書局排印本

漢司馬遷史記，中華書局點校本

漢班固漢書，中華書局點校本

劉宋范曄後漢書，中華書局點校本

今人陳直三輔黄圖校證，陝西人民出版社排印本

今人何清谷三輔黄圖校注，三秦出版社排印本

北魏酈道元水經注，商務印書館國學基本叢書本

梁蕭統昭明文選，中華書局影胡克家本

晉司馬彪續漢書志，中華書局點校本

漢蔡邕獨斷，古今逸史本

隋虞世南北堂書鈔，孔廣陶本
唐徐堅初學記，中華書局排印本
漢許慎説文解字，中華書局影印本
漢班固等東觀漢記，四部備要本
周禮，中華書局十三經注疏本
唐歐陽詢藝文類聚，上海古籍出版社排印本
唐釋玄應一切經音義，上海古籍出版社影日本獅谷社翻高麗本
宋高承事物紀原，叢書集成本
晉陳壽三國志，中華書局點校本
詩經，中華書局十三經注疏本
漢應劭風俗通義，四部叢刊本
今人吴樹平風俗通義校釋，天津人民出版社出版
今人周天游漢官六種，中華書局排印本
春秋左氏傳，中華書局十三經注疏本
今人楊伯峻春秋左傳注，中華書局排印本

春秋公羊傳，中華書局十三經注疏本
宋李昉等太平廣記，中華書局排印本
論語，中華書局十三經注疏本
晉常璩華陽國志，四部叢刊本
尚書，中華書局十三經注疏本
爾雅，中華書局十三經注疏本
清永瑢等四庫全書總目，中華書局排印本
宋王楙野客叢書，稗海本
清嚴可均全上古三代秦漢三國六朝文，中華書局影印本
宋王應麟玉海，杭州局本
宋王應麟困學紀聞，商務印書館排印本
明李時珍本草綱目，雍正重刊本
唐張彦遠歷代名畫記，人民美術出版社排印本
國語，上海古籍出版社排印本
唐房玄齡晉書，中華書局點校本

清王謨漢唐地理書鈔，中華書局影印本
清王仁俊玉函山房輯佚書續編三種，上海古籍出版社影印本
晉劉昫舊唐書，中華書局點校本
宋歐陽修新唐書，中華書局點校本
梁沈約宋書，中華書局點校本
近人余嘉錫四庫提要辨證，中華書局排印本
周易，中華書局十三經注疏本
今人楊伯峻孟子譯注，中華書局排印本
禮記，中華書局十三經注疏本
近人許維遹韓詩外傳集釋，中華書局排印本
晉崔豹古今注，四部叢刊本
儀禮，中華書局十三經注疏本
漢劉安淮南子，四部叢刊本
清沈欽韓後漢書疏證，浙江書局本
今人王仲殊漢代考古學概説，中華書局排印本

明王士性地理書三種，上海古籍出版社周振鶴編校本
宋宋敏求長安志，清王先謙刻本
清張澍二酉堂叢書，原刻本
漢董仲舒春秋繁露，四部叢刊本
今人陳直漢書新證，天津人民出版社排印本
今人林劍鳴等秦漢社會文明，西北大學出版社排印本
漢揚雄方言，古今逸史本
唐李延壽南史，中華書局點校本
明陶宗儀説郛三種，上海古籍出版社影印本
世本八種，商務印書館排印本
漢劉向列女傳，商務印書館影明刊本
今人陳直兩漢經濟史料論叢，陝西人民出版社排印本
近人沈家本歷代刑法考，中華書局排印本
漢劉熙釋名，古今逸史本
漢劉向新序，四部叢刊本

宋趙德麟侯鯖録，知不足齋叢書本
漢史游急就篇，四部叢刊本
趙后外傳，古今逸史本
宋郭茂倩樂府詩集，中華書局排印本
戰國策，士禮居叢書本
漢桓寬鹽鐵論，中華書局王利器校注本
宋洪興祖楚辭補注，汲古閣本
睡虎地秦墓竹簡，文物出版社排印本
梁劉勰文心雕龍，人民文學出版社周振甫注釋本
唐馬總意林，四部叢刊本
唐韋述兩京新記，正覺樓叢刻本
北魏賈思勰齊民要術，四部叢刊本
今人范寧博物志校證，中華書局排印本
全唐詩，上海古籍出版社影印本
宋鄧名世古今姓氏書辨證，守山閣本

長沙馬王堆一號漢墓，文物出版社排印本

今人張孟倫漢魏人名考，蘭州大學出版社排印本

今人陳奇猷韓非子集釋，上海人民出版社排印本

敕修陝西通志，清雍正十三年刊本

畿輔通志，清雍正乙卯刊本

拾遺記，古今逸史本

洞冥記，古今逸史本

漢武故事，古今逸史本

海内十洲記，古今逸史本

辭源，商務印書館排印本

梁殷芸小説，説郛本

南朝宋沈懷遠南越志，説郛本

裴子語林，説郛本

梁任昉述異記，説郛本

晉盛弘之荆州記，説郛本

今人戴念祖中國力學史，科學出版社排印本
今人韓養民秦漢文化史，陝西人民教育出版社排印本
今人張永禄漢代長安詞典，陝西人民出版社排印本
宋徐天麟西漢會要，上海人民出版社排印本
今人傅舉有中國歷史暨文物考古研究，岳麓書社排印本
今人陳直文史考古論叢，天津古籍出版社排印本
今人陳直居延漢簡研究，天津古籍出版社排印本
古文苑，四部叢刊本
古今圖書集成，原刻本
漢王充論衡，中華書局排印北京大學注釋本
今人陳奇猷吕氏春秋校釋，學林出版社排印本
漢班固白虎通義，中華書局新編諸子集成本
漢劉向説苑，四部叢刊本
今人向宗魯説苑校證，中華書局排印本
漢揚雄法言，漢魏叢書本

清邵懿辰四庫簡明目録標注，上海古籍出版社排印本
逸周書，清抱經堂校刊本
竹書紀年，古今逸史本
清孫詒讓札迻，中華書局排印本
今人范祥雍洛陽伽藍記校注，上海古籍出版社排印本
清孫星衍平津館叢書，原刻本
清鮑廷爵後知不足齋叢書，原刻本
清龍鳳鑣知服齋叢書，原刻本
史記漢書諸表訂補十種，中華書局二十四史研究資料叢刊本
宋王應麟漢藝文志考證，中華書局二十五史補編重印本
漢鄭玄五經異義，藝海珠塵本
宋陸佃埤雅，格致叢書本
梁孫柔之瑞應圖，説郛本
紺珠集，四庫全書本
漢桓譚新論，四部備要本

西京雜記，中華書局古小説叢刊本

今人向新陽、劉克任西京雜記校注，上海古籍出版社排印本

今人成林、程章燦西京雜記全譯，貴州人民出版社排印本